舞鶴台灣

舞鶴創作與現代台灣

李娜——著

李娜《舞鶴創作與現代台灣》序

黎湘萍

二〇〇四年初春，我到上海開會，趁便為文學研究所新成立的台港澳文學與文化研究室物色合適的青年學者。當時復旦大學張新穎教授向我介紹了李娜，說李娜也是做台灣文學的，曾兩次東渡台灣，有過親履海島的經驗，且文章寫得出色。我早就知道復旦大學中文系陳思和教授門下人才輩出，尤其特別的是，陳老師講授的中國現當代文學課程中，專設了台灣文學一門，多年來，已有不少學生出入其間，頗有佳聞。「名師出高徒」，何況有張新穎教授推薦，於是拜託他通知李娜，約了時間面談。那天我沒有隨同行的同事外出遊覽，在住處一邊讀王文興《背海的人》，一邊等李娜。李娜打了兩次電話，說有事要辦，沒有按時到。時間流逝，快到下午五點時，我心裡犯起了嘀咕，就在我想離開時，李娜姍姍來遲。我對這位不守時的年輕人，已有了一點偏見，但還是抱著試一試的心情，跟她隨意聊天。問起她到台灣短期訪學的情況，她似乎也有了談興。當時正是台灣島內政治衝突不斷，族群撕裂最嚴重的時候，尤其是在南部，緊綳的意識形態紛爭，無法抑制的怨憤，隨時都會引爆親朋好友之間的衝突。對於到台灣去訪學的大陸學生而言，如何面對這樣「充滿了敵意」的狀況？我聽說曾有大陸學生被一些「獨派」師生的「攻擊」言論所激怒，奮起爭辯，雙方各不相讓，以致從此翻臉，不相往來。但從李娜這裡，我卻聽到了另外一種聲音。她說她也遇到這樣情緒昂揚的場景，但她不是急於去抗辯，而是感到好奇，想進一步了解對方何以有這樣那樣不同於自己的想法？想好好傾聽對方的意見，探究所有的激憤、怨恨背後的歷史的、社會的諸種原因。李娜的這一態度，立刻改變了我對她「不守時」的看法。對，我需要的就是像她那樣的人：能夠虛心聆聽別人的異見，能夠謙卑反省自我的局限，既可擇善固執，又有內省能力，這才是最適合從事文學研究、特別是台灣文學研究的人。我很高興在最後一分鐘，找到了我想要的人選。當時，李娜留下了她剛寫好的博士論文，就是這部《舞鶴創作與現代台灣》的初稿。

於是李娜到了北京，成為我們台港澳文學與文化研究室創立之後的首位青年學者。然而這部初稿卻並沒有隨著李娜的進京而出版問世。相反，李娜把它束之高閣，不聞不問，她表示有些章節沒有想通，需要進一步修改。李娜在擱置書稿的那段時間裡，卻開始拎起了一個放不下的問號：她不斷去思考和質疑一般人都會擱置不問的難題：我們為何研究文學？我們為何研究台灣文學？

那個時候的文學研究所也很寬鬆平和，它為李娜思考這些問題提供了自由的平台，而從未有人逼她改論著，出成果。在這期間，李娜嘗試著做了許多工作，她想突破已意識到的理論和方法上的瓶頸；她參加了文學所專家組織的新疆探險之行，這些看似不太相干的西北沙漠的田野調查，在「實踐」的維度上給了她許多僅從文字上得不到的經驗。有一度她甚至似乎迷上了這種「非學術」的社會實踐和田野調查生活，甚至似乎一度想放棄「學術」，到大西北去參加治理荒漠的綠色行動。這些實踐性的活動，在我看來，也許都是她試圖去解決「我們為何研究文學？我們為何研究台灣文學」等形而上「困惑」的嘗試。此後，她寫出了關於郭松棻、陳映真的文章；此後，她參與了推展白先勇先生策畫的青春版《牡丹亭》的活動——有趣的是，無論是對於左翼的社會改造思想的深入了解，還是對於「新文藝復興」在當代社會的可能性的思考和參與，恰好是借助了台灣作家的作品和藝術實踐來展開的，許多不太相關的社會實踐和文化實踐，似乎已為李娜準備了回答她的困惑的各種答案。在貌似「無關」的種種探險、調研和實踐之後，李娜有了一個機會重新回到台灣現場：參加原住民部落工作隊的田野調查工作。

也許是冥冥之中自有安排，李娜有意無意從諸多機緣中得到了許多人的幫助和啟示。她與工作隊一起到了最基層的台灣原住民部落生活。她接觸到了原住民地區災後重建的工作。她與原住民的部落藝術家一起製作了來自他們曠野原聲的音樂光碟。與此同時，她在台北的街巷裡，遭遇了曾參加過理想主義革命運動的老者，聆聽並記錄了他無悔的一生。

在默默做著這些工作時，時間也慢慢流逝著。而李娜也不再是那個從學校到學院、從學院到科學院的單純的女博士，她已是一位日益成熟起來的學者，一位有著切實社會經驗的社區建設者，她既是社會變遷的見證人，也是現代史的記錄者。李娜用自己充實的社會實踐，以其微薄的力量，匯入了滔滔奔流的社會之河。水到渠成似地，曾經被她一直擱置著的那部《舞鶴創作與現代台灣》也終於迎來了作者最後的修改。她以「個案」透視整體，用「文本」（Text）拓展「語境」（context），文學理解與歷史分析結合，作家研究與現實關懷並重，視野寬廣而不流離失所，立意高邁而不凌空蹈虛，學風嚴謹，觀察細緻，能進復能出，不拘泥死板，亦不信馬由韁。與原稿相比，修訂稿已不再只是舞鶴小說文本的細讀——這種細讀曾經是展現李娜特有的藝術感受力和分析能力的專長——李娜釐清了舞鶴美學所蘊涵的社會意識及其獨特的文化觀與歷史觀。洞識舞鶴的特有的「頹廢」的、「努力做一個無用者」的美學，只是窺見舞鶴小說之祕密的一部分，而將舞鶴的小說美學與台灣當代社會文化的內在連接的祕密揭示出來，並給予合理的詮釋，乃是李娜「以小說證史」的書寫實踐的一大特色，經過多年的社會實踐和對於人的、社會的、台灣的深入認識，李娜才真正完成了屬於自己的博士論文。

「十年磨一劍」，李娜的博士論文的確是用了十年時間「磨」出來的。巧合的是，舞鶴在一九七八年發表了〈微細的一線香〉之後，竟躲過了「眾聲喧譁」的八〇年代，一隱十年（一九八一—一九九一），待他再復出時，竟以「精神出線」的「社會邊緣人」的角度，推出了一系列作品，一鳴驚人。究竟舞鶴如何書寫他生於斯、長於斯的台灣？舞鶴作品為什麼被認為是「爛中文、好文章」？李娜不僅用了她訓練有素的細讀功夫和靈心善感來做字面上的分析，而且用了近十年的田野調查功夫，對舞鶴小說文本和舞鶴所處的現代台灣，做了全面而深入的考察。李娜從舞鶴的文本中所看到的台灣，與別人所看到和理解的台灣有所不同，她從舞鶴早期的小說〈微細的一線香〉，看到了七〇年代文學青年對台灣家族歷史的獨特記憶和理解；從〈逃兵二哥〉，看到「戒嚴體制與自由意識的生成」；從〈調查：敘述〉挖掘了台灣的傷痕、悲情和走出這些歷史悲劇的方法；她討論了舞鶴對「二二八」問題的呈現方式，並從中看到了「文化政治」運作的奧祕；從〈拾骨〉看到了重返鄉土的書寫背後的追求；從〈悲傷〉討論了人們對當代體制化的社會進行「抵抗」的可能性和方式。

舞鶴退隱十年而寫出其獨具魅力的佳作；李娜為了修改她不滿意的章節，也用了十年的時間，她親自去台灣踏查調研，深入台灣社會，特別是台灣原住民的部落，她從舞鶴的文本走到台灣的民間。她的修改，不是文字、修辭、結構上的，而是內容上、精神上和實踐上的——李娜從借助舞鶴小說來看台灣轉向經由踏查台灣來看舞鶴，完成了非常重要的「華麗轉身」：既從舞鶴的另類小說讀出了台灣社會文化的內在矛盾，亦從台灣實相入手突破舞鶴

「文本」的局限性。

十年前的李娜，是「透過舞鶴看台灣」；十年後的李娜，是用了自己的眼睛、手腳、身體和靈魂去觀看、觸摸、踏查和了解台灣之後，再來論述舞鶴。十年前的李娜以學生的眼光去批閱字面上的舞鶴和台灣；十年後的李娜終於把字面上的、小說裡的台灣轉化為一個真實生動複雜而豐厚的世界。十年前的李娜剛進入這個所謂的「學術界」時，曾懷著猶豫、疑惑的心情質問「我們為何研究文學？我們為何從事學術研究？」十年後，她用自己的實踐修改了舞鶴論，也來解答了困擾自己的問題。

因此，在我看來，《舞鶴創作與現代台灣》的問世，意味著一種態度：那是面對研究物件所具有的謙卑的實事求是的態度。李娜這部著作，也展現了一種方法：那是用田野調查或社會實踐的方法來校訂、修正既成理論的方法，這也是由「文本」細讀出發，又經由田調得來的經驗來詮釋「文本」並突破「文本」疆域的方法。李娜的這部著作，更昭告了一個新的研究世代的誕生。當年李娜似乎曾為如何突破現有研究的瓶頸而苦惱而探索新的方法，在追問如何才使得自身的研究工作有價值、有意義的時候，李娜以其認真熱誠的實踐和理論思考，逐步成長為一個不折不扣的、腳踏實地的台灣文學研究者，這是否預示著未來世代研究的新方向？那也許是更有人間氣的、實踐性的、為庶民服務的文學研究，是擺脫意識形態的困擾使文本的細讀轉化為社會文化的理解、從而煥發出真正的生命力的台灣文學研究。

我是本書最早的讀者之一，寫下這些因緣，或可為李娜所作的十年探索，留下一點見證，也表達我對新書出版的喜悅和欣慰。

二〇一四年十二月十日

黎湘萍，中國社會科學院文學研究所教授

目錄

引子：透過舞鶴眺望

舞鶴（一九五一—），一個公認難以理解而又重要的台灣當代作家。這個一九九〇年代讓文壇驚歎的「新」面孔，其實早在「鄉土文學論戰」以文學之名掀起一場思想、政治論爭的一九七〇年代末，就曾以「陳鏡花」之名，發表過一個透露了寫作潛力和野心的短篇〈微細的一線香〉（一九七八），同時入選（藝術與思想）標準不同的兩本年度小說選。但在接下來被認為是台灣社會民主轉型、文學解禁、「眾聲喧譁」的一九八〇年代，舞鶴不是弄潮兒，反倒從文壇消失，在台北邊緣的淡水小鎮，一隱十年（一九八一—一九九一）。十年孤獨歷練，「舞鶴」一飛驚人，他從個人生命經驗的「紀念碑」式書寫出發，穿越了戰後台灣的庶民生活變遷，又以一個「不事生產」、「精神出線」社會邊緣人（知識者）的自覺，讓現實與歷史、個人與社會之間種種荒唐悖謬與精神傷痛，悠悠浮出華麗島的世紀末。他的書寫方式與「眾」不同——鄉土，本土，現代，後現代……似乎都難以覆蓋，「復出」之初，論者多以「原創」一詞模糊地表達讚美。「書寫當下」的他，是一個「浪蕩者」，一個「狂人」，世紀末的讀者對其幽幽會心又難以評述，世紀末的文壇卻不吝授予其殊榮——舞鶴先後獲得賴和文學獎、中國時報文學推薦獎、台北文學獎、國藝會創作獎助、東元科技文學獎等文學界重要獎項，成為台灣當代評論乃至文學史意義上的重要對象，以至於論者有言「論二十世紀台灣文學，必須以舞鶴始。」[1]

舞鶴？是的，舞鶴！

舞鶴本名陳國城，曾用筆名陳渝、陳瘦渝、陳鏡花、黑貓，一九九一年以後以「舞鶴」之名發表作品。台灣台南人，畢業於成功大學中文系，後曾就讀台灣師範大學國文所、東華大學創作所。至今未正式從事過任何「職業」——在「作家」並非可謀生的職業的台灣，這不多見。

透過舞鶴，眺望台灣。一以他的每一部作品，都與呼應時代的某種文學現象或思潮相關，並體現了戰後台灣「嬰兒潮」作家融匯「本土經驗」和「現代主義」所達致的文學成就的一個高度。二以他的經歷與思考、書寫方式，都與戰後台灣的現代化經驗，有著刻入彼此內裡的關聯。

舞鶴特立獨行的人間姿態、晦澀又富有想像力的文字，被視為當代台灣文壇的「異數」。讀解這個異數，就從「舞鶴」這個名字說起。

地理上，「舞鶴」原是台灣東部花東縱谷的一處河階台地，阿美族人的世居之地，一九八一年以來被闢為觀光茶園，如今是以「天鶴茶」和旖旎風光聞名的旅遊區。舞鶴曾自道：所以用「舞鶴」作為一九九一年以來重出江湖的筆名，一是表白對本土之愛，一是為「舞鶴」本身的美麗意象所感動。其時剛剛走出淡水的舞鶴正向中央山脈行走，發願去尋找、書寫「台灣的山水人文之美」[2]。然而追溯起來，「舞鶴」作為地名並非台灣「土產」，卻是來自日據時期。在此之前，阿美族人稱此地為「掃叭頂」；日本人改名「舞鶴」，人們推測，可能是因為那時每年還從有從寒冷的西伯利亞飛來過冬的鶴，思及日本島上以夕陽紅聞名的「舞鶴灣」，這命名自是帶著殖民者的鄉愁。

而成為作家的「舞鶴」，是綽約的「風中之鶴」，也是「狂舞孤鶴」。前者透露文學青年的記憶（三島由紀夫的〈金閣寺〉中，那個每當心情鬱悶就去舞鶴灣看夕陽的少年，曾觸動了文學青年舞鶴的心靈[3]）；後者正是舞鶴的書寫姿態。

「舞鶴」這一地理符號血緣複雜，而舞鶴這個作家也遠遠超過了一九九〇年代以來對其「本土」或「本土現代主義」的劃界——作為戰後第二代台灣作家，他用三十年的文字書寫

---

1 參見王德威〈序：原鄉人裡的異鄉人〉，舞鶴《悲傷》，台北：麥田出版，二〇〇一。

2 參見曾美鑫、蔡珮汝〈訪舞鶴〉，《台灣新文學》一九九五年第十期。

3 參見謝肇禎〈亂迷舞鶴——舞鶴採訪記錄〉，《群慾亂舞——舞鶴小說中的性政治》，台北：麥田出版，二〇〇三。

自我，也書寫了現代化過程中的台灣。

以時間為軸閱讀舞鶴，先可看到三十餘年來台灣當代文學的表層脈絡：寫於學生時代末期的〈牡丹秋〉、〈微細的一線香〉，散發著一九七〇年代現代主義餘緒和鄉土文學作為一種新時代精神的氣息；寫於淡水隱居時期的〈逃兵二哥〉、〈調查：敘述〉，在解嚴前後大熱的反體制與「傷痕」書寫中，不以悲情控訴，也非炫耀「解構」的虛無，卻以逃兵的「神話」和革命的「神化」，追究「自由」之於個體的困境，敘述／文學委身功利的宿命；走出淡水之後，先後發表的〈拾骨〉（一九九三）、〈悲傷〉（一九九四），有關台灣現代化進程中鄉土與城市、個人與環境的荒誕悲喜劇，投射著基於本土生存危機的焦慮與突圍想像；之後，舞鶴走入台灣的地理與文化皺褶——高山海邊的原住民部落，《思索阿邦．卡露斯》（一九九五）和《餘生》（二〇〇〇）對原住民的當下生存和歷史記憶的探訪，既體現，也試圖超越逐漸流行於台灣文化論述的多元價值和弱勢關懷，以「回歸祖靈之地」構築一個逃離現代台灣的烏托邦。隨之，在被視為後現代主義的文學表現的「同志」、「酷兒」、「情色書寫」中，舞鶴又以《鬼兒與阿妖》（二〇〇〇）、《舞鶴淡水》（二〇〇二），所謂「肉欲書」，嘲諷「異端」之為時尚。他自大學時代的現代主義習作中即見端倪的，其實一路貫穿的，以肉體情欲之解放為個人「自由」的最後堡壘的信仰在這兩部作品中得到極端展現。此後長篇《亂迷》（二〇〇七）有意以書寫規則的極致顛覆，來進一步實現他文學形式與自由信仰的統一互見：「流暢中文」的規範被徹底拋棄，囈語胡言，包裹的是他自早年寫「家族史」的「野心」以來，身而為人、為台灣人、為世紀末台灣人的不斷自我尋求與自我割棄，最終抖落時代與意識形態加諸個人的「執迷」。在此意義上，書寫是自由的獲得，也是求自由之路。舞鶴的創作，由此成為戰後台灣現代化激發的個人意識的一個完整、酣暢的鏡像。

第一章 〈微細的一線香〉：文學青年舞鶴的一九七〇年代

傍晚後，一個個無盡頭的長夜，一支支亮著微紅的線香。

——〈微細的一線香〉

〈微細的一線香〉始見真正有意寫小說，一種「文學的使命感」在背後驅策，寫得坎坎坷坷，鑿痕處處，我年輕時一個龐大的文學夢想，寫作《家族史》之前的一篇試筆。我不喜這般所從來的小說，不過猶記得當時落筆儼然，是蒼白而嚴肅的文學青年立志寫的「大而正統」的作品。

——《悲傷》後記

舞鶴一再告白對「嶄露頭角」之作〈微細的一線香〉（一九七八）的「不喜」，悔其少作，為其「儼然」；我們卻樂意並不得不回到「少作」，便是從其「造作」，也可窺得他寫作的血脈來源與時代風標。

舞鶴開始寫作的一九七〇年代，是文學與社會高度關聯、密切互動的時代，也是戰後形成的世界冷戰格局鬆動，新生世代關懷現實、深惡專制的心思與行動，正以各種文化形式曲折衝撞著戒嚴體制的時代。以文學之名掀起的一波又一波的思想論爭，特別是「鄉土文學論戰」，參與也推動著社會走向。這是文學蘊涵極大衝勁和能量的時代，以陳映真為代表的祕密的左翼文學青年已經有了清楚思想與行動動力，集結在《夏潮》雜誌周圍，文學是其追尋思想反抗的途徑也是武器；而對舞鶴所代表的「蒼白而嚴肅」的前衛文藝青年而言，文學就是「叛逆」本身。寫了幾篇典型的現代主義習作之後，舞鶴以〈微細的一線香〉將觸角探入戰後一度塵封的「日據時代殖民歷史」，以此開始他「龐大的夢想」：寫作家族史。在當年，這種寫作並非平常。這是一九五一年出生的舞鶴，作為戰後第一代本省青年，對他所處的激蕩時代的參與方式，其寫作得失，值得特別探究。

本章以舞鶴「始見真正有意寫小說」的〈微細的一線香〉為主，兼及早期的其他作品，包括〈蝕〉（一九七四）、〈牡丹秋〉（一九七四）和〈十年紀事〉（一九七九）[1]，追尋舞鶴創作的源頭，兼及與他同時開始寫作的「戰後新生代作家」，如何走向不同路途。

一、微細的一線香：未完成的家族史

〈微細的一線香〉以光復後出生的「我」的視角，寫府城舊家族子孫三代人的命運遭際。舞鶴「龐大的夢想」，即以三百餘年繁華歲月的府城的衰落為背景，寫出日據時代到一九七〇年代台灣人的精神沉浮。

家族故事上演的空間是府城，即台南——是舞鶴長大的地方，他的多篇小說都以府城生活為背景。作為開發最早、繁榮之地，府城集中了台灣近三分之一的古蹟。明天啟四年（一六二四）荷蘭人入侵台灣，在今台南安平鎮設置台灣政廳，作為殖民中心，鼓勵墾荒農耕，開展海上貿易。台南成為當時中國東南海外的一大都市，漢人漁商接踵而至。明永曆十五年（一六六一），鄭成功攻克荷蘭人所建「熱蘭遮城」（又名紅毛城，即今日安平古堡前身），將其改設為「承天府」，確定了台南作為台灣府治的地位。清康熙二十二年（一六八三），鄭成功之孫鄭克塽降清，清政府在台南設「台灣府」，台南仍是台灣政治、經濟、文化的中心。當時有所謂一府，二鹿，三艋舺之稱，即第一台灣府，第二鹿港，第三艋舺

1　〈十年紀事〉於二〇〇二年重新整理改名〈往事〉，收入《十七歲之海》，台北：麥田出版，二〇〇二。

（今台北萬華），可知台南是最繁華的地方，而安平港是全台灣的貨物吞吐口，外商雲集，有五大洋行和英國領事館。一八八五年，清政府在台灣建省，巡撫劉銘傳駐於台北，並著手將台北建設成近代化的商業都市，台灣的政治、經濟中心遂開始由台南／府城向台北轉移。甲午戰爭後，日本置台灣總督府於台北，試圖通過都市計畫／現代化的手段，複製學習西方的成功經驗。與此同時，台南因安平港漸漸淤淺，對外貿易日趨冷落，徹底失去中心地位。

幾千年來，台灣是多族群多語言的原住民以氏族部落形態棲居之地；明鄭以來，又是漢移民與遺民之地。以經濟掠奪為目的的「殖民現代化」，打破了前現代的台灣社會關係。台灣島上的漢人與原住民被迫進入「現代性問題」：從民族／部落的自我認知到現代「國家」意識的強制演進——認同敘述是台灣一九九〇年代以來的「顯學」，但在舞鶴寫作〈微細的一線香〉的一九七〇年代末，實為少見。

1 啥人知我志氣：殖民地台灣的父祖

小說伊始，生活於一九七〇年代台南市的敘述者「我」，守著曾經是「五落輝煌大厝」、而今被經營工廠的二叔詛咒為「破舊、陰濕、滿是鬼怪。伊娘的，攏是鬼」的「三進破敗古厝」，回憶在這裡生活過的家族三代人。歷史時空，正追溯到日本殖民台灣、府城失去首府地位的祖父時期。

首先是「廢人父親」。在太平洋戰爭時期，被徵召到南洋戰場「光榮奮戰」的父親，戰後歸來成了一個終日醺醉沉迷於養貓、蒔花的「廢人」。推斷一下，父親屬於出生於一九二〇—一九三〇年間的一代，成長期適逢日本為戰爭大力推行「皇民化」運動[2]，在殖民已逾四十載的台灣，父親接受軍國主義與愛國主義相結合的「皇民化」教育。一九四二年實施「台灣特別志願兵制度」[3]，父親或許抱著藉為天皇奮戰而成為與「內地人」[4]平等的「皇民」的心態奔赴戰場。日據時代末期，以「皇民文學」成名的作家周金波的〈志願兵〉、陳火泉的〈道〉中所寫的志願參戰以「步向皇民之道」的高進六、陳青楠等台灣青年形象，並非全然皇民文學的宣傳泡製——戰後國民政府為清除「奴化遺毒」而強力抹去這一記憶，在一九七〇年代的文學青年舞鶴這裡被找回來——〈微細的一線香〉中，母親對參戰時父親

2 一九三七年日本發動全面侵華戰爭後，根據「國民精神總動員計畫」制定台灣「皇民化」方針，包括完全廢除公學校的漢語教學、取締中文私塾、改日本姓氏，甚至取締中國傳統年節，要將台灣人「煉成」日本皇民。文學上則大力推行「皇民文學」。

3 從一九四一年太平洋戰爭爆發到一九四五年終戰之前，日本先後徵召台灣原住民祕密編成「高砂義勇隊」，徵召台灣青年編成志願兵赴南洋乃至大陸戰場。

4 其時台灣殖民政府將日本稱為「內地」，自稱「本島」；相對應日本人為「內地人」，台灣人為「本島人」。

的記憶是「身著戎裝、炯亮眼睛」，她曾那樣盼著父親「沙場立功」凱旋歸來，翻新屋厝，「告慰祖先」。終其一生，母親都懷念這個時期，「始終，伊堅持說是『奮戰』。」台灣光復，父親成了一個「淪喪者」，歸來時他「像脫了水的乾薯樣在庭中立著」，「喪神般愣瞪著一雙雙迎迓底濕熱的眼瞳」，對人懷著莫名的「近乎仇恨般的敵意」。他將白菊種滿庭院，「那樣不讓人觸摸的白，綴滿了父親癱瘓樣的餘生」，最終在寒流早來的冬天，父親為了護理白菊，三十九歲便撒手而去。

相較於父親作為一個殖民地戰爭的犧牲品，早逝反倒成全其單一認同；而祖父漫長的一生，承受精神的幾度翻覆和自我反芻之外，還要承受子孫輩的詰問疑慮，毋寧更是千瘡百孔。祖父曾是府城孔廟以成樂社的司笙者，一代儒家士紳。明清兩朝，作為台灣的政治文化中心，府城一直是文教發達之地。被尊為「開台祖師爺」的鄭成功，收復台灣本是為了要拿它作為「反清復明」大業的基地，一入台便致力於規畫一個以儒家思想為指導的社會架構；繼之而來的清朝亦以儒家教化以圖安定，巡台的欽差大臣沈葆楨特別奏請在府城建立延平郡王祠，表彰其「忠義」。祠中掛沈葆楨對聯：

> 開萬古得未曾有之奇，洪荒留此山川，作遺民世界；極一生無可如何之遇，缺憾還諸天地，是創格完人。

明清兩代，台灣除設有國學、府學、縣學等官辦學校之外，為數眾多的書院散落民間。士人與庶民擁有同一價值體系與文化傳統，與大陸鄉間一樣，移民來台的漢人一旦經歷幾代安定富足，便培養子弟進學入仕。小說中的祖父以儒家傳人自居，他的山川淪為日本殖民地時，無意中便接續起鄭成功的「遺民」之痛。

然而此遺民已非彼遺民。在台灣這個「孤懸海外」的小島上，日本刻意經營他邁向帝國之路的第一塊殖民地。既是被擠進「現代化強國」的日本打敗，如祖父這樣的地方士紳作為遺民，面臨的不單是倫理氣節，也必然承受了中國近代史念茲在茲的「落後的恥辱」。儒家教化如何與殖民地的「現代文明」角力？敘述者並未做全知的歷史敘事，卻通過孩童的目光和家人的回憶，以祖父的三個生活場景，拉開三道厚重的歷史帷幕。

首先是家族祭祀。

光復後某年，退出孔廟以成樂社的祖父，卻把祭祀孔子的全套程式一絲不苟地搬到古厝的庭院。同時，沉溺於「修築更壯麗的王國」，「加厲地收購著簋簠尊爵等諸種祭器」，堅持「至少須購一個鼗」，「沒有鼗，如何接續那年代久遠的聲音？」祖父「修築」一個漢文化的「王國」，並且堅持子孫都是這個「王國」的子民。在燈火灼灼的堂厝，舊瓷碗滿溢的雞血拉開祭禮序幕，祖父的藍袍紫帶、奕奕眼神、粗嘎嗓音，乃至映在觀禮的母親眼瞳裡的那一絲「燭火美麗的柔芒」，營造出讓人屏息的氣氛。「樂奏昭平之章」、「樂奏秩平之章」是空喊，卻彷彿使人在偌大闃靜裡聽到鼓樂齊鳴；「肅肅雍雍，譽髦斯彥，禮陶樂淑，相觀而善」，「宛如孔廟九月末梢的釋奠儀節，祖父儼然大通兼主祭，而我忝為事事贊助的小官」。

禮樂教化悖謬時空，如何「接續著古老文明」？母親小心翼翼道：「不會太僭嚒？」二叔卻諷刺「只會玩家家酒」、「逃避」。古厝庭院裡的祭祀，於儼然中流露癲狂，埋藏著怎樣的遺民故事？

到了下一個場景，我們似乎窺得了答案。

這就是祖父的書房。

那是家中的禁區：「如是不可思議，將二十年了，家厝仍有我未能親炙的陌生的國土。」一次祖父昏睡，「我」懷著冒險的竊喜踏上「紫灰色六角地磚」的書房：畫布軸、紫石硯、剝落了銅漆的油盞燈、繪著古衣冠人物的書櫥——所有的物質符號都指向「古典」、「中國」，暗影重重的線裝書《潛夫論》、《明代名臣言行錄》……更進一步訴說著主人的志趣。「我」摩挲書頁上的「紅圈」，揣測著先祖「憑著油盞圈點古書」的心境時，卻於無意中拉開了書櫥最下層的斗櫃，另一套異民族文化的物質符號出現了：一件「一輪夕陽紅在金黃質地上迸跳出來」的和服，一雙雕著圓臉娃娃的木屐，然後，是一個柚黑木匾——

台灣公益會旨趣書（一九二三年十一月）[5]

……誠惶誠恐我東宮殿下鶴駕南巡之際……島內官民奉誦之餘，莫不感泣淚零。……茲糾合同志除宏揚台灣公益會外，更擬切磋研鑽，以圖上下意志之疏通，披瀝忠誠……以助長內（日）台人差別之撤廢。……日本帝國統治幸甚，台灣統治幸甚。……

原來戰後的癲狂祭祀，竟是為了「逃避」曾經的淪喪嗎？「書房」是一個充滿了隱喻的地方，儘管給我們看到的不過是兩種東西：器物和文字。大和文明的木屐、和服進入了銅油盞、線裝書的書房，代表著從武力征服到文化（入侵？融合）的大變動；文字則道出讀書人的心靈掙扎。一方面，文言正用它特有的聲韻腔調，表白著與殖民者燕好的心意，連呼「幸甚」，何等卑微。另一方面，華麗的「旨趣書」又隱然透露遺民的自我辯解：「統治之極致在於文化向上，民生安定而已。」殖民初期，漢書房和如祖父這般的舊文人，曾是與殖民者進行語言角力、「維繫漢文化於一脈」的重要營盤。但同時，「漢文漢詩」也是殖民者以「同文」示好，拉攏舊文人、排斥「新文學」的手段。台灣新文學直接受到大陸新文化運動

5　參見周婉窈《日據時代的台灣議會設置請願運動》，台北：自立報系文化出版部，一九八九。

影響，在殖民地處境下，尤有強烈的抵抗意識。「漢文化」與「舊文人」，在多重的歷史夾縫中，焉能不進退失據。祖父典藏的「台灣公益會旨趣書」，代表的或是一類「屈節者」：文化不滅，則與日本人「融合協立」，未必不利於「除去民間疾苦」——考諸文人屈節保身的歷史，這翻說辭並不罕見[6]。所謂「助長內（日）台人差別之撤廢」，是順應時勢的天真願望，還是屈從殖民地的悲觀宿命？殖民地人的最高目標，是成為與殖民母國同等的人？由此再回顧父親的經歷，太平洋戰爭給他成為「皇民」的希望，希望的毀滅伴隨著認同倫理的反撲，讓父親一代成為精神癱瘓。而為父親取名「承祖」的祖父，要他如何承祖？一些日本學者的研究，如此理解祖父這一代台灣人所遭遇的歷史兩難：

> 本島人要保持對岸的語言和習慣，在今日對他們沒有什麼利益，恐怕更使他們子孫的地位增加困難……使用本島話及隨著因使用本島話而懷著思想祖國及懷念祖國的感情，那麼他們在政治上就不能不受到不利的處置。[7]

敘述者「我」說，「家族遺傳的血液啃蝕了父親的一生」，祖父遺傳給父親的不是別的，卻是一個大漢子民的人格畸變——政治上的妥協屈節與文化上的空虛耽溺的困頓交加。從《明代名臣言行錄》的書名與一卷卷紙軸〈大和頌〉、〈送尾崎一郎東歸詩〉、〈和上田總督詩〉的對照中，想見這其間的矛盾。

「我」的偷窺揭開了祖父的傷口，病中的他，拼盡全力擲來手杖，打碎了木匾。而年少的「我」懵懂不覺，多年後殷殷詢之於母親。母親卻講起了祖父辦工廠的事情，由此我們進入祖父的第三個時空：光復後的工廠。

光復後，祖父賣掉五進大厝的後邊兩進，在郊外開了一家產品銷往「唐山大陸」的罐頭廠。一九四七年「二二八」事件爆發，祖父的工廠亦受到持著棍棒、嘯叫著「打豬仔」的本省人的衝擊，祖父嘶吼：「我是台灣人！」眾人愣住，祖父卻又呲著牙惡狠狠地說：「中國人！」眾人惶惶，一個乾癟的聲音冷冷道：「昨天是日本人，今天台灣人，究竟是什麼人？」祖父被問得啞了聲。日本人面前是「日本人」，光復了剛剛回歸「中國人」，又在衝突中回到「台灣人」——乾癟的聲音「冷而堅直」地替祖父作答：「什麼人？現實的人！」這個「乾癟的聲音」，像終於來臨的末日的審判，宣告著祖父作為「淪喪者」的道德破產。祖父抱著振興家業的雄心開辦工廠，具有商業投機色彩，光復之初，兩岸往來暢通，對由於日本人的經營而初步擁有現代工業觀念的台灣士紳來說，看到了商機，府城本是一個以商

6 又如周作人在解放後給毛澤東的信裡有極類似的辯解。

7 參見西野英禮著，鄭炷摘譯〈殖民地的傷痕——帝國主義時代日本人的台灣觀〉，王曉波編《台灣的殖民地傷痕》，台北：帕米爾書店，一九八五。

業貿易為基礎發展起來的城市，重利的商業性格也是一種積澱。舞鶴對此頗有自覺，並在不同的作品中一再加以表現和嘲諷。〈調查：敘述〉和《亂迷》中，都有面對入侵者「田庄憨祖」拼死抵抗而城裡的生意人已開門跪迎的情節。「暫時不做生意不會死」是《亂迷》中田庄憨百姓飛函告訴府城親家要「報血仇」時的叮嚀，然而生意人永遠生意第一。以此來看，小說中那個「乾癟的聲音」說「什麼人？現實的人」似乎來自青年舞鶴對歷史中的祖輩的審判。卻也無意中呼應了當下對殖民地「文化認同」困境的熱議，那麼青年舞鶴早就提供了一個「解構」：讀書人的錯亂背後，非關「文化」，而是「現實」。祖父的工廠終於被砸，漸漸癱瘓下來，隨同癱瘓了的是祖父的意志。五進輝煌大厝漸漸變成三進破敗古厝。「我」推測祖父正是在此後退出孔廟以成樂社，開始了被目為瘋癲的「家族二人祭」。「啥人知我志氣」，祖父喃喃。工廠的癱瘓使祖父再次，也是在更頹廢的意義上退回到沒落的遺民的世界，在這樣一個世界中，無可如何之遇依舊，缺憾卻無法還諸天地，也再沒有韌格完人。

2 發現「斯土斯地」：「我」的一九七〇年代

小說中，「我」困惑於書房裡的發現，在入伍服役的間隙努力閱讀史書文獻時，如此表白：

> 對於自身生長的斯土斯地，歷史課程只浮面地讓學生認識了被殖民的事實；至於殖民的實質過程，卻是懵懂無知。

此時，父祖的追思變成青年作家與緘默的時代的對話。的確，父親、祖父的故事勾連著幽微曲折的殖民地記憶，是當時的台灣作家少有能力觸及的。戰後出生的人，對殖民歷史的隔膜是普遍的。舞鶴曾提及：日據時代的許多政治、文化資料，他是在讀到研究所時期才看到的。小說中「我」帶著常年累積的好奇偷偷進入書房這一舉動，是為象徵：「我」在暗影重重的舊書房，無意中揭開了一段黯淡的歲月，如同現實中的作者打開了塵封的書頁。

舞鶴如何閱讀到「塵封」的史料？殖民史何以被塵封？

殖民歷史五十年，台灣人的抵抗其實從未停止過，無論漢人「番人」，從激烈到隱蔽，從武力到「合法」鬥爭，從士紳到農民，大大小小，明明暗暗。反抗的酷烈與妥協的悲辛，乃至殖民地意識形態的日漸落實，日據時代的台灣文學都為其留下曲折入微的記錄。二戰結束後，「光復」了的台灣本可期待文學脫下鐐銬，對殖民歷史進行更深入的反思與建設的書寫，以探討新時代與文化的出路，一九四五—一九四九之間，有兩岸知識分子流動、參與的文化界，確也曾出現這樣的榮景。但一九四九年國民黨政府退守台灣後，隨著朝鮮戰爭爆發，「冷戰」時代開啟，台灣「戒嚴體制」確立，文化上亦以軍事管控，報刊全面禁用日語——日據時代還能頑強發聲的作家，卻在回歸「祖國」後喑啞了。「中華民國」偏安海中孤島，為求生存，一方面在世界冷戰構造中全面依賴、尋求美國的保護，一方面在島內確立其專制威權。日據時代台灣文學與左翼思想淵源既深，又形成其抵抗言說的傳統，於是同大陸三〇年代文學一樣，成了被封殺和禁忌的文學，在戰後出生的台灣人的成長教育中，幾成空白。又，被日本殖民的五十年歷史，於國民黨政府有著尷尬：一方面以「抗日與反共」的革命史敘述塑造認同，一方面現實需求與日本形成新的同盟關係。日本殖民歷史與其間台灣的文化變異與精神創傷，在此矛盾下，實「不宜提起」。於是「反共愛國」的意識形態隨著政府文藝政策扶持下的「反共文學」和懷鄉敘述，軟性言情，伴隨依賴美援的經濟「起飛」，一度確立了戰後台灣「黨國一體」的「唯一信仰」的神話時代。

生於一九五一年的舞鶴，就成長於這樣的戰後環境。一九七〇年代日據時代文學的重新出土，既是時勢鬆動，更是年輕一代從歷史中尋求思想資源的內在衝動的結果。一九七〇年代東海大學學生「發現楊逵」是一個案；一九七六年《夏潮》雜誌開始持續挖掘和刊登日據時代文學和運動的作品、人物資料，更把這一「抵抗」的日據時代文學精神，有意帶入一九七〇年代的社會運動現實中。無論是林載爵、林瑞明透過楊逵闡揚「日據時代台灣文學的兩種精神」，還是《夏潮》雜誌對「本省前輩作家」有關民俗、鄉土的現實關懷致敬，背後都有著戰後在白色恐怖清洗中「消失的左眼」——左翼思想之復歸、接續的背景。關懷鄉土現實、批判（新形式的）殖民經濟——「蒼白而嚴肅」的文藝青年，不必然認知或認同其中的左翼背景，卻異常鮮明地在他的〈微細的一線香〉中，表達了如上主題。

小說的後三分之一，寫的都是「我」對這樣「昧於歷史」的現實生活的奮起叛逆，「我」勤讀古書、拒絕參加大學考試，當撿字工人、自二叔與日本人合作的工廠逃離、反對經濟起飛時代的「新殖民」，擺攤賣舊書（線裝書）……一切都與一九七〇年代經濟起飛的大好形勢逆向行駛。但這三分之一寫得確是過於「理念化」了。「忽然發現斯土斯民」的青年陳鏡花有太多想說的話，但大量的對話、憤激的口號反而使故事飄忽無力。

一是對二叔所代表的「新殖民經濟」買辦的批判。二叔是祖父心中的逆子，他無情拆穿祖父的「裝假」、「無用」，痛恨老厝的「破舊、陰濕、滿是鬼怪」，通過經營工廠，成為「經濟起飛」年代的新興資本家。「我」被二叔拉到他與日本人合作的綠藻廠作管理員，在此引發了「我」對無聲無力的工人的同情、對「經濟新殖民」的日本人的痛恨、對二叔所代表的經濟發展的質疑：這種掠奪式的中飽私囊，只不過是「殖民性格」的再現。所以，在飯桌上「我」和二叔當著日本技師的面爭執，憤然說：都是殖民治下的遊魂！

二是對現代經濟蠶食傳統文化的憂慮。祖父去世前一年，政府要建觀光大道，「我」為列入拆除範圍的古厝向市政府寫陳情書。後來，「我」從二叔那「豐足」的世界中退出，在旅遊車川流不息的赤嵌樓旁賣舊書，有日本人要整批購下；當「我」轉戰到鄉下，卻有農婦嚷：「我家以前也有這種書，孩子伊爸當廢紙賣啦！」「我」似乎是抑制不住「古典」將在人們的遺忘和無知中消亡的恐懼，急急趕回家：「遲一步，古厝會在都市中消失……」。

對現實經濟文化的批判，導向一種仿若「新遺民」情懷的擁抱舊世界。這姿態不可謂不怪異，無論現代主義文學還是鄉土文學，似乎都沒有這樣一脈。但對這篇小說來說，卻算一以貫之：小說用的是府城沒落家族子孫的視角，「我」對祖父始終抱著一種類於哀婉的「同情」。在那荒謬的古厝庭院的祭祀中，吊詭地「我」不僅承傳了祖父對文化中國的癡情，也承傳了祖父那「癲狂」的「遺傳的血液」。小說開頭，兒子在作文〈我的父親〉中如此寫道：「傍晚後，客廳黑暗暗，只燒神明的香，老是抽菸的爸爸坐在椅內，眼睛瞪大大，都不說話……」「我」自認兒子的作文道出了部分的真實：「蒼白緘默」的「我」，莫非是現代生活中苟延殘喘的新「遺民」？

「我」出生於台灣光復之際，讓人想起電影《悲情城市》裡那個誕生在日本天皇宣布無條件投降那一歷史時刻的孩子，他被取名「光明」——或許「我」也有個光明的名字，沒有像父親那樣被命名「承祖」，卻偏偏是「我」沿著祖父的腳印走了下去，成了祖父曾傾力構築、意圖「輝煌」、卻只是衰朽的「王國」裡的「微細的一線香」。「我」對傳統漢文化的認同是由歎著「世衰道日日微啥人知我志氣」的瘋癲祖父開啟的。在行之多年的家族祭祀中，「我」對儀式背後那古老神祕的傳統文化從敬畏與好奇到熱愛與耽溺，終於化為存在的唯一指標。最終，似乎是應了二叔對家族男人「攏是廢人」的詛咒，在各種叛逆現代生活的行為之後，「我」決定守著古厝，「和著父祖遺留一筆小錢，閉戶自守」，不無自嘲、卻又堅決地認定：「我是且必須是為這古老屋厝固執焚燃的寂寞的一線香」。在新的都市裡，在新的時代中，「我」成了一個新遺民。

於是就有了小說結尾那個「光明的尾巴」。「我」反對妻外出賺錢，不無矯飾地說，「金錢的補償或重建能取代喪失的事物麼？」妻委婉說明要讓兒子受最好的教育。「我」忽然期待起兒子的未來「作為睿智的改革者的一生」，於是振作找工作，卻在書攤上無意中看到了中國的地圖，同時電視機裡傳來的歌，讓「我」剎那間激動得不能自己，似乎看到了希望和力量。在小說的結尾，剛剛上小學的「我」的兒子也唱起了那首歌：「我們隔著迢遙的山河，俱盼望……」。

這在當日想必被解讀為愛國與民族情感的情節，在今天的語境下讀來，不無猶疑歧義。這首歌似乎脫自一九七〇年代「民歌運動」中蔣動作詞，李雙澤改寫、譜曲的〈少年中國〉[8]。如同以「唱自己的歌」對抗西方文化殖民為發端的民歌運動中有著「中國現代民歌運動」和「淡江——夏潮」體系的民歌運動的不同脈絡，在「關懷現實」和「上山下鄉」思潮影響下的年輕一代，也逐漸走向不同的立場和方向。同樣反抗新殖民，持守民族主義的以文化中國為堡壘，有左翼思想的在「統一」意識下，潛藏了對中國大陸社會主義的期待；還有因痛感身為「台灣人」被壓抑的歷史，而走向「台灣獨立」的（有意思的是，同為李雙澤改寫、唱出的〈美麗島〉，後來成為台灣獨立人士表達認同的歌）一九八〇年代社會運動可直接訴諸政治抗爭，一九七〇年代台灣思想與政治意識的演變，多包藏在文藝形式中。如此，〈微細的一線香〉中透露的青年舞鶴的選擇，似是基於民族情感的古老文化認同。但對照舞鶴的其他作品，這「大中華意識」竟然是僅見於此。多年後回顧這舊作，舞鶴一再自嘲「大而正統」：「對文化和土地的鄉愁，來自教育和時代的氛圍」[9]。吊詭的是，「教育」是戒嚴體制下黨國的教育，青年人的「時代氛圍」卻是對著戒嚴文化的反動。這個自我評論的矛盾，也呼應著小說中「我」的思想與抉擇的矛盾，是否能從舞鶴身受的時代氣息與心儀的繆思之神中，尋求理解呢？

二、身世辨析與精神探源

1 混搭的「時代意識」：鄉土關懷．民族情感．殖民主義批判

舞鶴對台灣殖民歷史的興趣，直接源自一九七〇年代青年人對鄉土、現實的關懷。這樣

一種時代意識的興起，自有其政治社會背景。一九七〇年代伊始，台灣即經歷了一系列「外交潰敗」。一九七〇年十一月，美國宣稱將釣魚島「歸還」日本，美日的帝國行徑和國民黨的軟弱引發了台灣從海外留學生到島內學生的轟轟烈烈的「保釣運動」。一九七一年，中

---

8 蔣勳作詞，李雙澤改寫、譜曲的〈少年中國〉，是一九七〇年代民歌運動中的重要篇章。歌詞如下：

我們隔著迢遙的山河，去看望祖國的土地。
你用你的足跡，我用我的哀歌。
你對我說：
古老的中國不要鄉愁，鄉愁是給沒有家的人。
少年的中國也不要鄉愁，鄉愁是給不回家的人。
我們隔著迢遙的山河，去看望祖國的土地。
你用你的足跡，我用我遊子的哀歌。
你對我說：
古老的中國不要哀歌，哀歌是給沒有家的人。
少年的中國也不要哀歌，哀歌是給不回家的人。
我們隔著迢遙的山河，去看望祖國的土地。
你用你的足跡，我用我遊子的哀歌。
你對我說：
少年的中國沒有學校，她的學校是大地的山川。
少年的中國沒有老師，她的老師是大地的人民。

9 根據本人舞鶴訪談錄。

華人民共和國取得聯合國合法席位，而台灣被迫退出聯合國，失去了在國際上「代表中國」的資格和外交權。一九七二年，中日建交，日蔣關係破裂。國際情勢急轉直下的同時，台灣島內的經濟問題日益突出。一九六〇年代工業經濟起飛的背後，隱伏著農業連年衰退、農業人口大量流失所造成的諸多社會問題。一九七三年發生世界石油危機，台灣經濟遭受重創，使知識分子開始意識到台灣殖民經濟過度依賴美、日的弊病。政治經濟的內外變局，「動搖了前二十年國民黨威權體制所建立的穩定局勢，暴露了台灣社會所潛藏的種種問題，因而改變了知識分子整體的思想傾向。」[10]這種改變主要體現在：「保釣運動」激發的民族情感和社會責任感，打破了台灣社會和學界在戒嚴體制下的長期沉寂；許多高校紛紛組織「社會服務隊」「上山下海」、「為大眾服務」，掀起回歸民族、回歸鄉土的浪潮，關注底層民眾的生存狀態；反省台灣西化之風，對崇洋媚外心態進行批判。社會變動與新興的思想，幾乎同步投射或者說具體化在台灣的文藝領域中，譬如一九七二—一九七三年的現代詩論戰、一九七六年前後開始的「民歌運動」、一九七七—一九七八年的鄉土文學論戰，以及整個七〇年代大量出現的鄉土文學作品與民歌創作。某種意義上，由關傑明、唐文標、高準等人批判現代詩「晦澀」、「做作」、「藝術至上」、「逃避現實」而引發的現代詩論戰，是鄉土文學論戰的先導。而鄉土文學論戰堪稱是戰後台灣文學界規模、影響最大的一次文學論爭，並引發出複雜的意識對抗[11]。有關鄉土文學論戰的資料、研究文章乃至學位論文、學術專著之多，都證明這一場有著諸多「未完成的話題」的論戰對台灣社會、文化的影響[12]。

然而根據舞鶴自己的說法，雖然當時還在讀研究所的他「知道有『鄉土文學論戰』」，並且在論戰的高潮及其後接連發表了兩部頗體現了鄉土文學旨趣的小說——〈微細的一線香〉和〈往事〉——但他自白對「鄉土文學論戰」「完全漠視、反感、不關心」，「不是我贊成反鄉土文學的那一方，而是我從大學以來，所閱讀到的鄉土文學作品藝術性差，使我很難接受。」[13]

也就是說，雖然深受時代氛圍影響，「蒼白而嚴肅」的舞鶴，是個實打實的文藝青年，內心信奉一個有超越性的繆思。他所不滿於〈微細的一線香〉的，也正是這一點，所謂「鑿

10 參見呂正惠〈七、八十年代台灣鄉土文學的源流與變遷〉，《文學經典與文化認同》，台北：九歌出版社，一九九五。

11 關於當年論戰的原始資料，可參見尉天聰編《鄉土文學討論集》，台北：遠景出版社，一九八〇。

12 一九九七年十月，行政院文化建設委員會還主辦了《青春時代的台灣：鄉土文學論戰二十周年回顧研討會》。九〇年代，鄉土文學論戰更被本土論者賦予「里程碑」的光環，不在於其對台灣文學發展的作用，卻在於開啟「台灣意識」的意義。可參見遊勝冠《台灣文學本土論的興起與發展》，台北：前衛出版社，一九九六；陳芳明〈歷史的歧見與回歸的歧路——鄉土文學的意見與反思〉，《後殖民台灣——文學史論及其周邊》，台北：麥田出版，二〇〇二。相關的不同意見的研究文章還有：王德威〈國族論述與鄉土修辭〉，《如何現代，怎樣文學？——十九、二十世紀中文小說新論》，台北：麥田出版，一九九八。

13 參見謝肇禎〈亂迷舞鶴：舞鶴採訪記錄〉，《群慾亂舞——舞鶴小說中的性政治》，台北：麥田出版，二〇〇三。

痕處處」。然而這篇小說作為一個「濃縮的國族寓言」，在他的寫作時代，內容涉及台灣史的層面、深度和複雜性，實為鮮見。換言之，他處理的是（如今誰都要講的）「國族認同創傷」，在那個戒嚴時代，需要超出一般寫作者的歷史認識和能力。

〈微細的一線香〉之前，舞鶴發表過〈蝕〉和〈牡丹秋〉，一個寫大學生到小鎮看現代主義美術展的所思；一個講述一段男女戀情，都是大學生活經驗的直接體現。而〈微細的一線香〉將目光投注到殖民歲月，揣想先祖的身心裂變，顯然是一次有意識的開拓。小說中「我」對台灣的新殖民境遇發出的不平之聲，對工人的同情，對二叔「媚外」之姿的厭惡，自然對應著時代思潮，也是舞鶴在日後評價舊作時所赧顏的「文學的使命感」——之所以赧顏，或許不是「使命感」本身，而是「使命感」訴諸文學後的「儼然」。這「儼然」，表現在小說後半部分口號似的理念與對白中，表現在行文造句的過於用力上，也表現在前後思想表達的自我矛盾中。思想上的矛盾尤其微妙而耐人尋味。比如，小說中「我」在讀了大量台灣史書資料後，曾如此表白：「由著文獻，我得以迫近鄉土的真實：熟悉先人的來源與滄桑，而後以撫愛的眼神正視鄉土的現實。」然而何為「正視鄉土的現實」呢？如果說拒絕體制教育（不參加聯考）、拒絕為殖民經濟工作（逃離二叔與日本人合作的綠藻工廠）稱得上一種抵抗的話，退守古厝，卻是一個很難理解為「正視」鄉土現實的動作——傳統文化「微細的一線香」，表現為一個蒼白的自閉者，如果說揭開並嘗試理解祖父淪喪的人生，也是一種「正視」，那麼作為傳統文化的承繼者，如何在更高理想和行動上超越祖父的宿命，或許才是更痛切扎實的「正視」。但青年陳鏡花尚不能對此作答。又一代的「廢人」的形象，或透露了舞鶴與「鄉土」真實的隔膜。

小說「光明的尾巴」，則無意呼應了鄉土文學內部的歧異。葉石濤對台灣鄉土文學的肯定，埋藏了日後「從鄉土到本土」的獨自成章；陳映真則針對葉石濤的論點，將台灣鄉土文學「統一在中國近代文學之中」，「也是以中國為民族歸屬之取向的政治、文化、社會運動的一環」。這一份歧日後發展出「統獨意識之爭」，是後話了。舞鶴寫的是葉石濤在論戰中所強調的殖民歷史、「被壓迫的經驗」，雖反覆表達著認同之扭曲與艱難，卻用一幅地圖一首歌還有孩子純真的聲腔，表達了「中國」的民族歸屬感——雖則舞鶴的「中國」也非陳映真的「中國」。鄉土文學被戴上其時如同「血滴子」的「紅帽子」（鄉土文學＝工農兵文學），一時風聲鶴唳，最後由官方出面要雙方為了國家大業而協力奮戰、「團結鄉土」，又以胡秋原一篇〈中國人立場之復歸〉畫上句點。這個才是青年舞鶴受教育而得的「中國」，也是他自我批評的「大而正統」。

或許，其時舞鶴對「民族情感、鄉土關懷」中的社會意涵，仍是食之未化，小說才寫得聲竭力嘶並且裂隙重重。不過，這種裂隙，或也反映了他對「政治認同」的終將疏離：日後他的創作對台灣的意識形態建構乃至消費與時尚文化論述，一路走來，順手拆解，尖銳嘲弄，原是早年就種下的品性。

這一點，可以將舞鶴與年齡接近、同樣在一九七〇年代開始創作、日後成為重要作家的宋澤萊和朱天文、朱天心姊妹做一對照。大學期間寫過三本心理小說的宋澤萊，卻是以一九七八年陸續發表的具有濃厚鄉土色彩的《打牛湳村》系列而成名的。將同樣發表於一九七八年的〈微細的一線香〉與《打牛湳村》放在一起，雖同樣曰「關愛鄉土」，表現和氣質卻是大為不同。不同於舞鶴那割捨不掉的現代主義青年的「菁英」趣味，宋澤萊以為底層農民吶喊為書寫動力，曾如此表白：「我的企圖是描寫一九七九年前，台灣的下層社會（農村、小鎮、港市）的真相，我拼命地想留下我的社會見證，他們的畸慘超乎了中層以上社會知識階級所能想像之外。我以伸冤的心情在營建這些故事。」[14]這種「伸冤的心情」和「吶喊的自覺」日後發展為有政治傾向的「本土意識」，宋澤萊本人甚至成為本土文學「教主」般的角色。

在鄉土文學論戰中受到衝擊，或可說是直接以小說「參戰」的朱家姊妹，比舞鶴、宋澤萊小若干歲，卻是在一九七〇年代中期就各自出版了在大中專學生讀者中頗有市場的小說和散文集。其時兩姊妹的精神導師是胡蘭成，並成立了以胡的思想、美學為宗的「三三集刊」。身為「軍中作家」的父親朱西寧尊胡蘭成為長者，朱家姊妹便以「爺爺」呼喚之，由父親和「爺爺」那裡她們繼承了對古典中國與大陸山河「化不開的濃情」，與三三其他成員一起，在鄉土文學論戰中，被劃歸「純國民黨一派」。比較起來，舞鶴〈微細的一線香〉中「文化中國」的鄉愁表達顯得更為飄忽，他也許深受中國古典文化與美學的薰陶，卻並沒有任何熾熱的國族信仰。日後朱家姊妹無奈經驗了神話失落、「爺爺」退隱的震撼，以及本土話語興起時被劃歸為「既得利益」的外省人的尷尬處境，使得她們進入中年後的作品，不時回到成長的記憶和認同的焦慮；而也曾「隔著迢遙的山河俱盼望著（中國）」的舞鶴，卻從來不需面對這樣的難題。

在「鄉土的台灣」和「文化的中國」之間，年輕的宋澤萊和朱家姊妹各取一端，同樣年輕的舞鶴卻有一副曖昧又落單的表情，這曖昧和落單使他日後全無意識形態的負擔。所以，雖然緊接著〈微細的一線香〉的〈往事〉是一個更直接地闡揚時代思想的作品——寫一九六五至一九六九年間一個大家族事業的發展以及家族的叛逆之子參與工人運動的故事，小說裡充滿了冗長的對話和顯然並不為作者所熟悉的工人生活場面——它的生硬也使作者意識到如此創作難以為繼，〈往事〉之後，舞鶴進入了長達十三年的創作（發表）沉寂期。多年後舞鶴曾就〈往事〉自我檢討：「政治社會意識直接呈顯在對話中，顯然其餘的鋪陳只

14 參見宋澤萊〈從《打牛湳村》到《蓬萊誌異》——追憶那段美麗、淒清的歲月〉，《打牛湳村系列》，台北：前衛出版社，一九九四。

為這『時代批判意識』而服務。」「每個當代都有其『意識強勢』，作者無能逃離當時代的氛圍。」[15]這檢討同樣適用於〈微細的一線香〉，可以看作舞鶴對青年時期創作的一個反省。

事實上，時代意識加諸寫作的「負面」因素（比如生硬、矯飾、自我矛盾等等），未必「時代意識」之錯，而端看寫作者，何況「負面」本身已蘊涵了自我改變的動力。在思想力的層面，舞鶴是受益於此一時代的。對社會現實的關懷意識，給他打開了視野，文學真正觸及外在世界與內在心靈的碰撞。〈微細的一線香〉之前舞鶴寫〈蝕〉、寫〈牡丹秋〉，都有一副不食人間煙火的神氣，沉湎於自我闡釋，對外界的現實言辭，有一種近乎潔癖的排斥。後來的舞鶴有個認識：所有寫作的人都是知識分子。這句話的邏輯自然不對，只能說它反映了舞鶴的自我期許：知識分子的寫作，意味著對人和自然的關懷以及現實批判立場。一九七九年後，因緣服兵役，舞鶴更直接、更痛切地體驗了「國家機器的壓迫性」，走向對「生而自由」的追求，成了一個「無政府」論者，此亦是後話。前面講過，一九七〇代發生的一系列內外變局，對社會最大的影響就是打破了沉寂，喚醒知識分子的社會關懷和責任。一九九〇年代舞鶴的復出，此一現實意識其實一以貫之，不過蒼白嚴肅的青年已磨成一枚愛遊蕩愛譏誚的老靈魂。

2 內化的精神資源：現代主義．古典語文．台灣記憶

舞鶴對時代意識的接受，有些是暫時形塑了一定階段作品的（尤其是思想的）外殼，很快剝落；而有些與時代相悖、甚至為作者有意所排斥的東西，卻可能是他暗中會心的，歷經時日，終成為固著於書寫語言的氣味。

即便披著「鄉土」外衣，〈微細的一線香〉的「現代主義」是明顯的。當年鄉土文學提倡的方法論是「現實主義」[16]，並以此批判「脫離現實」的「現代主義」文學。〈微細的一線香〉也曾被稱作「寫實的筆法」，但它的混雜氣質可能才是引人注目的原因，楊照如此寫道：

> 在那樣的氣氛裡，很多人習慣性地把〈微細的一線香〉視為「鄉土小說」，把舞鶴歸類為「鄉土新銳」，因而忽略了舞鶴真實文學性格裡，與當時「鄉土文學」大異其趣的地方。舞鶴一方面缺乏鄉土文學那種革命行動主義熱情，另一方面更飽含了鄉土文學所

15 參見舞鶴《十七歲之海》後記。

16 王拓甚至建議以「現實主義文學」來取代「鄉土文學」的說法。參見王拓〈是現實主義文學，不是鄉土文學〉，見尉天驄編《鄉土文學討論集》。

> 強烈反對的現代主義式的孤絕、內省。他的題材也許是鄉土的，可是他的文字、他的小說敘述模式，卻充滿了現代主義美學的前衛與菁英色彩。[17]

楊照所觀察到的，從小說發表後被收入兩種依照不同美學標準編選的年度小說選也可以得證[18]。時過境遷，較容易看出小說所透露的「現代主義」美學，才是舞鶴更內裡的文學意態。首先予人深刻印象的是小說所營造的衰敗氣氛。三代「廢人」在封閉、陰暗的古厝裡，如同是錯亂時空中的「遊魂」各自「蕩來蕩去」。總是與自身的時代、歷史格格不入。在這裡，歷史對生命無情的嘲弄，個人與世界永恆的對峙、被斫傷的身體、垮掉的精神、淪喪的理想等現代主義文學常見的母題一一出現。敘述手法上，象徵與隱喻的大量運用將作者對漢文化斷續存亡的焦慮感烘托得幽渺而孤絕，譬如用「懶貓」和「菊花」來象徵父親垮掉了的精神的兩個面向（無用的、唯美的）；用「微細的一線香」來象徵傳統的衰敗和家族的執念。「我」的自閉中亦隱然透露現代主義的菁英指向。「我」恐懼於農夫農婦的無知（把線裝書當廢紙賣掉），厭惡二叔之類商人的唯利是圖，努力維護、保存祖先留下的古厝，是建立在庸人不曉的「知識」和「美學」上的。而「我」對現實的反感，除了指向新殖民經濟，還包含了一個批判「現代化」的主題。現代經濟的發展打擾了府城的古樸寧靜，「我」懷戀、保護的是古典的優美自然，鄙視、指責的是「現代」的粗糙造作——以上這些「現代主義」美學傾向和「現代化批判」話語，前者是當時鄉土文學所戮力批判的「以菁英趣味脫離社會現實」，後者則在日後流行的文化論述中發展成俗套的「懷舊」。如何理解青年陳鏡花的此一有局限的「現代主義」旨趣呢？

追溯起來，現代主義對舞鶴的影響自然較鄉土文學為早為重。一九五〇年代末開始，以雜誌、文學社團提倡的現代主義文學，與當時官方扶持的「反共小說」、「戰鬥文藝」具有某種抗衡性。大量西方現代主義理論與作品的「進口」，也影響了一九六〇年台大外文系學生以白先勇為首創辦《現代文學》雜誌，崛起了一批年輕的現代主義作家。舞鶴這一代的創作者，在讀書階段受現代主義文學藝術的薰陶不可謂不深。淡江大學教授施淑曾如此描述一九六〇年代文學青年接受現代主義的情景：

> 這白色恐怖的窺視文化，戒嚴令延長的戰爭狀態，窺視者緊張、痙攣、破裂的心理，提供六〇年代台灣現代主義發生發展的內在條件，當時的文學青年，會在還來不及認識現代及現代性的基礎上，沒有異議地接受作為它的反命題的存在主義、心理分析，會義

17 參見楊照〈衰敗與頹廢——舞鶴的文學世界〉，《中國時報．人間週刊》一九九六年四月二十八日。

18 一種是其時以寫社會性意識和心理成名的李昂編選的《六十七年度小說選》；一種是鄉土文學論者葉石濤、彭瑞金編選的《一九七八年台灣小說選》。

無反顧地以困境、疏離（異化）、荒謬，沒有原因地反叛等等套語和模式思考、行動、創作，都是這歇斯底里的處境的條件反應。[19]

舞鶴自述，自高中時代開始接觸存在主義，大學時代就沉迷於現代主義藝術的潮流，生活上則「喝咖啡、聽披頭四、模仿嬉皮」。文學啟蒙始於高中時期讀到的巴斯特納克的《齊瓦戈醫生》與台灣作家七等生的《僵局》，那是使他認識到文學之美的兩部作品。由此也可以理解舞鶴「不關心鄉土文學論戰因為鄉土文學藝術性差」的表白。舞鶴坦言，對「土地與人民」這個主題的關注，來自巴斯特納克和杜思妥也夫斯基的閱讀經驗，而非受到戰後台灣本土作家如寫《台灣人三部曲》的鍾肇政、寫《寒夜三部曲》的李喬的影響[20]。他所心儀的現代主義作家包括杜思妥也夫斯基、湯瑪斯．曼、索忍尼辛等。

舞鶴最早的兩篇小說——〈蝕〉與〈牡丹秋〉，是相當典型的現代主義青年習作。〈蝕〉寫「我」遠到偏僻小鎮看一個現代派美展，期間所見所想所憶，可以看作是作者唱給現代主義的一曲情歌；而〈牡丹秋〉寫「我」與女子「紅髮」之間的一段飄忽情緣，「男女相愛則結合，愛消失則分離」的現代青年前衛意識，出之以心高氣傲的長篇自白／宣言，儼然賦予性愛自由以抵抗無所不在的文化禁錮和威權壓迫的意義。

如果說與舞鶴相差僅一歲、但小小年紀就成名的李昂是「台灣現代主義末期的新秀」[21]，舞鶴搭的未嘗不是現代主義的末班車，並且因為一九七〇年代時代意識的影響和刺激，開始走出施淑所論「歇斯底里的處境的條件反應」。

再來看〈微細的一線香〉的文字。在「現實主義」的故事、現代主義的氛圍之外，小說的文字卻在現代白話中，融入台語（閩南語）與文言文結合而成的「古典」味道。這與〈微細的一線香〉所描寫的場景、氣氛相關；同時把〈蝕〉、〈牡丹秋〉以及〈往事〉綜合起來看，可以看到青年舞鶴對文字的精準、優美——相對於他後期的「破中文」，這是「好的中文」的追求。作為戰後出生的本土作家，舞鶴和日據時代的新文學作家學習「現代白話」的途徑、環境，以及文字性質，大為不同。日據時代台灣新文學的誕生既與五四新文化運動息息相關，又成長於殖民環境下，在舊文學的逐漸妥協和日語的統治之下，現代白話的抵抗性與生俱來。戰後台灣國語的推行，則伴隨國家民族意識的重構，儒家教化也在課本中文言文的比例中體現。舞鶴曾說到朱天文《荒人手記》裡大量宛如「四字偈言」的寫法，稱自己沒有那麼極端，但自己這一代人從幼年起接受古典文學教育，在書寫語言的自覺上，影響確實

19 參見施淑〈現代的鄉土——六、七〇年代的台灣文學〉，《兩岸文學論集》，台北：新地出版，一九九七。
20 舞鶴在參加二〇〇二年四月十八日由成大台文所和東元科技文教基金會合辦的座談會〈台灣文學的夢與現實〉的談話，參見成功大學台文所曾月卿碩士學位論文《舞鶴的小說美學》。
21 參見王德威〈序論：性，醜聞，美學政治〉，李昂《北港香爐人人插》，台北：麥田出版，一九九七。

很深。舞鶴還自覺帶進來閩南話這一台灣自明清以來存在的、古早文化形態的語言。因此，〈微細的一線香〉的語言的混雜性宛如一種歷史展演，三代「廢人」們帶著對往昔的記憶，自我譴責也自我戀棧，自我嘲諷卻又煢煢固守，頹廢的氣息間縈繞著鄉愁縷縷。

僅只這屋厝，一切仿似浸漬著時間的痕跡。我在廳堂甬道庭院間徘徊：一定有一個充滿感情的、生動的記憶，巨細不遺地保存了下來，在這黝暗底默冥。

由此看舞鶴的「文化鄉愁」，與其說是一個身在海外孤島上的「中國人」對大陸文化母體的鄉愁，不如說是對歷史滄桑古典之美的執念。或許是對人與歷史、人與文化之幽微關係的體味，萌發了舞鶴最初的頹廢美學。這頹廢不單純來自現代主義的批判與孤絕精神，不是英雄式的，卻帶著東方式的蒼涼寂靜。這樣一種望之消極而內涵生趣的頹廢姿態，在舞鶴一九九〇年代的小說中一再出現，成了敘述主體不忍心逃脫的「負擔」。同時，在舞鶴的大多數小說中，無論是否直接涉及歷史，在個體生命暗流的湧動中，總可以感受到「過往」作為背景、作為「遺傳的血液」的壓力和「啃蝕」，這也是舞鶴「餘生」敘事產生的最初情境。

就現代主義與古典美學的結合這一點，舞鶴與白先勇、朱天心這些外省作家有形似而神不同，看起來，都有中國現代文學的一脈韻致。〈微細的一線香〉中，那個古厝線香、祖孫相守的場景，與張愛玲〈金鎖記〉中困守孤樓的七巧、長安母女有一比。不過長安是被母親以陰險的暴力從外面那光明的、她一度接近的世界拉了回來，而「我」卻是自願守著古厝，守著已然衰朽的文化血緣。共同的是他們都以扭曲而頑固的記憶，走向新時代裡的舊生活。在張愛玲眼裡那是一個「沒有光的角落」，散發著令人窒息的、古老的黴味，然而仍然充滿了華美奢靡的細節；舞鶴筆下那是一個陰暗、破敗之地，卻也是寄託鄉愁與理想之地，一個無盡暗夜裡仍有一絲絲微紅的線香。從這裡，舞鶴與白先勇、朱天文對古典的耽美其實已經不同：舞鶴有個更接地氣的底子。此古典，是來自台灣傳統漢人社會的古典。

舞鶴是南台灣長大的本省青年，與外省青年自覺不自覺因父輩而對遙遠神州的擁有家園懷想不同，當「自我」意識開始成長，作為一個敏感的文學青年，自然為這島嶼上存在的「被壓抑的歷史」產生強烈的探求欲。因為他自身，也是這壓抑歷史的產物。

舞鶴的童年玩耍之地（比如赤崁樓的石龜，紅毛城的古牆）處處是歷史古跡，日常食物與府城小吃（比如他很多作品中都會寫到的「虱目魚」和「豬腳麵線」）都是「古早味」。無論是否是在這樣的風華之地度過完整的童年，舞鶴擁有對府城人情習俗的自然熟稔，成年後，更通過大量查找、閱讀史書文獻深入府城和自我的身世血緣。

因緣成長環境和寫作者的敏感，舞鶴自然承繼了島嶼歷史經驗沉澱下來的集體潛意識。

往往，可以在一些不經意的細節中看到許多「本省前輩」都曾描摹過的情緒或母題。比如〈微細的一線香〉裡男人女人形象的對照。小說開頭，由身邊溫柔的妻，使「我」想起母親——呵護了父祖三代人、「實際擔當現實逼迫」、在去世前還為「我」選好同她一樣「沉著、爽落」的妻的母親。比照女性的「無畏風浪」，「我」汗顏：「為何我的父祖一輩，在這屋厝生息的男人俱是被閹割得無聲無息？」台灣作家寫殖民時期乃至後殖民時期台灣人（尤其男性）遭受精神挫敗和壓迫，常以「閹割」作為譬喻。這種「被閹割」的焦慮並非殖民地台灣所獨有，郁達夫一本《沉淪》，莫不充滿了被欺凌的民族情感與被壓抑的個體性欲的密密糾纏。但在台灣，或許緣由五十年強迫改變國族認同、文化信仰的歷史經驗，「被閹割」成了一種格外被強化、被體認的生命狀態和族群認知。從日據時期龍瑛宗寫台灣人在日本統治的社會中謀求人生上升之路的〈植有木瓜樹的小鎮〉、吳濁流以孤兒喻台灣人的《亞細亞的孤兒》，到一九六〇年代黃春明寫台灣人如何招待日本商人買春團的〈莎喲娜啦·再見〉，再到一九九〇年代初李昂將殖民地知識分子的精神創傷與女性議題交織的《迷園》，都反覆申說著殖民地男性被壓抑、被輕蔑、被「陰性化」的無奈與憤懣。這種譬喻往往對應著女性的沉著和「無畏風浪」，這些母親／妻子被賦予一種寬容、悲憫的地母情懷，在人類（man）受難時挺身而出，確乎是男人與土地的「守護神」。女性主義自然可以從中解讀出男性自我中心的一廂情願，但恐怕也是殖民地處境的某種心像真實[22]。「因去勢／去世而無聲的父親──溫柔而堅韌無畏的母親」，成了台灣殖民地小說的一個潛在模式，是殖民歲月沉澱下來的集體記憶[23]。舞鶴戰後出生，寫這篇小說時尚未從研究所畢業，他讀了大量史書和資料，決心寫一部以府城為背景的「家族史」。甫一動筆，便召喚來這樣一種情緒（被閹割的焦慮、無奈）和男女對照的模式，一方面是歷史經驗缺失的狀態下經由文字、集體記憶而獲得的血脈承傳，另一方面，恐怕也折射著戰後本省台灣人依然不得伸張的意志。

從〈微細的一線香〉和其他早期作品中可看到，台灣這個島嶼如何以它壓抑重重的歷史、焦慮不安的現實，給予作家精神的滋養與刺激。一九六〇年代的現代主義風潮成就了七等生、白先勇、叢甦、王文興、陳若曦、聶華苓、於梨華等小說家（無論他們是否都可以「現代主義作家」劃分），一九七〇年代台灣則是一個社會政治、文化與文學都處於變動與「分化」之中的台灣，現代主義雖餘緒未消，但在「鄉土」的大潮衝擊下，已經有了「腐朽」的嫌疑，隨著現代派作家們的先後留學、移民海外，「鄉土文學」與「鄉土作家」開始成為文壇的主角。但「鄉土」與「現代」並非從此涇渭分明，在最知名的「鄉土作家」黃春

22 向來以女性議題引發爭議的李昂，同樣在《迷園》裡塑造了一個呵護受難父親近乎溺愛的母親。

23 這種書寫模式／集體記憶也延續到解嚴前後有關「二二八」與白色恐怖的傷痕書寫中。其實上溯中國現代文學，在描寫近現代中國被侵略壓迫的流離與苦難時，這種模式也大量存在，是特定的歷史遭遇與複雜的民族性格的產物。

明、王禎和的創作中，現代主義的氣味也已經內化。這個時候初登文壇的舞鶴體現了這種「混雜」，他的小說不但兼具「鄉土」與「現代」的質素，而且透露了一種關注又疏離現實的精神，後者使他不斷與社會在密切接觸之後保持距離地凝視。他一方面接受時代思潮的影響，一方面又不肯安身某處，他要時時跳開來審視它、嘲弄它。所以，雖然舞鶴的早期作品不免於稚嫩、矯飾或蕪雜，卻初初以文學透露對於「自由」的想像。這一想像包裹在現代主義、鄉土記憶、古典中國的混沌一體中。

寫於研究所時期的〈微細的一線香〉，舞鶴說是「寫作《家族史》之前的一篇試筆」，他的《家族史》始終未寫出，而此後台灣政治文化的變動中，「家族史」的書寫幾度成為熱潮。一九八〇年代，鍾肇政寫出《台灣人三部曲》；解嚴後「本土」逐漸成為一種強勢政治話語，更多包含著「重新敘述台灣人的歷史」意圖的「大河小說」出現，如李喬的《寒夜三部曲》、東方白的《浪淘沙》等，族群的悲情作為訴諸政治現實的工具，構成了新的國族論述。

舞鶴在一九九一年「重出江湖」時，也曾被劃入「本土作家」，這種寫「史」的企圖也成了一個證明，但就其〈微細的一線香〉這個「試筆」來看，他書寫台灣歷史與現實的「龐大夢想」顯然與現實政治性的本土話語相去甚遠。復出幾年後，這一《家族史》的夢想更慢慢淡出其寫作計畫，是世易時移，還是「抖落了思想的執迷」？[24]

24 一九九〇年代復出後，舞鶴曾經反覆表示過正致力於《家族史》的寫作，為此收集、查閱了大量資料（參見王麗華記錄整理〈文學的追求與超越——舞鶴、楊照對談錄〉，《文學台灣》第八期，一九九三年十月）。甚至說過「一生只想寫兩個長篇，一個是《家族史》，一個是《龍山寺》」（參見曾美鑫、蔡珮汝〈訪舞鶴〉，《台灣新文學》第二期，一九九五年十月）。此後這一志願卻逐漸淡出他的思想，直至長篇《亂迷》中，以一章〈家族史　從未出發的〉作為對自己和讀者的一個交代。

第二章 〈逃兵二哥〉：戒嚴體制與自由意識的生成

我讀不完大冊被徵去當兵時已二十八歲，清楚感受到我們的土地上存在著「國家」這樣一個威權化身成為暴力性的體制有形無形宰制著島國的心和資源，我反省我青年時代的藝術無非是一種輕狂的浪漫罷了，我離開軍隊時值一九八一年，痛切感到自己是「被軍隊閹割了的」，我沒有選擇及時加入如火燎原的黨外政治運動，悄悄隱居到島國的邊緣小鎮淡水，奮力閱讀歷史與哲學，想了解「軍隊」「國家」的起源及其意義，結果當我讀到無數的血腥爭戰，少年時代歷史課本所讀到的夢幻戰爭在寂靜的歲月中真正成為「歷史的真實」……

——《餘生》

在台灣師範大學中文系的研究所讀了四年卻沒有獲得學位，寫了仍不滿意的小說

〈蝕〉，發表於自己主編的《前衛輯刊》（一九七九），之後，舞鶴被徵召入伍了。文學青年撞上「軍隊」這個體制的龐然大物，「鏡花水月」大約頃刻就碎了。兩年後退役，舞鶴開始了淡水的隱居生活。〈逃兵二哥〉是一九九一年走出淡水，發表的第一篇小說，從此署名舞鶴；小說實際寫作於一九八五年。從蒼白而嚴肅的文藝青年陳國城、陳渝、陳瘦渝、陳鏡花……變成「舞鶴」[1]，軍中經驗顯然是一個重要的轉捩點。退役後的幾年裡，「奮力閱讀歷史與哲學，想了解『軍隊』『國家』的起源及其意義」，以此回望兵役時光，寫下了作為「當兵兩年紀念碑」的〈逃兵二哥〉。

「當兵」是台灣男子如非特殊情況都要經歷的人生經驗。一九四九年政府頒布實行義務兵與志願兵（即「徵兵」與「募兵」）相結合的兵役制度：士兵為義務兵，軍官為志願兵，其實是「全男皆兵」。台灣憲法第二十條稱：「人民有依法律服兵役之義務。」兵役法第一條：「中華民國男子依法皆有服兵役之義務。」所有役齡男子（十八歲—四十歲），只要體檢合格，必須接受徵召入伍服役兩年。[2]

一九五〇年朝鮮戰爭爆發，台灣作為美國在亞洲的反共陣線前沿得到庇護。國民黨一方面展開了對中共地下組織和親左翼人士的大清洗，一方面以「勿忘在莒」教誨經營這「反共復國」基地，校園內亦建立「反共救國青年團」和軍訓制度。〈服役須知〉以台灣軍政布告特有的半文言體，透露著這一歷史處境：

> 覆巢之下無完卵，能執干戈以衛社稷者便是英雄。因此服兵役不只是國民應盡的義務，亦是青少年蛻變成大人必經的過程，所以當兵是必須且必要的。[3]

然而當兵越來越成為不得不承受之煩擾，尤其世易時移，「反攻復國」成了皇帝的新裝的一九七〇年代末。兵役法實施嚴苛，要求人人在兵役面前平等，被認為是少有的「公平之法」。但也因此，「逃兵（役）」者眾。不說富人用金錢、出境，普通人用超常身高體重病症等各種方式的逃避兵役，即便已在軍營中，仍有人甘冒危險：一旦逃兵，即成通緝犯，被抓住後依〈妨害兵役治罪條例〉論罪，坐軍事監獄之外，出獄後仍要服完剩下的役期。而且，逃兵留下記錄後，在升學、就業、經商、置產各個方面都會受到影響。

---

1 舞鶴早期換過很多筆名。其中「陳鏡花」是〈微細的一線香〉發表時的署名。

2 二〇〇三年以來，台灣兵役制度改革，徵募並行，但不斷降低義務役士兵徵召數量、擴大志願役士兵招募數量。兵役區分為「軍官役」、「士官役」、「士兵役」和「替代役」四種；二〇〇八年以來，馬英九當局著手推動「徵募並行」向「全面募兵」轉型，兵役期也縮短為一年。計畫於二〇一四年底實現全面募兵，並將台軍總兵力從二十七・五萬減至二十一・五萬，建立一支「小而美」、「少而精」的職業化、專業化軍隊。二〇一二年一月一日，新修訂的「兵役法」正式生效，成為實施「全募兵制」的法源依據。

3 見國防部網站〈服役須知〉http://www.mnd.gov.tw/Publish.aspx?cnid=155&p=367。

舞鶴〈逃兵二哥〉的「逃兵」正是後者。小說寫於解嚴前兩年，但即便解嚴後，也甚少有作家以兵役和軍營為主題的創作。儘管解嚴後一度興起對各種政治、歷史禁忌領域的書寫，號稱「百無禁忌」時代到來。服役生涯一般只零散存於作家的青春記憶書寫中，「上成功嶺」（新兵集訓地之一）是許多人為無從選擇的成年儀式。

兵役與軍隊問題，確實不同於「二二八」、白色恐怖等解嚴前後「大熱」的題材，它既無族群矛盾對當下政治的迫切性，又似乎非關轉型正義。即便人人（男人）都待過軍隊，都知道軍隊存在腐敗舞弊、僵化管理、乃至涉及道德風化的諸多問題，也似乎是不足為怪，或屬於「民主改革以待解決的問題」：二十一世紀以來台灣逐漸向「募兵制」改革，以為證明。

但二十八歲才服兵役的舞鶴，卻反應強烈：正是兩年軍隊生活，激發了他對「體制」的反思，讓他反觀原本正常的生活，實則是在一個深深內化了暴力、監視、告密等等身心規訓結構體系的大軍營／大監獄。也由此，現代主義青年舞鶴的「自由」理想和自由之道有了更明確的路向。

一、逃兵故事

我望著夜的海的波光度過剩下的那些日子，我想只有走入那青灰色的光瀲中，才能得到完整的自由。母親說人一出生便要開始學習忍耐。大哥說制度考驗人的耐性，耐力勝人的就在制度中出頭。

——〈逃兵二哥〉

1 秀才是一顆螺絲釘養豬兵

〈逃兵二哥〉乍看起來，是比若干年前的現代主義習作和偏愛古意的〈微細的一線香〉都要平易近人的作品。時而交叉時而匯合的兩條線索，針腳細密，敘述「我」和「二哥」各自逃兵的經歷。收放自如，不再「儼然」，而且多了豐富的自嘲嘲人的幽默。這是歸來的舞鶴交出的現實主義成熟之作嗎。

且看舞鶴如何講述兩個逃兵的故事。

「我」是家中唯一的大學生，因此被二哥叫作「秀才兵」。秀才當了兵，很快就被「思想列管」。起因是「高雄發生暴亂事件」，「我」在軍隊組織的討論中發表了「思想有問題」的言論。

「高雄暴亂事件」即一九七九年的「美麗島事件」[4]。小說裡寫「美麗島事件」在部隊裡的反應饒有趣味。事件發生時這個山腳下的部隊奉命「加緊戒備、防範」，氣氛十分緊張，而後幾個月「電視教學再教學、小組討論又討論」。被點名發言的「我」「說了事出有因、查無實據那類話」而被「小政戰」（「政治作戰」，即負責思想訓導的長官）斥為「讀死書不用腦筋」，因為「人人看得出證據是那樣的雀巢，他把確鑿唸成雀巢，是那麼樣雀巢的證據」。但同時小政戰又「贊同我寬大為懷的看法，做錯事的孩子，父母打他幾下屁股也就算啦，何況是我們一向行仁政的政府」，他預測會輕判。判決出來，「我」發言說「這真是個屁都不通的政府」，小政戰大吼「拖出去」，「隨後消毒：剛才那是一個思想有問題的人講的思想有問題的話」。

一九七九年的台灣，雖曰時勢動盪，民心思變，在公開場合說「反政府的話」不但仍是危險的，甚而對許多接受體制教育的普通人來說，是不可思議的。一九七八年尚未成為「第一位原住民漢語詩人」的排灣青年莫那能幫朋友貼選舉標語，第一次聽到黨外演講，又驚訝又害怕，找到友人說：這些人怎麼能反政府？他們是共匪嗎？[5]

在黨國的軍隊裡罵政府的「我」，從此成了思想列管分子，先被免除衛兵勤務，因為

「腦袋邪門的，不敢讓他拿槍」。連長在軍中訓話：「——不讓他拿槍，就是要叫他當不成軍人，不能履行軍人的神聖使命：軍人不像軍人，甚至可以說是不像人——」「既然不像軍人，只能分派不像軍人的工作，時常是廁所或菜圃的臨時幫工」，是臨時的，因為「思想列管分子不能有固定的工作，固定了安定了，他便有剩餘的精力，不知再要生出怎樣異端的思想？同時，思想列管分子也不能獨自擔當一個工作，他必須時時在同伴的監看下——為什麼抽水馬桶老是壞（斷）了螺絲釘（線）？小心有人在水肥中下藥，長出畸種包心菜」。「我」於是身兼三種臨時工：不定時廁所打掃工，早晚兩回菜圃水肥工，另加一次午後豬圈清潔工。政戰長官常攔路突擊檢查衣褲口袋，「重點在查緝任何可能的文件書摘或紙條，上面寫著任何可能的反政府宣言或顛覆國家的陰謀計畫」。思想有問題的人＝可恥＋危險，輕則搞小破壞，擾亂生產秩序，重則以反動思想言論蠱惑人心，甚至叛國投敵。今天看起來荒謬的，是當日的常態和道理。

因為不能把被子疊成標準的豆腐塊，「我」被罰每天午睡時間頂著被評定為「饅頭」的被子在大太陽下出操跑步。秀才「我」決定絕食抗議，展開了頗顯示小聰明的鬥爭：「我避

4 高雄美麗島事件，參見：行政院研究發展考核委員會編《美麗島事件檔案導引》，台北：行政院研考會，二〇〇三；民眾日報社編《美麗島事件始末》，台北：民眾日報台北管理處。

5 見莫那能口述《一個台灣原住民的經歷》，台北：人間出版社，二〇一〇。

開思想，將矛頭對準不涉思想的『饅頭或豆腐塊』這個日常生活習題」。但小政戰罵：「小心你的思想，絕食是如假包換的思想問題。」指揮部政戰主任（「我」稱之「大政戰」）來視察，也道「絕食是道道地地的，也可說是如假包換的思想問題」，要「我」放棄絕食這種「無謂的抗爭，把你寶貴的精力奉獻給國家軍隊」，「我」順勢道：因為精力浪費在豬圈才不能奉獻給國家。主任恍然「我」的抗爭「是屬低層次的思想問題」，也便低一層次地開導秀才了：「養豬到底為了養人……，如同一顆螺絲釘養豬兵，沒有這顆兵整個軍隊這部大機器就轉不開囉啦更甭說國家。」「我」很通竅地說「我志願成為一名正式的養豬工兵」，再進一言：「豬圈是改造思想的好地方」──主任大為讚賞，這是一個有創意的、「蠻棒的政戰術語」！「我」才低下聲腔：「大太陽底下出饅頭操是極不人道的事。」政戰長官即刻肯定「我認同豆腐塊這個事實，即可說是認同了我們這個大有為的體制，充其量是屬一種『體制內的抗爭』，顯然思想上我還有改造的希望」。「你的存在肯定在軍隊中是有存在的價值的，提供一個反面教材，給我們思考反省的機會，希望你把見到的、以及所思所聞到的，報告上來給我們參考知道──」「我」還被親切地留下陪同長官吃飯，被鼓勵多吃，「壯大起來我這絲毫不像軍人體魄的、『畸形知識分子』的病體……」

是「我」的小聰明在博弈中勝出，戲耍了政戰長官嗎？從此「我」免了「饅頭操」，饅頭也開始被評定為豆腐塊，「畢竟，只要抓穩思想，『饅頭或豆腐塊』的問題是不成問題的」。然而重點是——「我」從此成了「密告者」。顯然，政戰長官是比「小政戰」更深諳統治之道的。

相比直接的「拖出去」和身體懲罰，讓人們互相監督、人人自危，才是更厲害的手段；這也正是身處戒嚴社會如影隨形的「恐怖」，陳映真所說「人人心中有個警備總署」。

舞鶴對此的敏銳和文學處理的方式出人意料，開始真正顯示出他作為小說家的力道。小說裡，「我開始把所見以及所思所聞到的，報告上去給國家參考知道。報告是以私函的方式，寄給指揮部政戰處一位業務士」。「我」先是告了營內性嗜色情錄影帶的作戰官「時常帶了兩名跟屁兵，鎖在會客室從深夜戰到破曉」；隨後是「流動賭局」，「我私函細繪了賭局流線圖，同時直指小政戰是『那只看不見的黑手』為了抽頭」；後來，「我」上參小政戰的不當言語、「居心叵測」。表面看起來，「我」的密告很有效：作戰官被調職、賭局被破獲。似乎「我」在利用政戰長官對「我」的利用，抵抗軍隊腐敗。然而事實是，作戰官被調，調成訓練官，明目張膽地貪污——整年不打靶，子彈卻照樣報繳報廢；賭局被破獲，抓賭的人是有抽頭的小政戰。「密告」終於成了「卑鄙」的密告，身陷其中的「我」，開始經受精神的淪喪——這才是「我」的又一次敗給政戰長官吧。於是，舞鶴在「我」的種種「告密」敘述中，彷如意識流般，交錯著「我」越來越嚴重的「性騷擾」劣跡。在假日往返兵營的客運車上，「我」一次次把手伸向身旁的女人，少婦、高中女生、農婦。從第一次「我禁不住內心的蠢動，顫著手觸摸前座女人的髮頸」到「襠凸抵著一個農婦的瘦臀」、趁剎車時撞她到足跟離地，「我」的行為越來越大膽，然而如同卑瑣的告密無從撼動鐵板一塊的軍隊體制一樣，以最猥褻的方式墮入「色情的暗窟」，也無法填滿「我」心中的黑洞。當「我」終於解除了「思想問題」，初次拿起編派給「我」的那支槍時，「一種恩怨情愁愛恨交織的炙燒燙傷了我的指掌」。是夜當「我」第一次持槍在豬柵站崗時，終於悟到：

原來槍身是仿陽具構造，子彈從槍管射出結束精子帶來的生命，軍隊是國家公開展示的大陽具，無數精子槍管朝外也向內，任何個人的小陽具必要陽痿在這大陽具的柄垂下，不然隨時他肏到你的屁股：原來，被死操屁股的同時不禁我伸出可憐的求救的手勢——觸摸任何一個可能的女人。

這個關於軍隊與士兵、國家與個人的色情譬喻大有意味。軍隊與士兵的關係被比喻為一種不平等的同性戀性關係——沒有「戀」，只有嫖客恩主般的淫威和個人屈服的恥辱。回顧「我」在「美麗島事件」討論時因之獲罪的發言「這真是個屁都不通的政府，硬是把塞子塞到人家的屁孔去——」，已經無意中預示了這個磨難後的了悟。在軍隊／國家的壓制之下，個體被迫「陽痿」，放棄獨立思考與身心自由。在此扭曲的境況中，「我」的性騷擾成為一種「求救的姿勢」。

重新被給予拿「槍」資格的「我」，卻痛感到扭曲的反抗中「我」已是「心身顛倒」。於是，在一個站哨的夜裡，「我」把槍插入泥土，掛上軍服，越過了鐵絲網牆，——終於，「我」要逃了。

2 逃兵二哥：像鷹隼一樣狠飛

在「我」逃亡之前，其實一直在受著逃亡的蠱惑，那是來自逃兵二哥的蠱惑。如果說「我」的軍中經歷是個人在體制壓迫下，一步步生命萎縮精神淪亡的悲劇，二哥的亡命天涯則頗有一種「不知所起不知所終」的大氣魄。二哥入伍四、五個月後開始逃兵，「這初次的逃兵生涯，歷時三十五天又九個小時。這個紀錄，雖不頂光彩但也不輸人了，多的是挨不到三、五天，就被無聲無息的獵人撲倒。」這個開頭隱含「逃兵者眾」的社會背景。如小說中小政戰說：「人人有逃兵的心態但不會人人逃兵。」當多數人選擇混沌無聊熬過兩年、秀才「我」在曲線救國中痛苦掙扎時，無知無識、全力逃亡的「逃兵二哥」反倒吊詭地產生了某種「英雄」的意味。

二哥之逃，似乎發自本能。他甚至不需要等待機會，因為「機會多的是，他只等待一個理由，好對自己和別人交代」，而這個理由可能是午間點名時賴在床上被班長踢了一腳鋪板。第二次逃兵維持不到二十天，二哥被守侯在妻子與嬰兒車旁的「獵人」抓住。面對家人的苦勸，二哥卻總結說「敗在太顧妻兒」，在軍監中，他回信給我說「有一天他要像狼一樣的橫行，要像鷹隻一樣的狠飛」。果然回役不到四天，二哥就飛越營區的矮牆，開始了「長征短駐」、遨遊島嶼的勝利大逃亡，這一飛「撐了將近六年」。根據兵役法，逃兵要被判刑坐監獄，刑滿仍要回到軍隊服役，二哥就因不斷地逃兵、不斷地被抓坐監獄，兩年的兵役沒了盡頭，成了一個「永遠的逃兵」。

「逃兵」似乎是二哥在人間的唯一事業，在這個事業中他是如此生機勃勃，從不因為懲罰而改過自新，幾乎是每一次被捕的同時就總結經驗並預謀下一次的逃亡。同時，他像一個降落凡間的天神，擁有人間的情感，卻還有人間情感所不能解、不能繫的鍾情。「母親懇求他好壞挨過剩下的役期」、「母親希望他至少看在日漸長大成人的兒子份上」……都全然不能阻擋他逃兵的腳步。「他駐在大崗山大寺後修道人的洞房，真正是冬暖夏涼」「他駐過廢屋空屋或建築中的半屋，自由逍遙藥酒自備夢中美女到處是，只差蚊蟲多兼又不時飄來尿溲味」。

有意味的是，「我」以性騷擾向每一個可能的女人伸出求救的手；二哥的逃兵生涯中，色情，情色，亦扮演著重要角色。二哥第三次被捕是在二嫂娘家附近一家放映色情片的小戲院中。後來他講起這次逃亡：「他在靜浦海灘駐紮了幾天，某日清晨起望著海，突然想念安平的蚵仔煎，他即刻出發回來，吃過蚵仔煎蚵仔湯後，只剩一張戲票的錢」。在獄中他仍然惦記著那色情小戲院：「他懷念那香豔激情的影片，他出獄後第一件事好好去那家戲院看它個夠。」當他終於「厭倦了長征短駐的生活」時，他用多年坐監練就的本領，「自閉」在情人二姊的洞房。風塵女郎二姊窩藏、養活了二哥。當「我」致謝時，「二姊黯然的微笑說：這是她初次如此完整的擁有一個男人」。——宛若地母與英雄的傳說再現。

如此，在「逃兵」與「英雄」這兩個似乎礙難發生關係的指稱之間，我們卻看到二哥蓬勃著強大生命力的身影，彷彿為自由而受難的英雄的另類演繹，或曰，反英雄的英雄。這樣的書寫究竟是何用意？「我讀大一那年，二哥開始他的逃兵生涯」、「當我被固在某個山腳下，成為思想列管兵時，二哥不知橫行在何方」；當「我」痛恨被軍隊「閹割」、困守在「國家豬舍」的時候，二哥在島上困苦亦逍遙地長征短駐——敘述交織並行，二哥與「我」構成奇妙的對照。二哥無知無識、不思不想，只管逃出一片山河天地，倒有著別樣燦爛。「我」謀心謀略，卻無法撼動體制分毫，反倒讓自己墮入深淵。或說抵抗本發自生命對自由的本能渴求，而「我」的反抗源自知識、尊嚴和所謂思想。因此，「我」的逃亡注定以妥協告終。這才是「正常人」的宿命。

3反叛的現實與夢想

「我」在軍中那次唯一的「逃兵」，沒有逃回「散漫的人群」，而是轉身向山腰顛跛而上。那時「我『決心』以個人意志的鋼鐵放手一搏集體意志的鋼鐵」。原來，是「我」而非二哥的逃兵，才有著個人英雄主義的出發點。

這段逃亡的旅程先是充滿詩意：

夜色中，我經過橘園菇棚竹林，爬陡峭的澗谷，營門那兩盞聚光燈的強光交叉成弧濛暈影在胯間時隱時現，仰頭山後披滿珠星迎面洩下來。我在半山腰一處兩尺半見方的平台待了三夜四天。

然而不需要集體意志的鋼鐵，僅僅是蚊蟲和飢餓，就足以戰勝「我」的個人意志。

第二夜搔著腫癢，尤其是大腿內側和腋窩的痛癢，我感到，兵役制度是一個大王八，必要強姦每一個處男，在每一個男人身上留下污辱的痕跡，幾乎空了的胃翻絞著渴求早餐的大饅頭，嗾著口水我凝望海茫茫的星，為什麼人一出生便要隸屬某個國家，為什麼國家從來不必請問一聲你願不願意當它的國民？

這個不無荒謬情境下的「天問」裡，似乎聽到的不是反體制運動，倒是某種出自文藝青年血緣的無政府主義的控訴。質疑國家機器對個人的壓抑，離棄一切束縛以獲得人性的無拘無束。但「我」似乎既缺乏強悍的思想支撐，也根本無行動的可能。種種暗中動作，孤軍奮戰，只是再度證明了體制的強大（狡猾）和個人的渺小（天真）。當「我」試圖模仿二哥的逃兵，「徹底的叛逆是自我救贖唯一、根本的形式」，卻逃無可逃，「我」甚至不具備最低層面的預備衣服糧草的「技巧」！在飢餓造成的眩暈中「我」最終返回了軍營，而且反諷地再度被體制寬大——依據連長「整個後山都屬營區範圍」的解釋，「我」被特赦為「違紀」，而非「逃兵」，免於移交軍法的處置。至此，「我」與軍隊／國家之間所有的抗辯關係畫上一個句號：個人英雄主義的反抗注定失敗，不能「徹底叛逆」，只能徹底妥協。

「我」度過役期，回返社會，娶妻生子，成了一個平和的小學教師。「我」終於找到失蹤多年的二哥，他在祕密躲藏的二姊家中，學會了魯牛肉土豆豬腳熬粥——「亂葬崗似」的空間裡的飲食男女——然而二哥的人生因此不是「無味」，東躲西藏到神經也一度錯亂的二哥，方是一個自由人！小說快結束時，「在米酒醋的微醺中，我想像同時重演二哥的逃兵生涯」，似乎與二哥零星散落的自述構成重複，但這重複是有意義的，算是把「我」和二哥的精神血緣做了一次交代：二哥的一切（包含失敗的）詩意，是文明教化（所以狡猾？）的「我」所無法獲得的，何不說，二哥是因「我」的匱乏與渴望而生，或說，是「我」渴想的「真我」。

「我」的軍中經歷，宛然是舞鶴自我經驗與所見的投影和整理，而二哥的勝利大逃亡，則在超現實的層面馳騁，進入個人與體制對抗互生的辯證關係，寄託了舞鶴對於個體「絕對自由」的想像。

二、舞鶴式「自由」及其血統

1神話原型：薛西弗斯與夸父

逃兵二哥既是從有關匱乏的想像而來，不妨為這個另類英雄尋找他的家族，他的精神出處。

在希臘神話裡，科林斯（Corinth）國王薛西弗斯在地獄中受到神的懲罰：把一塊巨大的石頭推上山頂，石頭因自身的重量又從山頂滾落下來，如此屢推屢落，薛西弗斯在這種沒有希望的循環中不得解脫。中國神話裡觸犯天條而被罰在月宮中伐樹的吳剛，剛剛砍下的斧痕，瞬間便癒合，吳剛在淒冷的月宮中永不停歇地揮動徒勞的斧子。看來，無論對於人還是神，不是肉體的消滅，而是失去自由、無用無望的重複人生，才是最可怕的懲罰。

二哥的強悍氣質，更接近西方神話的悲劇英雄。二哥一次一次的逃亡與被捕，好像是不停推著石頭上山的薛西弗斯。他知道無論走到天涯海角，獵人的嗅覺都跟著他，法庭和牢獄總是在某個明日沒有懸念地等待著他——然而他一定要逃。世人眼中，這不但是一個無意義的循環反覆，也是拋家棄子的無情非智，更無論逃亡之旅實際該有多少艱難恐懼。

那麼，為什麼一定要逃？

來看看薛西弗斯為什麼受罰。有幾種不同的說法，一說他生前犯下搶劫的罪行；一說他捆住了帶他去地獄的死神；一說他為了要河神給科林斯城堡供水，洩露了是宙斯劫走河神女兒的祕密。還有一種說法，說他死後從冥王普路同（Pluto）那裡獲准返回人間懲罰他的妻子[6]，然而，當他又看到了世界，「嘗到了水和陽光、灼熱的石頭和大海，就不願再回到地獄的黑暗中了。召喚、憤怒和警告都無濟於事。」於是，神把他帶回地獄，「那裡為他準備

6　因為她聽從了薛西弗斯臨終的命令，將他的遺體不加埋葬地扔到公共廣場地中央。而薛西弗斯原是為了考驗她的愛情。「違背人類之愛的服從」讓他惱怒了

好了一塊巨石」[7]。在這幾個說法中，寫了〈薛西弗斯神話〉的卡繆傾向於最後一個。在西方，薛西弗斯一直被當作勇氣和毅力的象徵。卡繆認同他是為了人間「海灣的曲線、明亮的大海和大地的微笑」而受罰，他就不但是一個勇士，也是一個由自然孕育了多情、自由的心靈和無羈靈魂的人。

二哥與薛西弗斯一樣，為生命本能對自由的眷戀，寧肯受罰，不接受那建立秩序的神／國家。神懲罰薛西弗斯，因為他妄想違背神主宰的命運。二哥需付出被追捕和坐牢的代價，因為他不要在那同樣是監牢的軍隊做一個被閹割的人。在稅務部門工作的大哥說二哥：「逃兵比如逃稅，都是一種食髓知味的劣根性。」世間凡人總是認同神的意志，甘願為奴：相應的，妄圖返回人間／得到自由是一樁罪。但卡繆設想了薛西弗斯的幸福，因為「薛西弗斯教人以否定神祇舉起巨石的至高無上的忠誠」，「這個從此沒有主人的宇宙對他不再是沒有結果和虛幻的了。這塊石頭的每一細粒，這座黑夜籠罩的大山的每一道礦物的光芒，都對他一個人形成了一個世界。登上頂峰的鬥爭本身足以充實人的心靈。應該設想，薛西弗斯是幸福的。」這幸福存在於反抗，對神、對壓制的輕蔑和反抗：「失去了希望，這並不就是絕望。地上的火焰抵得上天上的芬芳。」[8]逃兵二哥身上，也這樣寄託了舞鶴對現實的國家／體制的嘲弄、對個體自由的嚮往，所以「我」體悟和想像著二哥在逃亡中生命的完整與詩意。

但舞鶴與卡繆終究有著不同的文化血脈，逃兵二哥沒有重複那循環不止的命運：在某次逃亡的路途中，二哥停下了。

我們不得不面對歡樂大逃亡之後的某一種「真相」：二哥「自閉」在二姊小套房，英雄的光芒已然散失。在亂葬崗似的房間中，九個月零三天沒出門的二哥臉已浮胖，「胸肌也墜了些」——英雄衰朽了，為了自由的逃亡最終將面對生命力的喪失，這樣的自由豈不是和「我」在軍中的反抗一樣不得善終？「我」悲傷二哥「從閉關的那一刻開始便被制度『閉關』了生命」，其實是「我」必須面對在恐怖無所不在的世界中，追尋自由的困境。

二哥說「他厭了長征短駐的生活。再怎樣的長征，獵人總是跟在屁股後，他命定要在某一次的短駐中被捕」，而「我」的設想悄悄置換了一個詩意場景：二哥「一連瀉肚下痢兩天，拖著身子到淡水碼頭，怔怔望著嵌在出海口的夕陽，以為走到了人生的盡頭」——於是，二哥轉身投奔情人的套房了。這個面對夕陽突然「轉身」的場景，幾年後在小說〈悲傷〉的開頭再度出現：因傘兵訓練失事而落海（同樣是淡水的出海口）的「你」（同樣是服役的青年）奮力游向紅圓（落日），然而，「你意識到自己永遠趕不上『紅圓』的剎那，

7 參見加繆（台灣譯：卡繆）著，郭宏安譯〈西緒福斯神話〉（台灣譯：〈薛西弗斯神話〉），《局外人》（台灣譯：《異鄉人》），譯林出版社，一九九八。

8 同上註。

你愣了片刻，決心划向相反的方向，在紅圓的餘光中你奮力游向暗灰。」[9]〈悲傷〉中的「你」和〈逃兵二哥〉中的二哥屬於同一精神系譜，是一個在體制中以「蠻力」左衝右突的英雄，是小說中知識分子「我」所幻想的另一個自己，最終卻以倒插於泥土之中的方式了結生命（豈不是另一種形式的「自閉」？）從這種結構和場景的重複中或許可以窺見舞鶴一個耿耿於懷的情結：「知識」是「思想」的開端，思想的我面對現實卻總是孱弱無力或適得其反；幻想一個摒棄知識與文明的英雄，依本能行事，然而，在張揚的生命追逐／逃亡中英雄早晚意識到無法超越的超於人間的力量（蘊藏在夕陽的意象中），而不是現實的具體威脅，使他突然轉身、放棄——那麼舞鶴的「夕陽」，令二哥感到日暮途窮的夕陽，到底是什麼呢？在現實的層面上似乎是天涯海角如影隨形的獵人讓二哥感到了厭倦，在「我」的想像中，或許是意識到「逃亡」之於腐朽的體制與其說是反抗，不如說是陪葬。如同逃兵與獵人的關係，是敵對的，也是共謀的——他們相反相成地為體制的存在做著標記。所以，這裡的「夕陽」是一種置身其外的對自我的觀望和體認，看到的是生存的荒謬與抵抗的兩難。當知識分子的「我」意識到「英雄」的危機，也就是想像的困境時，他意圖讓自己失蹤以拯救二哥（是拯救二哥，還是自我拯救？）——「當『我』這個人失蹤的瞬間，那個閉關在情人洞房的人可以自己開門走出來，以『我』的身分走完他的生命。」

然而當「我」尋到情人洞房時，二哥二姊都已不見了，拯救願望的幻滅似乎象徵著作者終於還是承認：個人主義的絕對自由的追尋者們在這個世界上是無法生存的。如同本節前面的引文：「我想只有走入那青灰色的光瀲中，才能得到完整的自由。」完整的自由以肉身的消失為代價，在未知的世界存在。

我們看到，二哥一度如此接近、置身於西方神話的英雄譜系，但「停下」和「自閉情人套房」的動作，讓我們意識到這個英雄到底是東方血統——那義無反顧的姿態莫非來自夸父？夸父與日逐走的行為與薛西弗斯與逃兵二哥一樣「難以理喻」，似乎只是因為有無可比擬的生命力，他追逐太陽，他擁有渴飲大澤的氣勢，但是他終於「未至道渴而死」：生命終不免於衰朽。有意味的是，夸父死時棄其杖於鄧，化為桃林，蔭蔽後人。生命又是更新輪迴的。二哥這個英雄也終於有跑不動的一天，他回到女人無限寬容的懷抱，夸父的死亡孕育了新生，二哥則返身進入死亡與新生之間——飲食男女。所以，當他消失不見時，關於自由、關於生命的神祕意旨並沒有消失：小套房如今住了陌生的青年男女，二哥煮粥的那只電鍋他們「看看還能用，就將就留下來用」，「我」看到「鍋蓋一跳一掀的：筍絲扣肉的氣味」。這是一個漫不經心又意味深長的場景：不管怎麼樣的時代，怎樣的恐怖怎樣的荒謬，整個世界毀滅了，還有一個男人和一個女人，和一鍋筍絲扣肉，一種固執的個體自由的氣味，在其

9 舞鶴〈悲傷〉，《悲傷》。

中氤氳撲騰，生生不息。

2思想脈絡：自由而不主義

卡繆通過薛西弗斯傳達他的反抗哲學，其思想基礎是新人道主義。在他的筆下，薛西弗斯對人間自由的渴望仍是屬於西方理性話語體系內的。畢竟，薛西弗斯的身分是科林斯的國王。而舞鶴通過二哥這個逃亡英雄所表達的「自由」卻是一種有意排斥理性話語的「自由」。

對舞鶴而言，「自由」在青年時期或許還是一種唯美的理想，是因現代主義文學與藝術的薰染而確立的一個絕對精神標杆，但經歷了服役生活，「自由」對舞鶴的意味，被賦予與其價值觀念、美學追求相輔相成的、個人性的內涵。軍隊的現實壓迫與舞鶴的自我發生激烈衝突，喚醒了類無政府主義的反體制意識，在「我」的敘述線索裡，充溢對國家統治機器的直接批判，但在試圖復返自由的過程中，也就是在二哥的敘述線索裡，對逃亡的無盡想像透露了東方哲學的氣息。無政府主義所肯定的自由是一種理性話語，舞鶴的自由卻是回溯到七竅不開的狀態。生命本身是蒙昧而自由的，如「混沌」般自然自在，「混沌」被鑿開了七竅，人類有了文明，生命的本真、自由、無所求的快樂，卻從此消散了。以此來理解二哥，他純然是個無知無識的自然人。這個有著神話英雄氣質的人，本是混沌自由的詮釋者。二哥所以與「我」不同、所以為「英雄」，因為他沒有被軍隊閹割，同時也沒有被「文明」閹割，他保有著個體生命對絕對自由的全部渴望。就是說，自由是根本、唯一的目的，別無其他。二哥還有一個特徵就是色欲的張揚。被體制「閹割」了的「我」伸向女人的手是一種「求救的手勢」，而二哥從長征路上的少女到香豔激情的小電影，再到情人二姊，色欲始終是一種強悍而浪漫的生命能量。當二哥自閉在二姊的小套房以後，生活的內容唯食與色而已——地母一樣的女人和一隻煮著各種食物的小電鍋——也是自由最後的駐紮地。這真是對自由最吊詭的表達。

舞鶴這種自由觀念與現代台灣的自由知識分子——特別是戰後赴台的胡適為代表的西學一派——所宣導的自由主義思想，自是不同。而胡適關於民主與自由的論述及其對專制的批判，在台灣的肅殺思想氛圍中，是一個透氣口，胡適之後有殷海光、殷海光之後有林毓生、張灝，代表了五四以來的自由主義思想在台灣的傳承[10]。胡適的自由主義思想與「人權」這樣的現代觀念相關聯，從十九世紀歐洲的個人主義而來。一方面，他反對任何以國家的名義剝奪個人權益的行為，呼籲自由獨立的人格；一方面，他認為人權以及獨立品格的獲得

10 參見黃俊傑《儒學與現代台灣》，中國社會科學出版社，二〇〇一。

是為了更好建造一個「自由平等的國家」。所謂「把自己鑄造成器，方才可以希望有益於社會」、「把自己鑄造成了自由獨立的人格，你自然會不知足，不滿意於現狀，敢說老實話，敢攻擊社會上的腐敗情形」，是謂「健全的個人主義的真精神」。所以，胡適的自由主義是一種現代理性的追求，在五四的時代背景下，是與愛國、救國的理想互為依託的——「爭你們個人的自由，便是為國家爭自由。爭你們自己的人格，便是為國家爭人格！自由平等的國家不是一群奴才建造得起來的！」[11]

胡適所代表的自由主義人權思想雖然在中國思想界成為主流意識，在台灣也是在國民黨政府的高壓之下苟延生息，但卻始終是有所堅持的知識分子用以批判威權、專制的重要武器。從一九五〇年代的《自由中國》到一九七〇年代末期的《美麗島》，對執政者的批評都是在一個要求民主、人權的現代話語場裡。黨外也以民主自由的旗幟，追求政治的「本土化」。黨外以《美麗島》雜誌為參政、組黨活動造勢，引起國民黨當局的強烈不安，遂有「美麗島事件」，有意味的是也正是這次鎮壓成了恐怖統治的最後高潮，「台灣人從此不怕政治了」。〈逃兵二哥〉中的敘述者「我」因支持美麗島、批評政府的言語而獲罪，但他並非反對陣營的鬥士，或許正是對「民主自由」的不同知覺使他遠離了一切打著主義口號的政治鬥爭。由此也可以理解舞鶴自己所說的——退役後沒有選擇加入當時正如火如荼的反對運動，反倒在小島的邊緣隱居起來。隱居讀書的中間，一九八五—一九八六年，正是反對運動陣營日益壯大，民進黨組黨即將實現的熱鬧時期，舞鶴寫下〈逃兵二哥〉，表達的自由觀念不但與「國家」勢不兩立，而且試圖與現代文明背道而馳。而在當下台灣，更不同於胡適面對國家與民族之生死存亡而仰賴「現代」的大背景，舞鶴面對的已經是一個實現了西方代議制「民主」，而「現代化」正籠罩一切的台灣。當年的草根成了今日的政客，「自由」對政治來說終究不過是個幌子。而舞鶴的原始自由思想，仍是邊緣的邊緣，另類的另類。

綜上，由〈逃兵二哥〉來看，舞鶴的自由意識，首先是建立於個人與體制的抗辯關係之上，是戰後世代對戒嚴文化下的身心的自覺反省與反抗。其次，這一「自由」在精神淵源上卻又脫離了現代場域，他所追求的自由不是理性話語，不親「主義」，也正因此，對軍隊體制壓迫的強烈感受，雖然讓舞鶴開始關注反對運動，卻並沒有置身其中。當年的反對陣營失去一個運動青年，後來的台灣文壇，卻多了一個特立獨行的、個人主義的精神革命者。也是這樣一種「自由」意識，讓舞鶴復出江湖的第一篇小說〈逃兵二哥〉，在貌似成熟的現實主義敘事中，埋藏了一種浪蕩狂放、直欲超出現實的氣味，日後發展為被稱為「魔幻」和「亂迷」的敘事美學。

11 參見陳德仁《胡適思想與中國教育文化發展》，台北：文景出版，一九九〇。

第三章　〈調查：敘述〉：傷痕、悲情及其解構

我不革命也不反革命，當改革受阻時我助他一臂向革命，革命成功翻成霸主時我尋找新的改革者，我不神聖化任何東西，革命何等神聖時我無動於衷，革命過氣後我期盼百無聊賴的人有點革命情懷。

——舞鶴〈朱天心對談舞鶴〉[1]

舞鶴在何種意義上談論「革命」？一九四九之後，台灣和大陸各自重述「革命」，除了「辛亥革命」（至少在稱呼上），關於近代中國歷史的敘述，幾無革命共識。雙方互指為「匪」，都是反革命。國民政府「反共復國」的革命，只以口號的形式鑲嵌於黨國意志。

1 台北《印刻文學生活誌》，二〇〇四年三月創刊七號。

一九七〇年代開始的「反對運動」，曾是不同思想立場和政治脈絡的力量集合，凝聚在「反對威權專制」之下，是舞鶴這一代普遍認同的社會革命。這一革命的「民主」目標來自美式現代化思想，一度由民進黨獲得代表身分和話語權。也因此「革命翻成霸主」之後，也是「革命過氣」、「革命者」消失的時刻。有人黯然神傷：「世界，在每一次的輪迴之後，終究要落入三流政客、資本家、地產主和商人手中。」[2] 對舞鶴這樣早已形成極自我的「自由」觀念的讀書人，「革命」幻滅性遠沒有那麼嚴重。革命尚未成功之時，他就要對革命說些不陰不陽、不明不白的話了：舞鶴於一九八六年寫下小說〈調查：敘述〉，對「二二八」事件的平反、調查，以及「二二八」之於台灣人的意義，做出個人化的文學見證與反省時，似乎預言了，日後「二二八」被捆綁於省籍矛盾和悲情意識，祭上神壇，正是革命「神聖化」和革命過氣的必然。

一、「二二八」與解嚴後的傷痕書寫

一九九〇年代，圍繞「二二八」事件，有專門組織的成立，史料收集、訪問調查、研究報告乃至學術專著的出版，學術討論會的開展，紀念日的確定，紀念碑、紀念館（「台北新公園」也被改名「二二八和平紀念公園」）的興建，各類紀念活動的舉辦……「紀念」為新興的「國家敘述」服務，論者有曰：透過二二八的儀式化，使二二八成為台灣人民「我們的」歷史、「我們的」集體記憶，二二八之為台灣國殤的象徵，其中隱含的記憶認同政治不待言之。[3]

「二二八」何以能擔此重任？

一九四七年的二二八事件，是台灣光復後發生的民眾起事，遭到國民黨的殘酷鎮壓——緊接著一九四九年開始了肅清左翼力量、全面軍事戒嚴管制的「白色恐怖」。在大陸的歷史教科書中，簡單記載著「二二八起義」是當時全中國「反飢餓、反內戰」群眾愛國運動的一部分。國民黨官方發布是「共匪煽動」台灣人發起的一場叛亂。而「叛亂者」自然在歷史中是無聲的。而今日有關「二二八」的專書堪稱豐富，從一九四七年到二〇〇二年，在大陸、台灣、香港、東京、美國等地一共出版了一百六十七種史料類專書，其中有一百一十六種是在一九八七年以後出版的。[4]

但也因此，要在基礎史實層面對「二二八」達成一個共識敘述也非易事：一九四五年十月，國民黨政府代表中國接收台灣。但光復的激動和喜悅（在「認同」成為問題和顯學時，

2 參見東年〈致本世紀革命者的書簡〉，《去年冬天》，台北：聯合文學，一九九五。

3 參見邱貴芬〈塗抹當代女性二二八撰述圖像〉，《後殖民及其外》，台北：麥田出版，二〇〇三。

4 據許俊雅所編《無語的春天——二二八小說選》附錄的「二二八史事研究重要書目」。

多少人「喜悅」、是否真的喜悅也被質疑）很快被失望代替。內戰中的台灣成為國民黨的後方倉庫，官商結合的勢力集團也忙於攫取；大量米糖運往大陸，導致島內米價飛漲、經濟衰退、失業者眾，出現較殖民時期為嚴重的民生凋敝現象；政治上，接收官員貪污腐敗，台灣人以受過「奴化」教育，在公務任職和政治上受排斥[5]。因此，「二二八」的導火索雖是台北的菸草專賣局員警查稽私菸時打死打傷人，實是光復以來累積的民怨的大爆發。群眾自發結集衝擊專賣局和各類政府辦事機構，毆打官員、焚毀東西；怒氣波及普遍外省人，出現「見阿山（外省人）就打」的局面。很快台中、台南各地都出現起事。地方官紳或知名人士組成「二二八事件處理委員會」，與國民政府談判交涉，提出了「地方自治」等政治要求。台中謝雪紅領導的「二七部隊」和台南張志忠領導的「台灣自治聯軍」，是事變中順勢而起的民間武裝力量，謝與張屬於其時人數極少、力量薄弱的中共「台灣省工作委員會」，也是日據時代就從事反日運動的老台共和台灣農民組合的領導。國民黨政府從大陸調集軍隊鎮壓，死傷數字至今爭議。一九四九年蔣介石全面撤守台灣後，為穩固民心，宣布「二二八」後自新的人，不再加以追究。

此後，戒嚴以及緊接著的白色恐怖，思想的嚴密控制，使「二二八」與白色恐怖不但在台灣歷史上成了殘缺的一頁，成了學術界沒人敢碰的話題，也成了文學的一個禁區。一九八○年代逐漸鬆動的政治氛圍，「二二八」事件浮出，在黨外運動時期和民進黨執政政權後，從中建構了台灣的「省籍矛盾」、「悲情」動員。與此相應，解嚴前後的政治／歷史書寫思潮中，「二二八」成為一個重要主題，發展出一種自覺的「傷痕」書寫意識。

解嚴後以「二二八」文學為代表的「傷痕書寫」，雖然為歷史招魂，是為激盪出對威權、冤屈、人性、正義等等被壓抑話語的召喚，卻也在政治需求與文化氛圍中，陷身於單一的「悲情」敘事。

在此背景下，因白色恐怖而一度「消失的左眼」，左翼思潮背景的文學傷痕書寫，卻展示出特別的力度和歷史視野。藍博洲原本在時勢熱潮下進行「二二八」採訪，卻牽出一九五〇年代為理想而受難的一代青年的動人記憶，以報告文學〈幌馬車之歌〉（一九八八）震撼時代，也開啟了他關於白色恐怖下的民眾史在台灣的持續調查和書寫。而陳映真更早從一九八〇年代初期有關白色恐怖的系列小說〈山路〉、〈鈴璫花〉，到晚近的〈忠孝公園〉、〈夜霧〉，無不在就冷戰體制、白色恐怖、戒嚴文化下的台灣人的精神創傷意識禁錮，持續進行反思，代表了傷痕書寫的一種高度。

5　光復初期，陳儀政府的接收試圖從文化、地域特殊性制定政策，有「台灣人受奴化教育」和「肅清殖民遺毒」之認知，不少台灣知識分子就「奴化」問題在報刊上公開抗辯，大陸來台的知識分子在與台灣本地知識分子就此「奴化」爭議上的溝通碰撞，本可成為戰後反思新文化建設的重要基礎。但在「奴化」論與政治利益密切相關的狀況下，溝通與反省實則無法在現實層面起到作用。

二、〈調查：敘述〉：傷痕、悲情及其解構

〈調查：敘述〉寫於一九八六年，發表於一九九二年，論者提及小說的背景是「因應二二八事件的平反風潮，調查傷痕成為新興事業」[6]。

1「調查」與「敘述」

作為「二二八事件」受難者遺屬，「我」接受「事件調查小組」的採訪。現實中的交談和零落散漫的記憶，使文本始終在兩個交織的、時時要模糊邊界的時空中進行：前者是現實世界，在老調查員口中「進步、安定、富足」的民主社會；後者是逐漸從「調查」和「敘述」中浮現出來的父親、母親和安平長工的亡者的世界，因緣「事件」，有時激情，有時恐怖，有時不堪。作者不以引號、換行等方式對問與答、敘述與轉敘乃至記憶與想像做區分，全然以意識流動驅遣，在頻繁的時空轉換中，時時冒出一些曖昧矛盾的記憶。

「調查」與「敘述」表徵對歷史真相的一種共同追訪。「調查傷痕」作為一項新興事業，自有其政治意圖。兩名調查者中年長的一位，話語中遺留著日語口語尾音「哪」，可見

其「台灣人」身分（日據時期受教育）。老調查員自言在事件中曾避難濱海小鎮，也是一個劫後餘生者。調查伊始，他說：

> 這是個平和的時代了，過去的陰影哪都可以拿出來在陽光下曝晒，有淚——如果還有淚也允許公開的流，「道歉—平反」是可能採行的模式，讓我們大家在歷史的傷痛中哪一起成長。

這翻開場白，以「走出陰影」、「化解傷痛」表白了「調查」的態度和意圖，而「我」和妻子不斷奉上茶點，殷勤款待，如此，調查在一種平靜融洽的氛圍中進行。調查員牽引話題，引導敘述者對某些情景作出回憶，期待著被調查者自覺進入調查的重點與所需。例如講到家中糖果坊的上海師傅的失蹤，調查員先是暗示，而後直接提出：是否上海師傅為中共的地下組織人員？於是「我們一起想像」——

> 這個人哪•是地下組織的人，潛伏在家父的糖果作坊中，一定程度的影響了家父乃至長

6 參見王德威〈序論：拾骨者舞鶴〉，舞鶴《餘生》，台北：麥田出版，二〇〇〇。

工，事件發生他曝光、活動，長工乃至家父一定程度的追隨他，之後情勢逆轉，他又潛入地下，幾年後在大掃蕩中被捕死於獄中，或者他即時避回上海，幾年後做到新政權的人民委員。如是，家父運氣衰在不是組織的正式成員，急難時組織的力量當然顧不到他：他是衰尾到底的所謂外圍分子，是歷史事件中的泡沫……這個渾身糖果餿的泡沫跳出厝門，領頭衝入一幢維多利亞式建築，上海師傅押在屁股後。巴掌打翻茶水，文件印泥玻璃墊掃落茶水上，紅藍褐踐成一氣。……

這段話耐人尋味。開頭以老調查員標誌性的尾詞「哪」，來標誌這是一段順應調查意旨的「想像」。把戰後流落到台灣、有一副好手藝又好色的上海師傅想像成中共地下人員，以此為父親的行為尋找「共匪煽動」的動因。「二二八」發生後，國民黨當局的檢討主因就是「共匪煽動」。但這並不能確定老調查員的「身分」。反共是戰後至今不散的「無意識」，反國民黨的「黨外」在這點上無差。老調查員的背景究竟如何，尚不能斷定。對上海師傅的經歷的想像，有「二二八」之後逃離台灣的中共地下黨人的回憶錄、傳記為本[7]。作者的反諷，在此似乎是多向度的。

面對調查，「我」「抱歉有關家父的事我所知有限」，只能以記憶的碎片聊以塞責。斷片殘章的回憶不能令調查者滿意，「我」對母親、上海師傅的回憶，又往往被視作「無關事件本身」（實乃無關「政治正確」？）而被打斷，「調查」和「敘述」之間由此裂隙橫生。「調查」有其政治正確的背景和需求，頗多事件模式已經「成竹在胸」；但對於「我」這樣的餘生後代呢？「我」所感知的真實，卻是在枝枝節節的，被調查員「善意」刪除或忽略的細節中凸現出來。由此，看小說題目：「調查」與「敘述」之間以冒號相連，作為同步發生的行為，既互為前提，又各有旨歸，實則無能交集。但在二者的乖離中，逝者的亡靈被召喚，傷痛才得到固執的言說。

2 父親、母親與安平長工

父親、母親和安平長工分別在「事件」中和「事件」後逝去，在此他們成了被召喚的亡靈，幽幽敘說著四十年前的劫難和劫難加諸個人肉體與心靈的持久傷痛。

父親及其在「事件」中的行止是調查者所定義的「事件本身」。然而「事件發生那年我僅十歲」，「我」對父親直接的記憶，僅只是他身上的糖餿味和他被捕當日那「鹹菜脯一樣的臉」和「爛瓜一樣的天」。這種與味覺和食物相關的記憶是真切地屬於十歲孩子的，除此

7　如吳克泰《吳克泰回憶錄》，古瑞雲《台中的風雷》，張克輝《啊！謝雪紅》等。

之外，有關父親在「事件」中的活動、被捕時和被捕之後的種種細節，都是經由母親、親友、鄰居等人的追憶和成年後「我」的各方尋訪才得到的。其中被認為是重要憑證的是父親生前好友和在事件中曾追隨父親的安平長工的回憶。然而父親的好友含糊其辭，前後矛盾，不足為憑。「我」獨自尋訪安平長工，他說「他記不清楚家父的模樣了，他只清楚記得家父那頂白氈帽」。在安平長工的回憶中，「我」彷彿親眼看到父親在事件中的所作所為——在混亂的街頭、狂熱的群眾、盲目的暴力之中，戴「白氈帽」的父親被描述成一個「勇壯」的英雄。然而緊接著這滿懷激情的想像之後，敘述者卻又平靜地道出「家母說家父從未戴過什麼白氈帽」、「水蠕印象中只有吹死人鼓吹的才戴那種白氈帽」。這樣一邊描述一邊消解的方式，透露了對於所謂「事件本身」、「歷史真相」的懷疑。或許只有最不可靠的記憶——作為十歲孩子的我的記憶——才是最可靠的。在那十歲孩子的記憶裡，父親是身上散發著糖餿味，那個在師傅、長工都不見的時候，為了訂戶的大宗喜糖，換上短打下作坊的糖果商。他既非官方所認定的「為共匪煽動、蠱惑」的暴民，亦非反對運動一方要尋訪的「受難台籍菁英」。在看似散漫的敘述中，仍給人感覺到，成年後的「我」曾多方追訪父親與家族的過往。

先人一直居在學甲中洲，是十七世紀隨大將軍家眷落腳島上的那批移民。外族登陸布袋嘴那年，曾祖也隨鄰人拿著鐮刀矛槍對抗一路殺來的馬靴火銃。虧，曾祖輩中的某人避到府城，親眼見城市人開城列隊歡迎敵人的風光。『第一做田憨！』這位曾祖如此憤恨死在田庄。好在家父棄了田園由麥芽糖起家，做到府城數一數二的東洋糖果專家。

小說開頭的這段家族史追憶，並非無關宏旨的背景。移民之島上，種田的和做生意的，一憨勇一現實，兩種生存形式，孕育兩種個性，這一認識舞鶴在多篇作品中出現，可見對他解讀台灣史的意義。「二二八事件」中，小說中的「家父」在「我」的記憶中是為了訂單埋頭糖果作坊的生意人，然而在眾多友人、長工、鄰居的記憶中，他又確乎參加、甚而「帶頭」了某些場合的造反行為。「我」訝異地想，果然如此，也許這生意人的血液裡，仍流淌著「田庄憨祖」的「勇壯」。「我」講述曾經有女人來哭訴、尋找父親的事情，老調查員卻謹慎客氣地宣稱「不會記錄」。有意無意，「我」對父親的回憶，總在偏離調查員盡責引導，想要樹立的形象。

父親被捕、失蹤時，「我」只有十歲。對「我」來說，母親的故事亦是「事件」本身。逝者已逝，餘生漫漫，失去至親的傷痛、被監視的恐怖、希望的煎熬、絕望的打擊，乃至被欺騙被凌辱，種種無從逃避無時消歇的苦難，都加諸未亡人，母親的身上。

母親的下半輩子活在對父親徒勞的尋訪和徹骨的傷痛中。父親被捕當日，「家母痛哭了整個下午，癱在椅背眩睡過去，如此哭了睡醒了哭」，而她「到晚年還不甘心就只那麼一次家父大聲呵責她」——本已得到風聲匆匆出門避難去的父親，卻回轉家門被逮個正著，臨行嘶吼的是「褲袋無錢怎樣坐車」。母親習慣掏光父親的褲袋，怕他在外養女人。而家裡幫傭的水嬸，當時看到父親回轉門口時驚呼「頭家」，令特務發現，從此怨歎那一聲「是她平生最破相的一件事」。回顧其時，以無能認識大時局的「婦道人家」為代表，人們只能以各種偶然性的追尋，陷入自責追悔。家業漸漸衰廢，母親獨立支撐生活、撫養兒子長大；她從不放棄任何有關父親的線索，警察局、監獄、精神病院，都留下她的希望和絕望；她求助尪姨和神童，召喚丈夫的亡靈；她帶「我」到東嶽帝廟，「去給家父看看我年年長大長高的樣子」。如此多年，她仍因一個「穿中山裝的男子」道出了父親的名字，便帶著金錢首飾隨同他前去隱蔽的寺廟角落「認人」，以致遭到強暴和劫掠。

有關父親的記憶既不真切，又在各種語境的敘述中模糊了面目，而母親身受的，卻是「我」一生親眼所見、親耳所聞、無時無之的創痛。母親被強暴一事被報紙渲染為社會八卦，冠以「變態採花賊專向中年婦人下手」的題目，以特稿分析「芳心空虛的中年婦人最易蹈入陷阱」，並呼籲「所有婦人自加檢點」。肇端於「官逼民反」的歷史悲劇，隱身在和平時期的低俗新聞裡，這反過來見證了歷史悲劇在整個社會文化和精神層面上的延續。傷痛被如此輕薄，也正是餘生最為荒謬和苦痛的地方。

在這樣的追憶與敘述中，父親被身不由己地塑造成各自所希望被塑造成的形象；母親則承擔著不可解脫的悲苦，化身為歷史難以癒合的傷口，指證著個人在歷史中的卑微與哀怨。被現實政權欺壓、被國家意志扭曲、被歷史遺忘，無從抵抗，那麼存活的意義又在哪裡呢？在另一個逝者安平長工的身上，或可看到舞鶴的寄意所在。

長工被認為是父親的行為的重要見證人，經由對他的回憶的轉敘，我們獲得了父親在「事件」中如何領頭衝擊政府機構的資訊。然而細讀下來，轉敘的重點顯然不在於此。在這裡，回憶者長工與轉敘者「我」的位置悄然發生了變化，不是長工講述父親的故事，而是「我」講述長工的故事。長工是「祖居安平」的長工，這一身分將他與台灣的土地風俗、文化記憶聯繫起來。在「事件」中一度參加集會的長工卻有一副旁觀者的眼睛，群眾運動演進的狂熱和暴躁，不時從中反射出來。「事件」後他返回父親的糖果作坊，成了一個沉默而用心的管家，直至成功經營了自己的安平蜜餞老舖。幾十年後，長工亦曾參與象徵民主進步的選舉熱潮，功成名就，他回到了「像苦修的禪房」一樣的水邊小屋，以酒為伴，看「壚鬱水竹棚茅草尖烏雲天」，最終因酒精性肝硬化「去了遠方」。長工這個劫後餘生者身上，才透露了舞鶴對個體生存意義的別有衷情。

當年長工從集會的人群中悄悄退出，傍晚回到家中，看到安寧、古樸的老城生活一如往常：

媽祖宮已上燈，廟祝海仔伯還是一把籐椅，在石獅子旁噴菸；側對過厝簷下，川背金交椅上，也早已端坐著足火老孀婆，手中危危捧著鴛鴦飯，一個孫囡在伊腳邊團團爬著，撿飯粒玩。廟內剛剛晚誦，拉長的「南無——南無——」讚音，柔柔穆穆，像韌帶，一波波裹近來，紮緊。「拖那閂條作啥？」海伯搭訕。「——沒啥，」他失笑說，閂條遺在石埕上。

在這樣一種古老靜穆又溫和親切的氛圍裡，長工剎那間忘記了白日的激情澎湃。一個「失笑」，他回到了熟悉的生活。然而一切似乎又不同了。妻子搗碎花瓣，燜製香液，夜裡抹上耳彎腋窩臍孔。於是在夜夜不同的花香中，在追捕的槍聲車聲中，他開始了婚後從沒有過的驚心動魄的歡愛。

汗臭濡蒸爛草花香的夜晚：骨盤相碰磨的悶聲；有人敲急響鑼噹嗆噹嗆吆過厝外，伊的細哼似那鑼音的尾韻，嗯嗯哼哼嗯嗯；銃槍的射擊聲砰，砰砰，戳透這哼嗯，他恍惚聆到子彈咻聲嗅到鎗口煙硝味；骨盆漸漸帶起陣陣水濡噠沓，伊一味哦呵哦呵了；轟隆，軍卡車壓，一輛兩輛掠過，轟隆隆轟，塵灰撲濛裡，愈發濃冽著草花的異香——

突地驚迸，伊陡激的嘶噁。「聞到無，嗯？」隔夜伊說，「——是茉莉香。」再隔夜，「——是七里香。」他埋頭搗爛這七里香，——自婚後，他初次專注到妻的肉體。

花香瀰漫，歡愛無邊，花香與歡愛中交雜著災難降臨的警報和哀鳴，多少人送命、失蹤在這樣旖旎的夜晚。長工在婚後「初次專注到妻的肉體」，生命藉歡愛得以感知，歡愛亦是對抗死亡和恐懼的無聲言說。然而在這種沉溺中，生的痛苦的體味毋寧說更沉重。

這裡看到舞鶴自早期的現代主義習作中就顯露的「情欲立場」，和自〈逃兵二哥〉開始，有意識建構的情欲敘述美學。對於普通人來講，在無能掌握的時代巨輪之下，財產、家庭乃至生命都可能瞬間煙消雲散，個人的無力感達到極至，能把握自己存在的唯一行為，似乎就是情欲了。回到情欲，或許意味著對個體自由消極的然而又是根本的維護。由色及食，緊密糾纏，草芥之民才得以建立一個屬於自己的記憶版圖。安平長工對於古鎮的生活風情的眷戀和他對妻子浸透了花香的肉體的沉迷，使他在事件中保存了性命，也成就了舞鶴別樣的立場：對情欲的描述不僅是他用以疏離、對抗主流話語的一種方式，是他「對世界看法的唯一表述途徑」[8]，也是他構築個體歷史的重要元素。在二〇〇〇年出版的《鬼兒與阿

8　參見陳思和〈關於〈悲傷〉的討論〉，《杭州師範學院學報》，二〇〇二年第四期。

妖》中，舞鶴更將「情欲」的書寫上升為一種「鬼兒文化」，「一再強調他的鬼兒傳統來自綿綿不絕的東方文化源泉，將『放棄』作為唯一的生存武器，沉淪於肉欲與情欲，從唯一屬於自己的身體裡開掘出生命的意義和活下去的可能。」[9] 比起一九八〇年代後期以來台灣社會「民主」、「正義」、「還歷史真相」等漸漸融入主流話語的訴求，舞鶴對「情欲」的專注，可謂一種真正的「邊緣」視野：在情欲的耽溺中，他看到了生的熱力，看到了死的冰冷，看到了歷史不可言說的迷情。

由此，在生者的召喚中，逝者以各自的命運遭際演繹著人與歷史複雜的糾葛。有關父親、母親和安平長工的故事，或者以其飄渺無實消解著主流的歷史敘述，或者以其真切的傷痛、想像的詩情探索著屬於個體的「歷史」，如此窮盡歷史傷痕的不同層面，舞鶴可謂用心。然而作為「二二八事件之於個人的紀念碑」，舞鶴的企圖似乎又不止於此。

3個人的紀念碑：拆解悲情，銘刻傷痛

一九四七年二月底的府城，飄蕩著自家作坊「白脫糖與巧克力」的糖果香、安平長工年輕的妻子獨門烱製、塗在腋窩、夜夜不同的花草香……我們隨著這喃喃的敘述者行行重行行，跋涉半個世紀，從嗅覺知覺感知劫難與餘生的傷痛，以為觸摸或體貼到某種「真相」，

誰知他卻殺了回馬一槍：訪問與敘述接近尾聲時，「我」忽然講到母親臨終前告訴「我」一個她終生的祕密。「家父被捕後第一百五十六天，他們送來一張家父被斃在泥上的死相，強她拿著左鄰右舍挨家挨戶給人看——她爪嚙相片掐成子彈一樣吞入肚內。」母親明知父親已死，卻苦苦尋覓他幾十年？那許多的涕淚交零，竟是一場幻夢？愚妄？還是表演？這荒謬的人生該是何等淒切。然而舞鶴又不動聲色地讓中年調查員在告別時「囁嚅說」，「有關那張死相照片似乎是運河尾某造船世家的大兒子的故事。」我們幾乎不由自主地要為「我」尷尬了。然而，「我微笑說我知道」。這個微笑委實詭異，使我們不得不重新思考我們對敘述的一路追隨，這才發現，它早就提醒了我們。

> 遺憾事件發生那年我僅十歲，十歲孩童的眼睛看得不夠真切。更遺憾兩位來訪時，我已是五十多歲，記憶褪色了，回敘起來容易變形。

從敘述結構來看，小說交換使用第一人稱和第三人稱，鋪張揚厲，有聲有色，宛然在真實的現場，然而整個小說限定在「調查：敘述」的框架中，不時用現實場面中喝茶、吃餅和

9　參見陳思和〈讀兩本台灣小說〉，《談虎談兔》，廣西師範大學出版社，二〇〇一。

岔開的話題，來消解剛剛的驚心動魄。這種文本組織方式本身或可看作一種有意識的選擇。

相比較欽定歷史的顛倒偽飾，口述史被認為即便有記憶不清、散漫和主觀性，也仍有其超乎「史書」的逼近事實、歸還正義的可能。但在這裡，經過「敘述」的「回憶」，是否能還原「歷史真相」，或許早已不是敘述者的問題。歷史不可經過敘述還原，但或許能經過敘述，以及對敘述的挑戰和反省，達到無限接近。接近的不再是冰冷的真相，是曾經嗅聞過的香氣和仍然溫熱的摯情以及傷口的質感和深度。在這樣的「悼亡」中，「死相照片」只是一個「故事」，一個針腳細密地縫著荒謬歷史的傷疤，它可以屬於母親，自然也可屬於「某造船世家的大兒子」。因此面對被「揭穿」，「我」微笑了。

小說的敘述，也如〈逃兵二哥〉的平和細密，平靜之中時時激情湧動，卻又有一種看盡時事的從容與譏誚。作為遠離政治認同糾葛的作家，舞鶴在此流露的關懷毋寧是既謙卑、亦張狂的。他以〈調查：敘述〉為「二二八」樹立的個人的紀念碑，不為銘刻悲情或偉大，卻為銘刻傷痛。傷痛深入骨髓、不可忘卻。感知這從身體到心靈的痛，人們才得以穿越時空的阻隔，窺探歷史的真相。然而就是這傷痛，隨著時光流轉，隨著當事者和直接承受者的紛紛離世，也在八哥「痛痛痛」的學舌中變得滑稽和稀薄了。紀念「二二八」的大會或許仍會逐年召開，然而人們注定將忘記真實的傷痛，而只能通過各種各樣或扭曲或殘缺的文字記載，通過儀式化的行為，來獲得而無法真正「獲得」對歷史的認識。如此，對「傷痕」的「辨證」書寫，使得舞鶴對「二二八事件」這一傷痕文學題材的處理，超越了在現實中被反覆強調的族群悲情，也超越了政黨之爭反覆揉捏的「族群仇恨」，展現出更為深刻的歷史悼亡和現實批判精神。或也由此可以看到自由文人舞鶴對「革命」的想像，是針對專制與暴力，也是針對現實政治的虛矯與功利。這使得他的思考，在「二二八」文學的歷史脈絡裡，有了拆解「二二八文化政治」的意味。

第四章　「二二八」文學的文化政治

一九八〇年代初，「二二八事件」突破文學禁區，數十年寂滅的記憶復被點燃。然而追溯起來，從事件發生的時刻（甚至更早）開始，文學書寫其實從未缺席，「二二八」文學可說貫穿、見證了台灣半個世紀的歷史。早在為政治運動和文化論述青睞之前，「二二八」就開始了它豐饒的文學旅程。

在文學與政治場域中，「二二八」的功能顯然不同。政治欽定歷史，文學卻保留歷史中的皺褶。我們可以通過文學追問：「二二八」文學半個世紀的演變，如何展現了一個感性的、細節的台灣史？

如果以一九四七年「二二八事件」的發生為「原點」，以書寫的時間為X軸，以書寫者的身分、所處地域為Y軸，為文學文本定位，繪製一幅「二二八文學」的地圖，會發現，一方面，本省人、外省人、原住民，親歷事件者與戰後出生者，男性與女性乃至大陸人、流亡海外的人——這些成分的交集組合，構成「二二八」作品富有意味的外在標識；另一方面，身分、地域與作品又在時間之流中畫下交錯的軌跡——事件發生前後、戒嚴時期、解嚴前後、一九九〇年代以來，是幾個關鍵段落。由此，庶幾可以構建一個「二二八文學」的立體多維度時空，從中可見豐富的歷史記憶與情感，也可解讀今日台灣社會與文化的複雜格局。

一、事件前後：動盪時代的先聲與見證

1 寒潮湧動的冬夜

光復初期的報刊是回返歷史現場的重要途徑，其中的文學作品不乏對光復後台灣社會的生動描繪。散文〈賣菸記〉、〈五斤米——在配給米的行列中〉、小說〈農村自衛隊〉、〈冬夜〉均發表於一九四七年的一月、二月之間，與事件爆發的時間如此切近，正是山雨欲來之前鼓蕩的風聲。署名「踏影」的〈賣菸記〉揭示光復後賣「私菸」現象背後隱含的社會矛盾，包括沿襲日據時期的「專賣局」對台灣利益的損害、外省官員的貪污腐敗與嚴重的失業問題等等。菸盒雖小，問題卻大：專賣局員警查緝私菸打死人成為「二二八」事件的導火索，實非偶然。署名「旅魂」的〈五斤米——在配給米的行列中〉將買米的艱難、心酸和

與生活的屈辱感歷歷呈現。近年來有台灣學者從「米糖」問題切入光復後台灣社會矛盾的研究，而這篇散文可謂「現場」的見證，光復前的「米倉」，光復後的「米荒」，如此巨大的落差背後，是其時內戰需求和投機者漁利所造成的從內陸波及台灣的社會動盪。這樣的動盪之中，個人的悲傷必然會擴展、演化為群體的憤怒。在丘平田的〈農村自衛隊〉中，「我」與「二叔」議論光復後農村經濟凋敝、盜賊橫行的現實，提到「平田村」農民們祕密組建「農村自衛隊」，暗示暴力鬥爭的可能。而在呂赫若的小說〈冬夜〉中，槍聲已在寒冷淒清的夜裡響起來了。

〈冬夜〉中台灣女子彩鳳及其遭遇的象徵意義不言而喻：她與三個男人——木火、郭欽明、狗春的故事，是光復前後台灣社會的縮影。戰時，彩鳳新婚的丈夫木火被日本殖民政府強徵「志願兵」到菲律賓，一去不歸；戰後，她遭到「浙江口音」的官僚、花花公子郭欽明的欺騙凌辱，淪為暗娼；後者曾將自己與彩鳳的婚姻稱為「我愛著被日本帝國主義蹂躪過的台胞，救了台胞」。狗春則是做了暗娼的彩鳳的一個「熟客」，是自南洋戰場回台的「台籍日本兵」——光復後台灣的失業大軍的主力，也因此成了日後「二二八」事件中武力對抗政府的主力。小說結尾，彩鳳與狗春在半夜突然被員警包圍、追捕，其場面、聲勢，與以後諸多描寫「二二八」的小說中軍警抓人的情節幾可混同。作為日據時期優秀的日語作家之一，呂赫若一九三〇年代登上文壇之初，即展示了對台灣鄉村和殖民地政治、經濟處境的深刻認知，寫作的旺盛和成熟期是在太平洋戰爭爆發後、生存與意識形態壓抑都更為深重的「決戰時期」，由此反而成就了他一種含蓄剛強、曲折豐饒的寫作。呂赫若在日本留學時抱著「了解自己」的心思閱讀中國古典文學（參見《呂赫若日記》），光復初期，其愉悅和振奮可用胡風的「時間開始了」譬喻。他努力學習中文，在很短時間內寫出三個中文短篇，類於諷刺小品，三篇清晰可見中文程度的漸進。最後一篇小說即〈冬夜〉，卻是這樣預示了暴力衝突的作品，其實，也透露了呂赫若在光復後加入中共在台灣的地下組織的思想基礎[1]。

光復初期的這些作品，為我們認識其時台灣複雜的社會狀況，提供了一個樸直的「回返」途徑。一九四五年十月第一批大陸軍民進入台灣，台灣有了「外省人」這一日後衍生出特殊政治、文化含義的稱謂。在歷史的這一瞬間，「本省人」與「外省人」共同為「祖國」歡呼，卻已然埋下了睽違已久、不暇熟悉，卻必須在動亂中「無間相處」的不安：一方是懷揣唐山故國，甫走出殖民地的「遺民」們的喜悅煥發，一方是背負著內憂外患的「現代中國」的「新移民」的疲憊茫然；一方有在五十年日本殖民體制下逐漸安順、初具「法治」意識的民眾；一方有被延攬而來建設台灣的新文化的知識分子，如熱切傳播魯迅文學與思想的許壽裳、李何林，和左翼的文藝人士，如版畫家黃榮燦；也有被戰爭暴力摧毀了家園、某種程度上也摧毀了對道德與自我約束的信任的官兵，此外，更有投機商人；一方無論上層士紳還是下層民眾，普遍膨脹著殖民地時代被壓制的政治熱情，一方則對台灣及其「殖民」歷史或抱著成見、或為利謀而不無猶疑。此外，放眼內戰烏雲密布的大陸，「光復」已然將台灣與之連接成更緊密的命運共同體，台灣首任行政長官陳儀，雖曾抱著避免台灣捲入大陸戰亂漩渦、以一整套自足的方案治理台灣的設想[2]，卻無法自外於戰爭，無法挽回「接收」在本省人眼中滑落為「劫收」、「外省人」成為「阿山」，無法逆轉民心已亂、山雨欲來的現實。

1 呂赫若在一九五〇年失蹤，後被發現死於鹿窟山區——台灣的地下黨建立的一個武裝基地。可參見藍博洲〈揭開台灣第一才子呂赫若的生死之謎〉，《消失在歷史迷霧中的作家身影》，台北：聯合文學，二〇〇一。作家李喬則以呂赫若的失蹤寫出小說〈泰姆山記〉，做了符合李喬的台灣意識論的想像。

2 陳儀治台的設想及其得失，都因「二二八」與之後以「通共」之名被殺，而被歷史抹去，無論是黨國宰製還是本土勢力蓬勃發展的時代。對陳儀及其與「二二八」關係的研究在台灣近年才有開展，可參見王曉波編《陳儀與二二八事件》，台北：海峽學術出版社，二〇〇四。大陸學者的相關研究可參見全國政協文史資料研究委員會等編《陳儀生平及被害內幕》，中國文史出版社，一九八七；孫彩霞〈陳儀與台灣〉，《台灣研究集刊》，一九九六年第二期；楊德山〈陳儀、湯恩伯反蔣內幕〉，《文史精華》，二〇〇〇年第四期；張晰〈陳儀與湯恩伯〉，《浙江檔案》，二〇〇三年第六期；傅玉能〈「二二八」事件中國民政府派兵問題再探討〉，《史學集刊》，二〇〇四年一月；白純《台灣行政長官公署論析（1945.10—1947.4）》等。

2 驚悸的春天：從台灣到大陸

發表於一九四七年五月《文藝生活》上的小說〈台灣島上血和恨〉（署名伯子），距離事件發生兩個多月之後，顯然是親歷者的作者還在事件的激盪之中。雖是「血和恨」的敘述，作者以台北失業工人福生作為線索，對「二二八事件」的起因和過程有多層面的敘述。尤值得注意的是對當時的台灣左翼知識分子的描寫：福生的姑姑寶美和她的戀人吳誠夫。事件初起時，寶美和吳匆匆商量著：「組織的力量還薄弱，怕趕不上現實了！」當民眾準備迎接「宣撫」時，他們雖意識到事情的危急並試圖聯合力量抵抗，但終究無力改變結局，於是逃往南方山區，決定以游擊戰和教育民眾來圖謀未來的活動。寶美和吳形象的單薄，尤其是從福生的視角看過去的吳誠夫，有一種不真誠和不莊重感，或許也暗示著左翼力量的弱小及其與普通民眾之間的隔閡。

事件當時，國民黨當局認定、對眾宣布的重要解釋之一，是共產黨的地下活動和組織導致了「暴動」；事變後逃往香港的左翼人士發表的講話、文章、回憶錄中，亦強調他們在事件中的積極行為，但也承認其時力量薄弱，既非發動者，也無法控制全域；而在當下的台灣，那些意欲將「二二八」建構為「獨立革命史」的人們，則有意忽略其時左翼力量的存在與意義。一九八〇年代以來，曾健民、藍博洲、橫地剛等人對「二二八」文學史料的挖掘則讓歷史塵封的這一脈絡逐漸清晰：通過對事件前後台灣、香港和大陸報刊的艱難而細緻的搜索，「出土」了一批有關事件最直接的報導、評論和文學作品，如其時《文匯報》駐台灣記者董明德的〈台灣之春——孤島一月記〉（原載《文匯報》一九四七年四月一—三日），以日記形式記錄下自己所經歷的「二二八」，其中既描寫了外省人在事件初起時遭到的衝擊，也描寫了更多本省人保護、救助外省人的善良和理性。署名「夢周」的〈難忘的日子〉（原載《中華日報》「海風」副刊第一五三期，一九四七年四月十一日）紀念一個剛剛二十歲的外省公務員在事件中的死亡，另一篇〈創傷〉（原載《中華日報》「新文藝」第十九期，一九四七年四月二十日）則書寫一對到台灣度蜜月的外省青年的無辜被傷。這些餘悸未平的記憶，透露了身處歷史之中、被迫成為「敵對者」的普通外省人的困惑；而身在大陸戰亂之中的知識分子，則感同身受台灣的苦難為所有國人的苦難，譬如長期關注台灣、大力介紹台灣文學的《文藝春秋》、《文匯報》編輯范泉，此時寫下了〈記憤怒的台灣〉。與眾多台灣友人交往使他對台灣時局和台人心態有相當切近的理解，也使他意識到台灣問題可能引發的後果：「是不是我們要用統治殖民地的手法去統治台灣？是不是我們可以不顧台灣同胞的仇視和憎恨，而拱手再把台灣送到第二個異族統治者的手裡呢？」「說起了台灣」，范泉流下了「心酸的熱淚」；而一九九七年陳映真讀到詩人臧克家發表於一九四七年三月八日《文匯報》上的詩歌〈表現──有感於台灣「二二八事變」〉，「祖國，祖國呀／你強迫我們把對你的愛／換上武器和血紅／來表現」，眼眶也「霎時蓄滿了熱淚」[3]。時隔半個世紀、灑於兩岸的「熱淚」，折射了近代中國知識分子的沉重的家國之痛。也證明了，「二二八」並不是台灣的孤立事件，而是其時整個中國時局的一個組成部分，是艱難時世下，流離民眾的傷痛。

二、一九五〇──一九七〇年代：寂靜中的「回想」與「迴響」

「二二八」事件之後，台灣當局的文化控制日益嚴密。葉石濤的〈三月的媽祖〉（原載《新生報》「橋」副刊，一九四九年二月十二日）寫一個叫律夫的革命者的逃亡之旅，有意將時代背景模糊化，為「二二八」文學畫下了一個晦澀的停頓號。此後的一九五〇─一九七〇年代，作為政治禁忌，有關「二二八」的文學書寫在台灣進入了沉寂期。除少量在香港或日本發表、出版的作品──如邱永漢的〈偷渡者手記〉（一九五四）、〈濁水溪〉（一九五四）之外，台灣本土間或有涉及「二二八」背景的作品，也相當隱晦，如陳映真的〈鄉村的教師〉（《筆匯》二卷一期，一九六〇年五月一日）。在這樣的寂靜之中，曾經以《亞細亞的孤兒》訴說殖民地台灣人的彷徨無告的老作家吳濁流，在一九六〇年代末寫出自傳《無花果》，一九七〇年以單行本出版，立刻遭到查禁，卻因此祕密流傳於台灣與海外；

更被獨立論者作為台灣知識分子因「二二八」而「破除對父祖之國虛無飄渺的幻想」的例證，從政治意義上予以經典化。[4]《無花果》作為一個出生於二十世紀初年、創作生涯跨越日據與戰後的老作家的自傳，具有文學／歷史的雙重史料意義，而作家歷史反思的真誠與深入，更使其成為珍貴的台灣知識者的思想記錄。也正因此，對這一記錄的解讀首先應摒除意識先行，以歷史語境理解其心聲。

光復後吳濁流曾先後任《新生報》、《民報》的記者，決心「把我所見所聞的二二八事件的真相率直地描寫出來」，因為「視野比較廣闊的新聞記者如果不執筆，將來這個事件的真相，恐被歪曲」。作者的敘述是從「聽祖父述說抗日故事」開始的，追憶自我的成長歷程，其實是在台灣漢族移民的歷史記憶與「義民精神」的承傳之中，述說日據時代台灣人走過的曲折苦痛，以及由此形成的特殊性格。由此探討「二二八」事件的發生，除光復後接收台灣的國民黨政權的各種治理措施的失敗之外，台灣人的特殊性格、不同於（某種程度上優越於）內陸各省的經濟、教育狀況以及台灣人對真實「祖國」的隔膜，也是重要的催生因素，而國民黨政權以非此即彼的戰爭邏輯和殘酷的戰爭方式來判斷、應對台灣人的行動，最

3 陳映真〈母親的叮嚀——拜見詩人臧克家先生〉，見《新二二八史像》代序。

4 參見林衡哲〈三讀《無花果》〉，吳濁流著《無花果》。林衡哲對《無花果》的闡釋，為自己的政治意識所需，有相當程度上的斷章取義。

終導致血腥的悲劇。譬如作者從台灣移民的歷史來源論證台灣人屬於「漢民族中最不屈服異族的人們」，也因此（殖民地的壓抑），光復後台灣人會患上「政治渴望症」。對政治地位的熱心和政治意識、經驗的匱乏，都使得事件發生後，與國民黨官方的溝通一再「錯位」。通過「二二八」前因後果的敘述，吳濁流固然展現了自己（也是普遍的台灣人）的「祖國」想像的幻滅，卻不因此否定「母親」。吳濁流以寫於「二二八事件」之後不久的〈黎明的台灣〉一文的結尾文字——「台灣烏托邦」的設想再度作為一本書的結束，強調理想之未曾改變，因自己是「愚公的子孫」，「不惜像愚公移山一樣努力奮鬥」。而林衡哲〈三讀《無花果》〉卻道「吳濁流的這個台灣理想國，事實上在台灣人自己當家做主的短暫的無政府時代，已經實現過了」，由此倡議台灣人「徹底地切斷祖國的臍帶，自己當家做主而獨立」。

一九七〇年代後期開始，台灣的「黨外」與海外的「台獨」都敏感到「二二八」在政治鬥爭中的重要性[5]，當我們指出「台獨」對「二二八」的利用時，也必須正視這一利用在台灣民間的、情感的基礎。記憶的哀傷與恐懼、政治的高壓、情治機關無所不在的監控，使得「二二八」的政治、學術論述缺失之外，在民間也為人們諱莫如深，而這進一步為台灣社會埋下了族群矛盾的陰霾[6]。當本土政治以「二二八」為旗時，一方面召喚出親歷「二二八」者的悲情，一方面引動了戰後出生的年輕一代追尋「自身歷史」的激情。

舞鶴〈微細的一線香〉某種程度上正是台灣歷史呼喚的一個「迴響」。關於「二二八」

的情節即祖父那產品銷往「唐山大陸」的罐頭廠，在事件中受到持著棍棒、嘯叫著「打豬仔」的本省人的衝擊時，祖父先是嘶吼「我是台灣人」，而後又道「中國人」，卻被追問：「昨天是日本人，今天台灣人，究竟是什麼人？」文化中國的執念與現實利益的矛盾，讓祖父一生多次面臨身分認同的混亂。其時還在讀大學研究所的作者舞鶴，顯然對台灣的近現代史已經有了相當的了解。聯繫一九七〇年代末至一九八〇年代逐漸興起的「反對運動」，〈微細的一線香〉已然透露了時代變動的資訊：戰後出生的一代青年，開始通過家族歷史、有關書籍、特別的師長以及見聞的政治運動等方式，觸摸到一些被「遺忘」的過去的蛛絲馬跡，滋生了了解「自身歷史」的強烈願望。

5 參見韋名編《台灣的二二八事件》。

6 「二二八」事變後至七〇年代，除國民黨官方編輯的有關資料（如台灣行政長官公署新聞室編《台灣暴動事件紀實》，一九四七）和個人回憶錄（如柯遠芬〈事變十日記〉，台北，台灣新生報，一九四七）之外，有不少有關「二二八」的書籍在香港、東京、上海等地出版，多出自「二二八」後的流亡者以及關切台灣的大陸知識分子之手，其中，既有後來經由香港到內陸的左翼人士，如莊嘉農（蘇新）《憤怒的台灣》（香港：智源書局，一九四九）、王思翔《台灣二月革命記》（香港：風雨書屋，一九四九）；也有流亡日本、美國開始從事「獨立」活動的海外台獨人士，其中史明《台灣人四百年史》（東京，一九六二）和王育德《台灣——苦悶的歷史》（東京：弘文堂，一九六四。一九九三年在台灣再版、改名《苦悶的台灣》，台北：自立晚報文化出版部），一九七〇、一九八〇年代輾轉進入台灣後，與吳濁流的《無花果》、《台灣連翹》一起被視作台灣意識的啟蒙讀物。

三、解嚴前後：傷痕意識的興起與各方的言說

解嚴前後，「二二八」一時成為文學熱衷的題目，回溯歷史、控訴強權、反思戰爭與暴力——也正是此時，開始涉及集體記憶、政治認同的問題。

1 悲情：族群記憶的形塑

一九八三年發表的林雙不的短篇〈黃素小編年〉，寫待嫁女黃素的無辜入獄和瘋癲一生。小說文字單薄粗糙，但如同大陸文革後「傷痕文學」的發端之作〈傷痕〉（盧新華），標誌著一種「傷痕」敘述的興起。但與大陸的傷痕文學多有一個劫後餘生的欣幸喟歎不同，有關「二二八」的傷痕式書寫，多具有強烈的當下政治批判與族群對抗意義，如「開不了口」的黃素象徵本省人的處境——沒有出聲的權力。出生於一九五〇年的林雙不並未親歷事件，從家鄉小鎮瘋女人的影子到老師無意中漏下的一句「二二八」，逐漸接觸當年的事件，試圖以書寫「還歷史以真相」，這是不少寫「二二八」的本土作者的共同心路[7]。敘述者力圖經重現歷史場面，以文學再造的「真實」，取代官方發布的口辭。血淚飄零的控訴中，隱

含著從個體傷痕到本土族群記憶的建構。但多以強烈的情緒、單一的控訴意圖、生硬的歷史類比方式為特徵。

這其中，生於一九三四年的李喬的〈泰姆山記〉（一九八四）是較為特別的一篇，不僅因為作者曾經歷那個年代，不僅因為小說以作家呂赫若的傳奇之死為原型，也因為他試圖詩意地建構一種關於「土地」的理想。小說反覆渲染余石基（呂赫若）作為一個「悲憫的人道主義者」參與武裝鬥爭後的猶疑與虛空，暗示他左翼理想的破滅，並藉原住民智慧化身的老人瓦勇，以泰姆山為「日頭的妻，一切山之母，也就是大地之母」的神話[8]，啟悟了余石基。小說結尾，瀕死的余石基把相思樹種撒滿周圍的土地，以此象徵自我與土地融為一體，生命得以重生。雖然這個意象美麗而富有某種哲學蘊涵[9]，但它所代表的新理想的誕生和舊

7 參見林雙不〈見證與鼓舞——編選序〉，林雙不編《二二八台灣小說選》。

8 這個神話也是作者的想像性再造。李喬對原住民文化關注很早，一九七七年就寫出以賽夏族小矮人傳說為藍本的小說〈巴斯達矮考〉（收於吳錦發編《悲情的山林——台灣山地小說選》，台中：晨星出版社，一九八七）。〈泰姆山記〉中對原住民萬物有靈的觀念描寫得很生動，但不乏從自我觀念需要出發的有意渲染；如同在〈巴斯達矮考〉中強調矮人玷污賽夏少女而導致恩怨情仇，其實是以漢人的慣常思維覆蓋了原住民部落生存與原罪意識的複雜性。

9 許俊雅以為這個結尾同〈三月的媽祖〉一樣，是「賦予人與自然、人與大地的終極關懷」，並且認為〈泰姆山記〉「在仇恨與殘殺之上確立了一個更高的審判者——泰姆山」，即「台灣的原始精神」的象徵，是將「二二八」題材的「反省精神推向了至高的境界」，因而可稱「不朽之作」。（見《無語的春天——二二八小說選》編選序〈小說中的二二八〉）。

理想的破滅之間，存在著一個邏輯斷層：何以舊的理想（社會主義傾向的）不是真愛台灣這塊土地？「愛土地」對一九五〇年代的台灣普通民眾與知識分子，究竟意味著什麼？思及李喬早在一九八〇年寫《寒夜三部曲》時提出的「愛台灣這塊土地的，就是台灣人」，在他一九八七年參加「二二八平反」活動時明確展開統獨分化的含義[10]，寫於此間的〈泰姆山記〉，或許是一個過渡：「土地認同」作為「本土意識」成立的一個根基，也是日後本土政治標榜自我、檢驗「外來者」的一個重要方式。

2 悲情無省籍：對族群記憶的反撥

本土意識萌生的書寫者劃定「族群悲情」，但「悲情無省籍」的聲音也相繼出現。楊照的短篇〈煙花〉（一九八七），寫外省人金鴻藻的妻子和他的好朋友王和順（一個本省籍知識分子）都死於事件。王和順長大的女兒成了一個娼妓，卻是源於父親的死在家人心中滋生的族群仇恨——在父親的靈前，祖母逼著她和弟弟發誓：「世世代代，女孩絕不嫁外省人，男孩絕不要娶外省女人。」小說雖嫌煽情，卻揭示了被強化的族群記憶的偏執。一份叫做《前進時代》的雜誌在一九八四年三月發表了鍾理和在事變中的日記，是未經整理的殘篇，可以說是對事件現場的第一手記錄。其時因病住院治療的鍾理和不斷看到來求助的傷者。那些頭破血流的外省人的狼狽、委屈與恐懼和本省人的激憤情緒，折射出的卻是普通人在時代變動中的不明和悲哀。日記附的「編者按」代表了一九八〇年代台灣知識分子的另外一種聲音：

二二八對本省人和外省人都是驚心動魄九死一生的夢魘。外省人記得的是台灣全島籠罩在革命怒火中，外省同胞被本省同胞視若豬仔般的可憐可怖的景況。本省同胞永世難忘的則是國軍大舉開到台灣後，在全島對抗暴群眾所展開鎮日連月的全島大屠殺，和往後數十年的森冷政治禁忌。[11]

3 戰火中的島與大陸——海外邊緣人的戰爭反思

一九七〇年代投身海外保釣運動、思想「左傾」而登上國民黨的「黑名單」、長期滯留美國的郭松棻（一九三八—二〇〇五）、李渝夫婦（一九四四—二〇一四），其作品於解嚴前幾年悄然出現在台灣的報刊上，是一九八〇年代台灣政治文化管制逐漸鬆動的表現。郭的

10　參見〈二二八事件學術座談會〉，王曉波編《二二八真相》。

11　參見王曉波編〈鍾理和日記〉，《二二八真相》。

〈月印〉（原載《中國時報》人間副刊，一九八四年七月二十一—三十日）與李渝的〈夜琴〉（原載《中國時報》人間副刊，一九八六年一月五—七日），雖同樣處理歷史創傷，卻與上面所講的「傷痕」書寫大大不同。

〈月印〉的主人公是一對受教育於日據時代的台灣青年。光復了，文惠迎來了被徵召從軍、患嚴重肺癆的愛人鐵敏，「以為戰爭已經結束，一切都太平了。」[12]這裡，「二二八」似乎只是一個淡化的背景，實際卻是文惠、鐵敏生命的重要轉捩點。經歷生死考驗，文惠把與愛人廝守一生當作生存的全部內容，而鐵敏卻因「二二八」的刺激開始親近有左翼思想的蔡醫生，熱切於為新的理想而奔波。失落與焦慮中的文惠向警察局告發鐵敏有一箱「紅書」，未料到導致鐵敏和他的朋友們迅即被捕槍斃。這是一個殘酷的故事。〈月印〉清冷的文字拋開了通常「二二八」書寫對「真相」的執迷。作為一九七〇年代的台灣左翼知識分子，郭松棻經歷過理想旺盛的歲月，經歷過運動，經歷過幻滅，當他選擇文學棲身時，似乎不是為了療傷，而是為了自虐，因為在他的創作中，對歷史的碰觸總是如此焦灼又絕望——理想幻滅後，仍有一個人要清醒地活著，體味「創痛劇烈」。

將李渝的〈夜琴〉與〈月印〉對照，會發現很有意味的東西。它們內含著一個相似的結構，即以家庭安穩為人生全部期待的女人和為理想而置身白色恐怖中、最終犧牲的男人。不同的是，〈夜琴〉的男女主人公來自大陸，是台灣的「外省人」。這一點最容易引起聯想的或許是郭松棻的「本省人」身分和李渝的「外省人」（本籍安徽，出生於重慶）身分，但其實更重要的是牽引進「大陸」這個更廣大的「戰場」。〈夜琴〉開頭，如同緩慢移動的電影鏡頭，記錄著一個在麵店和教堂中做雜工的「北方女人」孤寂生活的細枝末節。在戰亂的大陸，她失去了父親。在「二二八」後的台灣，她失去了那有著溫和圓臉戴眼睛的愛人。桃花燦爛的人間四月天，「一株接一株花樹盛放」，而「戰爭接著戰爭，不再中止」。一句「戰爭，戰爭，中國為什麼有那麼多的戰爭」，將「二二八」的傷痛，接續到「戰爭中的中國」的連綿苦難，而這對於日據時期大多被封閉於島內的本省人來說，是很難意識到的。

李渝與郭松棻對「戰爭」本質的體認與表述方式何其相似：不以男性宏大的家國理想的破滅而以女性卑微的家庭企望的破滅，來見證戰爭的荒謬，見證暴戾與背信棄義。沒有血淚飄零，卻在無聲處埋藏了刻骨銘心的痛楚；沒有理想認同的大聲疾呼，卻有直面歷史的蒼涼追問。

〈夜琴〉中的「她」與〈月印〉中的文惠，都不是在「二二八」、而是在隨之而來的對左翼知識分子的大清洗中失去了丈夫，隱含著「二二八」作為台灣專制歷史悲劇的深層意義：它不是一個「完成式」的族群悲劇，而是專制政權面向所有追尋自由者的思想清洗，是

12 參見郭松棻〈月印〉，《雙月記》，台北：草根出版，二〇〇一。

禁錮和喑啞歲月的開端。

4 從「二二八」到白色恐怖：喑啞歲月

一九五〇年代朝鮮戰爭的爆發，被美國納入羽翼之下的國民黨，開始鞏固基地，在全島展開對共產黨的全面肅清，是為一九五〇年代的白色恐怖。陳映真說：「……組織崩潰、逃亡、被捕、投降……這是充滿了挫折和失敗的故事，而不是一個很英雄的故事。國民黨垮了以後，這段歷史本來應該得到重新的評價才對，然而他完全被抹煞了——不止是國民黨抹煞，在現在台獨的氣氛和台灣絕對論的氣氛下，同樣被抹煞了。」[13] 因此，在「二二八」被當作一個政治工具以重新劃定「歷史」的時候，卻迴避了，白色恐怖與之後長達三十八年的戒嚴，影響台灣社會形態與人的意識更深遠。

尋找那些在白色恐怖中消失的台灣知識分子，探訪他們曾經的理想與熱情，藍博洲的〈幌馬車之歌〉（一九八八）是先驅之作[14]。他以台灣作家鍾理和的堂兄鍾浩東為「原型」，展現了一個台灣青年尋求光明的艱難歷程[15]。鍾浩東曾歷盡波折地奔赴大陸參加抗戰，光復後返台投身教育。在「二二八」事件中，做為小學校長，他保護了學校裡的外省老師；其後，在對左翼知識分子的大清剿中，死於國民黨槍下。

因看到〈幌馬車之歌〉而深受震撼的侯孝賢，一九八九年拍攝了由吳念真、朱天文編劇的電影《悲情城市》，是「台灣第一部在國際知名影展（威尼斯）中奪魁的電影……一時間引發了極大的討論與爭議」[16]，許多影評人指摘導演將「二二八」邊緣化了[17]；有的批評導演「在面對人類的暴力與殘酷之時……以一種永恆沉默的方式將鏡頭轉向遠方的自然景觀」，是有意淡化國民黨政府的罪行[18]。事實上，影片是將二二八與白色恐怖歷史經驗混在一起的，這種含混，在「前進」的影評人眼中，顯然不夠「前進」、不夠「政治正確」。影片中突出展現、格外讚美的左翼知識分子，既有本省人，也有外省人；在光復後被遣返的日本人中，有與台灣人結下深深友誼、甚至暗生情愫的靜子老師，而醫生世家出身、富於反抗精神而走上左翼革命之路的小學教師寬容，對日本文化中唯美、進取的精神亦有由衷的欣賞。影

13 參見陳映真、黎湘萍〈陳映真先生談台灣後現代問題〉，《東方藝術》，一九九六年第三期。

14 該文入選詹宏志編《七十七年短篇小說選》，台北：爾雅出版社，一九八八。

15 〈幌馬車之歌〉後來改編成電影《好男好女》，侯孝賢導演，一九九五年出品。

16 參見林文淇〈「回歸」、「祖國」、「二二八」——《悲情城市》中的台灣歷史與國家屬性〉，林文淇、沈曉茵、李振亞編《戲戀人生——侯孝賢電影研究》，台北：麥田出版，二〇〇〇。

17 參見迷走〈環繞《悲情城市》的論述迷霧〉，迷走、梁新華編《新電影之死：從《一切為明天》到《悲情城市》》，台北：唐山出版社，一九九一。

18 參見廖炳惠〈既聾又啞的攝影師〉，《回顧現代——後現代與後殖民論文集》，台北：麥田出版，一九九四。

片試圖超越的，不僅是族群，也是階級甚至國別的偏執設限；透露了解嚴後面對「重現」的戰後台灣史，另一種人道主義的思考：國家應當是為『人民』的福祉而立的。

四、一九九〇年代以來：記憶的異質紛呈與敘述的多向反省

1差異的豐富與強化：誰的記憶、為誰記憶

一九八〇年代的傷痕式書寫以本省年輕一代為主力。一九九〇年代，本省老作家的長篇大卷紛紛出籠，如鍾肇政的《怒濤》、廖清秀的《反骨》、東方白的《浪淘沙》等等，這些長篇大都具有「大河小說」的野心和形式，「二二八」只是其中要表現的一個部分。比起那些未親身經歷事件者，這些老作家「回返現場」的可信性似乎大大增強，但更加道德化的控訴心態，與模式化的現實主義「傷痕」敘事，往往使其更易陷入「悲情」的執迷。而這類作品與政治力量期待建構的「族群記憶」也最為吻合，因此不乏被奉為「建國史話」的殊榮。

由此要特別提及吳豐秋的《後山日先照》，這部長篇同樣具有「大河小說」的形式和規模，有關「二二八」部分，作者卻以民俗風情的生動描寫，呼應著劫難中人性激發出的勇氣、責任、相互的愛與救助。如同顏昆陽為這篇小說所寫的評論標題，小說呈現的畫面是

〈愛——不分族群的歸鄉〉。

解嚴後的台灣，社會文化空間的多元性開始展現，在各種「弱勢」群體爭取發聲空間的運動中，台灣原住民作家也逐漸走上文學舞台。布農作家田雅各以主體的身分，提出對於被涉及的原住民族，「二二八」同樣是「洗不掉的記憶」[19]。小說有個頗具反諷意味的情節：兩位皈依基督教的原住民「傳教師」在事件中入獄，被釋放時，員警分局長要他們不要再宣揚鬼神，因為「國民黨政府有一套完美的信仰」，並送他們三民主義小冊子，要他們在部落巡迴演講，而驚魂未定的傳教師將獲救歸於自己在監獄裡的齋戒、祈禱感動了上帝，所以逢人便講「上帝救世人的福音」以完成任務。作為這個島嶼最早的居民，原住民族一直與後來的移民，西班牙人、荷蘭人、漢人、日本人，不斷發生著糾葛、戰爭與融合，始終逃脫不了被欺壓和掠奪的命運。統治者或許帶來了新的文明因素，卻從無真正的平等；在精神上，從基督教到「三民主義」，都自認為是完美的信仰，要取代部落的原始自然宗教與祖靈信仰。一九八〇年代開始，原住民爭取自我權益的運動，使之作為一支民主力量一度成為反對黨的「盟友」，而在「反對黨」成為「執政黨」之後，原住民的經濟利益與族群文化仍不免被犧牲。在此，田雅各的「二二八」記憶展開了台灣歷史文化的又一複雜性，對「本土」高揚的

19　參見田雅各〈洗不掉的記憶〉，《情人與妓女》，台中：晨星出版社，一九九二。

現實政治提出了「更本土」身分的質疑。

2 敘事倫理的多向開拓

一九九〇年代以來「二二八」文學敘述的一個重要變化，是一些創作者對傷痕敘事本身自覺不自覺的疏離或反省，「二二八」的文學地圖由此別開生面。

林耀德的長篇《一九四七高砂百合》（一九九〇），開篇於台灣的高山，泰雅部落的族長瓦濤．拜揚獨自蹲踞峭壁，與群山對話，憤怒於荷蘭神父和他的上帝的入侵、哀歎族人包括兒子的背叛、緬懷泰雅曾經和最後的榮光；部落裡，荷蘭神父正為在夢中向羅馬教皇討要權力而小心懺悔；山路上，族長的兒子古威一邊敬佩著神父的小藥丸（而不是他的上帝）解救了部落的瘟疫，一邊將屬於神父的三封信藏到了洞穴裡；同海拔的另一個洞窟裡，兩個「誓不向支那政府投降的日本軍人」正瀕臨絕境，懷念著日本崛起的歲月與個人未酬的加爵壯志……小說進行到一八六頁，台北的緝菸殺人事件才正式登場，這意味著：這部鎖定於一九四七年二月二十七日這個因「二二八」而定格的歷史時間的小說，實際的野心卻在於展現比「二二八」更壯闊的台灣歷史畫面。圍繞「二二八」的發生，他引出各色人等：第一家報導事件的《台灣新生報》的「記者某」——一個力圖走進新體制的本省青年；用槍敲擊賣菸婦人腦袋引發事件的閩南籍緝私員葉得根；永樂町被誤殺的市民陳文溪鄰居——中醫廖清水；以及廖清水診所的學徒——出走部落的泰雅少年洛羅根，拜揚·古威的兒子；此外，永樂町舊閣樓上，還有一個日據時期恭臨總督府參加「擊鉢吟」的舊文人「吳有」先生。所有這些見證者的過往歷史、現實期望、種種隱微心思，都為作者無所不察。一九八○年代便以文體創意驚人的林耀德，在此採用這種古老的、說書演義式的「全知全能」敘述，倚仗的不僅是一直為人稱羨的才華與想像力，更是對中外歷史與台灣現實的廣博知識。在對平地的「二二八」事件及各階層、身分的見證者一一掃描之後，我們會發現平地漢人的委瑣扭曲與高山泰雅的英姿勃發形成鮮明的對照。在動亂、醜陋、人性淪喪的平地世界，作者以為人間救贖的，竟是注定將「夷滅在平地人腳下」的高山族群，小說結尾，淚流滿面的洛羅根接過象徵族群精神的「獵頭袋」，將與隱沒的祖靈們一起在無盡的歲月中「等待復興的契機」[20]。或者要說林耀德的這個「復興」夢純粹是一種美學理想，但放在一九八○年代末一九九○年代初——解嚴後幾年的台灣社會中來看，高度發展的資本主義社會中，傳統價值分崩離析，「民主」終於來臨的年代，政治利益鬥爭將更趨熱烈，被發掘的「傷痕」與「革命」亦將不免被化約和利用的命運；另一面，原住民運動落潮，基於反省的「文化復興」悄

20 參見林耀德《一九四七高砂百合》，台北：聯合文學，一九九○。

然而起，多向發散的形態中蘊藏著生命力。「高砂百合」是否能從死中復生？它有可能成為只信仰現代化的社會的救贖嗎？

解嚴前後，因應「二二八」平反的呼聲，台灣民間出現大量針對「二二八」事件的「調查」工作，其中既有有組織、系列開展的，也有個人性的尋訪[21]。舞鶴的短篇〈調查：敘述〉（一九九三）寫「二二八事件」受難者遺屬「我」接受「事件調查小組」的採訪，是一個具有雙重類比結構的小說。就小說的形態而言，模擬「調查」和「敘述」這一典型的口述歷史方式。在具體的回憶中，模擬「傷痕」文學典型的敘事方式：回返歷史現場，傾訴冤屈，死去的人被建樹成或無辜或英勇的受難烈士，被道德純化。但吊詭的是這兩重模擬都落入意義上的陷阱，「調查：敘述」呈現出一種裂隙處處、枝蔓不清的面目。在這一「傷痕」題材上，舞鶴所採取的恰是一種「反傷痕」的書寫，於此展現出更為深刻的歷史悼亡和現實批判精神。他銘刻的不是傷痕，而是傷痛本身；他文學「革命」的物件不僅是專制與暴力，也是政治與文學虛矯而膚淺的合謀。作為一個青年時期非常關注反對運動的本省人，舞鶴沒有成為一個政治意義上的革命者，卻成了一個「精神意義上的永遠的革命者」，或許因為，他總是非常敏銳地意識到從前衛思想到庸俗時尚之間的距離之短、滑落之快，一些原本進步的因素會非常迅速地泯滅，正如「二二八」在當代台灣儀式化的過程中的遭遇。

李昂的〈彩妝血祭〉（一九九七）便是直接針對「二二八」的儀式化與當代意義，它以

「親反對陣營的女作家」的視角[22]，多層次展開一場公開紀念「二二八」的集會。這一祭奠冤魂的遊行與「彩妝」的關係，首先是當代傳媒——攝影、導演與劇團的介入：在當年緝菸事件的現場進行模擬演出，於是便有了一個年輕女子塗著兩丸「太陽旗」腮紅，在「天馬茶房」前趺坐掙扎——扮演賣菸的老婦林江邁。這一層彩妝為紀念遊行帶來滑稽梯突的色彩。不僅是演員，女作家也被畫了一個嚴整的彩妝，以利於上鏡。女作家的不安和這些彩妝的製造者——年輕的女化妝師以及演員們的坦然形成對照，透露的是年輕一代與「二二八」的隔膜。「彩妝」的另一重意義，來自被稱為「反對運動之母」的王媽媽。傳聞她當年為事件中慘死的丈夫縫補身體和五官、並拍照留下存證。但王媽媽最後的彩妝卻是化給死去的同性戀兒子的：一個嬌豔的女妝，告慰他從此「不免假」，這對應著藉公開紀念活動人們將不再掩藏悲情的「不免假」，但李昂對同性戀的認識並未超出異性戀正確的意識[23]，對「悲情」的

21 前者最多，如張炎憲等人採訪台灣各地「二二八」受難者家屬的口述回憶，《嘉義平原二二八》，台北：吳三連台灣史料基金會，一九九五；《台北都會二二八》，台北：吳三連台灣史料基金會出版，一九九六等。後者如葉芸芸採訪海內外事件親歷者的口述回憶與紀念文章，《證言二二八》，台北：人間出版社，一九九〇。

22 參見李昂〈彩妝血祭〉，《北港香爐人人插》，台北：麥田出版，一九九七。

23 按照小說的線索，兒子是被監視王媽媽的情治人員（看似「體面」的外省中年男子）誘姦而認同自己為女性的，王媽媽無法諒解兒子，導致唯一親人的離散；兒子從此傳聞出入新公園（同性戀者的祕密集會地），得（暗示為愛滋）病而死。由此，兒子是「被迫」成為同性戀的，隱含的意義是：這是王媽媽所遭受的迫害的另一種延伸。

渲染（譬如描繪年輕妻子如何為丈夫破碎的屍體縫補美容的、令人不忍卒讀的細節），則又似乎立於一個先驗的「反對」正確的立場。〈彩妝血祭〉以它敘事本身的含混（而非明確的自省意識）為「二二八」的儀式化提供了一個反思的空間。

在〈調查：敘述〉與〈彩妝血祭〉這兩篇模擬現實「二二八」活動的作品之外，郭松棻乾脆一點不寫「二二八」、卻又分明沒有脫離「二二八」語境的〈今夜星光燦爛〉，顯得晦澀難解又大有意味。讀者、評者多認為這篇小說寫的是「二二八」「禍首」——光復後台灣的行政長官陳儀。事變幾年後陳儀被蔣介石以「通匪」之名囚禁、槍斃，成了三方（本土派、國民黨、台灣左翼知識分子）一致認定的「歷史罪人」[24]，與「二二八」一樣成了一個禁忌。一九八〇年代反對陣營要求為「二二八」平反的時候，不會想探究陳儀之死的真相，而只是強調：陳儀以「通匪」之名而不是以屠殺之名被處決，仍然是對「二二八」的不公。因此，郭松棻的「逆向操作」頗讓人費思量。然而，郭松棻寫的真是陳儀嗎？小說寫一個被囚禁的將軍在臨刑前的十個月，如何在密室之中對著鏡子回憶、思索自己的一生：戰爭與家園、功名與責任、背叛與忠實——當研究者費心對照陳儀的生平時，也許郭松棻在笑了，如同「二二八」在這個小說中被放逐，「陳儀」也不曾真的被還原，在戰爭、歷史、政治的縫隙中，那些隱祕、細微、不可琢磨的人性展現與自我反詰，也許才是他不可解脫的癡迷[25]。無論如何，〈今夜星光燦爛〉與「二二八」這種特別的、若即若離的關係，為「二二八」文學及其研究提示了一個另類的視角。

一九九〇年代的「二二八」書寫無疑是一個大的轉折，不同於此前單一敘述倫理的作品，不僅突破了「傷痕傳統」，也突破了對立結構的「記憶交鋒」，「二二八」作為「想像台灣」的一種方式，進入更廣闊的歷史背景和理性思考。

餘論：「二二八」文學與文化政治

不同身分、處境的創作者在不同時代講述著有關「二二八」的故事，構成了一個立體的「二二八」文學時空，這其中，可看到近半個世紀來台灣各種思想、文化、政治力量的對照與消長。文學不必與思想、政治變動同步，卻以或隨順或游離或悖逆的方式，形成不同的敘

24 陳儀一九四九年聯絡其時任京滬杭警備總司令的湯恩伯起義投共，湯密告蔣介石；一九五〇年六月，陳儀以「勾結中共，陰謀叛變」槍決於台北。

25 其實早在一九八〇年代，已有人——如海外的葉芸芸、在大陸的陳儀的外甥丁名楠——呼籲或試圖為陳儀做一些「還原」的工作，有關陳儀的研究在大陸和台灣都有進行，但文學中書寫陳儀（可能還只是「涉嫌」書寫），〈今夜星光燦爛〉卻是第一篇，那麼，為什麼是郭松棻來寫？又為什麼以這樣一種方式？這其中所透露的有關台灣文化政治的問題，參照近年來一些學者對陳儀其人及其與「二二八」的考證和歷史資料彙編（見註六），可做進一步探討。

述聲音，既呼應現實，又有著相對的歷史延續性。

由後向前看，在最接近歷史現場的時刻，看不到「本省」與「外省」之矛盾的強調。事變發生後，無論身在台灣還是大陸、無論本省還是外省知識分子，都自然地將其視為災難頻仍的現代中國的又一場悲劇，他們追究的是專制政權的腐敗與殘暴。台灣書寫者，如伯子，並不隱諱事變中盲目打外省人的情況；大陸書寫者，如范泉，則對台灣表達了一個知識分子的理解和同情。由事件前後的文學創作也可看到，此時的台灣擁有相對自由的文化空間，光復後大量創刊的報紙，有著不同的思想政治背景，可以發表不同立場的文章，這其中，左翼力量雖弱小，卻有著十分鮮明的聲音。事件之後，「戒嚴」體制將台灣籠罩在肅殺的政治氣氛中，有關「二二八」的文學記憶似乎由此寂滅，而一部遭禁的《無花果》，承擔了追究真相、反思歷史的責任。這樣一部作品在一九八〇年代本土意識興起的時刻，一度被神話為「獨立論」者的革命寶典，反映的是新的政治力量重新挖掘、闡釋歷史以確立自身合法性的努力。因而，解嚴前後興起的「傷痕」式「二二八」書寫，往往關聯密切的政治訴求，林雙不、宋澤萊等戰後出生的一代本省作家，開始帶著使命感來追究「歷史真相」，這一脈書寫延續到一九九〇年代，隨著本土意識的高漲，老作家的大河小說得從容出現並被加以「建國史話」般褒揚。

「血淚飄零」的悲情書寫方式，折射出現實中政治的運作方式，即強調被「外來者」

（針對現實的鬥爭對象國民黨政權，卻無關殖民時代的日本政府）欺壓的悲慘的歷史，強調其被「中國」「威嚇」與「打壓」的現實，有效地喚起民間的「悲情」意識，樹立「外省人—中國」這個化約歷史與現實而來的敵對力量，得出台灣亟待鬥爭（獨立）以獲得自由的結論。「本省人—外省人」的對立設置、矛盾強化是通往現實政治較量的輕快途徑，「二二八」因此契合需求。

在「二二八」被簡化為本省人特有的「悲情」、外省人與生俱來的「原罪」，被塑造、供奉為「國殤」，相當程度上成為一個政治符號的同時，文學一直在提示著更複雜關係的存在。文學一方面反映、見證了這個過程，一方面以疏離或辯詰主流意志的書寫，消解了這一悲情共同體。事件之後流亡海外、大陸的雖難以在台灣發聲，而左翼的思想傳統並未從台灣消失，陳映真、藍博洲乃至侯孝賢等人對五〇年代白色恐怖中消失在歷史迷霧中的台灣知識者的探訪，呈現了被當下主流刻意忽略的另一脈歷史；而郭松棻、李渝這些七〇年代的紅色學運分子，以最精緻的現代主義書寫銘刻刻骨的歷史傷痛，已然祭起了永遠的「邊緣」思想與美學。一九九〇年代以來舞鶴的反傷痕敘事、林耀德的原住民理想以及「親反對陣營者」李昂以女性角度對反對運動神聖性所做的內部顛覆，使得「二二八」的文學思考呈現更複雜的面向，作為戰後出生的一代，他們與林雙不、宋澤萊等一樣，都一再剝落曾受的官方歷史教育，但選擇了不同的精神路向。

第五章 〈拾骨〉：重返鄉土

中篇小說〈拾骨〉（一九九三）其實才是一九九〇年代復出後，舞鶴寫的第一篇作品。它來自為亡母拾骨的經歷。作品發表在被視作「本土文學」陣地的《文學台灣》雜誌上，立刻引起文壇矚目。如此「鄉土」，而又如此現代！或曰如此「異質」！對「本土文學」的宣導者來說，〈拾骨〉是一個適時的證明本土作品絕不輸「外來」的例證。小說以拾骨這一綿延久遠的民間喪葬習俗[1]為中心，寫下台灣庶民生活經歷現代化的種種荒謬情境[2]，以及對知

1 「拾骨」，也叫洗骨、撿骨，民俗學上稱為「二次葬」，即在亡者土葬若干年後，再把墳墓掘開，揀出骨頭，經過火化或日曬、水洗、風乾等不同方式的處理後再葬。拾骨再葬的風俗在世界許多民族中都存在，中國大多數省份的新石器時代墓地中都有此墓例。參見徐吉軍、賀雲翺《中國喪葬禮俗》，浙江人民出版社，一九九一。

2 本章所論「庶民」，首先在於中文傳統中的「庶民」內涵，指相對於廟堂、菁英的民間；其次，當代文獻以「庶民」翻譯葛蘭西（Gramsci）《義大利歷史筆記》中指涉的義大利南方農民，以及印度的「庶民學派」中「庶民」時，包含有「從屬的」、底層的人民之意，本文討論「庶民的現代化經驗」，也關涉這一內涵。

識分子與鄉土關係的反思，實則遠遠溢出了被意識形態束縛了內在豐富性的「本土」概念。放在日據時代以來新文學的鄉土書寫脈絡中看，〈拾骨〉具承上啟下的意味。它是有關「台灣戰後現代化歷程」的正史論述之外，一個庶民立場出發的現代化野史；它以現代主義與鄉土俚俗渾然交織的方式，創造出一種「黑色」的、「自由」的「批判的現代性」話語；以民間風俗信仰為載體，它又向內展開了書寫者／知識者自身「身分」的反思。

一、拾骨：狂歡與傷痛的現代化旅程

小說裡的敘述者「我」是一個因連年精神病而不事工作，「只能在床舖與後庭的刺竹欉間來回蠕動」的廢人／蒼白的知識者。忽有一日亡故多年的娘來托夢，且一托再托，緊追不捨。扶乩請靈，方知是河水侵襲娘的墓穴，地底寒荒，難以棲身。於是「我」發動家人為娘拾骨遷葬，開始了奔走的小說旅程。

1 寺廟與神漢

台灣社會的民間信仰與儀式至今不衰，本源於移民的墾拓歷史：除了維繫根源，艱難的拓荒加增對神靈的敬畏祈盼，並構成鄉土精神生活的重要內容。近代以來，日本殖民政府對台灣的民間信仰，有過多次有目的「整理」和壓制，但相對於士人與菁英，庶民的信仰是民族文化中最難為異族統治改變的部分；戰後台灣也不像大陸，經歷從經濟、政治關係到傳統習俗的全面革命與改造，民間信仰作為文化落後的成分、作為「迷信」大規模退出日常生活。商業經濟高度成熟，鄉村文明潰散並被消費文化重塑「小農情調」的當下台灣，「庶民信仰」往返城鄉，參與構成新形態的庶民文化，依然有著強大活力。

在〈拾骨〉的敘述的特定空間，台南府城，敘述者在府城的大街小巷遊走時，天后宮[3]、武廟[4]、開元寺[5]、法華寺[6]、竹溪寺[7]紛至遝來，作為承載庶民信仰與倫理教化的空間，這些廟宇在府城生活中的角色，超乎尋常古城中的「古蹟」。

台灣民間的信仰不僅是神佛不分，還有眾多與移民生活、島嶼歷史關係密切的神祉，比

3 昔稱「台灣媽祖廟」。台灣的媽祖廟大大小小計約四百餘間，但全台第一座由官方所建且被列為官方春秋祭典所在地的唯一一座媽姐廟，就屬台南這座大天后宮。其前身本是明鄭時期寧靖王府所在地。

4 鄭成功之子鄭經所蓋，廟裡主要供奉關公，一般信眾多稱「恩主公」。

5 前身是北園別館，系延平嗣王鄭經的承天府行台和安養母親董氏的地方。

6 前身是夢蝶園，系明末逸士李茂春的私人住所。

7 據傳明鄭時期由官府興建，有「開台第一寺」之稱。因四周翠竹有清流環抱而名竹溪寺，又因山光水碧花草清幽俗稱小西天寺。

如媽祖（天后）、福德正神（土地公）、關帝、清水祖師、延平郡王等。移民來自不同地區，信奉的神祉有所不同，移民生活從早期開拓到自由聚落再到官方有意的引導規約，不同的時期自有特別受重視的神祉或聖賢。如今這些供奉著不同的神祉、或民修或官建的廟宇靜默地共存於一九九〇年代的府城這個特定的時空，不但以其名稱符號上的存在召喚起「府城興衰」滄海桑田的氛圍，而且以與其相關的記憶、傳說乃至現實存在的方式直接介入文本，暗暗展開了現代庶民生活與記憶之間千絲萬縷的關聯。

法華寺是曾經患有「妄想性精神病」的「我」喜歡去的地方，「有陣子，為了平息被追捉的妄想，常到這昔日的夢蝶園看無事烏龜，坐到塔前木條椅呆望斜陽掛在厝堂燕尾。」明末逸士的「夢蝶」、寺廟的烏龜、不動明王，與現代文人的「妄想性精神病」的呼應不是閒筆，現代的無用之為用，蘊藏在這個「呆望」的動作中。又，「我」為娘選擇納骨塔而將各大寺廟一一比較時，寫到竹溪寺的雖好但貴，「我」考慮選擇便宜些的開元寺，沾沾自喜地想到開元寺的前身北園別館正是鄭經為孝敬母親而修建的；這個建議卻遭到在台北做生意的大哥的申斥，因為祖父母就「居」在開元寺的納骨塔，而娘和祖父「生前吵成那樣，死後還要坐對面相看？」「前世的恩怨」亦作為「信」的一種，為子孫慎重對待，此間張力不無喜劇意味。又如，「過天后宮」、「出武廟口」，就是「麥當勞或者肯塔雞」這一比鄰場景對現代人習焉不察，亦是一種精神狀況的象徵。

如此，「古蹟」的來歷及與之相關的教化、倫理、集體記憶，與現世發生糾葛。另有一種更直接、野性、活躍於庶民生活，散落私人空間的小廟神壇。壇主是為人溝通生死的靈媒。小說裡的六舅就是這樣一個神漢，他「半輩子霸在花園町耍流氓，老來收腳蹲在厝內做壇主」。六舅供的是太子爺（哪吒三太子），「我」懷疑「那爺天生不是父母生的，不然他年紀小小怎懂得啥麼嗲剝肉還母析骨還父」，卻還是在母親托夢之後來請問這個可能無父無母的小爺。六舅通靈，看見「我」娘「滿頭滿面是土水」來相會，必定是墓穴為水侵蝕，於是有了拾骨遷葬之議。這是「開啟」故事的關鍵。六舅這個「流氓」神漢和他的神壇，雖非主角，卻寄予了庶民信仰與庶民氣質之間的對應關係。六舅流氓氣質的成分是雜糅的：他年輕時遊手好閒、尋釁滋事，卻又「風流標緻」，是為「浪子」；浪子魯莽，心智有「渾」，但本能地折服善與美：「六舅見過少女時代的娘，後來浪子帶過多位浪女來家說是要跟姊姊比美」；浪子老來肥壯，語言粗鄙，自有底層生活的浪漫：「浪子六舅還保持年輕時的習性，右手是用來做粗活的，左手是保養來玩軟的。他向河床邊養豬人家要了飼料袋子；小太子玩剩的鵝卵石，他可以自己加工成星宿老爺托夢落下的隕石。」浪子有情有義，娘病時他「一度率府城三姓元帥搭火車遠來探看嫁出去的女兒」；在母親的墓園，他向麻袋中的娘（骨骸）磕頭，「感念說自己嬰囝時娘辛苦揹他去抓中庭老榕樹上的鳥」。不知何時「流氓」和「浪子」成了同位指稱。流氓／浪子這一身分中，道德、價值的可疑被擱置。巨變的現代生活中，流氓／浪子以邊緣的生存，保留了人的自然性。

這樣再來看六舅老年的職業，對一個壇主來說，經營神壇彷彿是一個賴以維生的生意，可能是欺人欺鬼的，卻也是恪盡職責的，更可能，這還是一門「不風魔，不成活」的藝術。小說寫六舅「入童」（神或亡靈附身）的情形：

> 那抖，不知是發自膝蓋骨或腳趾端，那抖，延上腰肉贅，胸肌墜，上頰腮，頭也左右摔成倒V字。「苦啊！苦啊！」恍惚來自水宮鱷魚嚨洞的苦聲，那抖在這苦音的基調上添了許多裝飾音，後來又抖成長串的變調，像百日咳的老人弄著他頸間的那粒喉桃。直挨到他猛地彈起來，雙掌落力擊下去「叭」地同時，雙膝委地上身軟趴供桌。

這段寫通靈之肉體的文字，生硬、拗口，意象突兀，有著暴力式的癡狂，與它所要描述的對象有著形式／內容的統一。貴巫尚鬼、多事鬼神，本是閩越地區的庶民傳統。「怪力亂神」與現代的流氓／浪子連接在一起，道出了庶民文化性格裡的重情、江湖氣，強悍無畏又不無癲狂的勁頭，粗鄙中見心性、浪蕩（尤其是聲色浪蕩）中張揚歡愉。這或是敘述者暗中心嚮往之的，庶民信仰能穿越移民歷史、被殖民經驗和現代化社會。而「我」這個委靡不振的文瘋子，正是個地地道道的浪子，任情深情，浪蕩風魔，絲毫不讓六舅。

2 誰來拾骨

原本臥病在床的「我」，因亡母托夢，與兩位兄長開始「拾骨」之議。進而奔走府城的「一條龍喪葬服務業」，啟動了貫穿著庶民傳統與現實生存，個人情感與集體記憶的「拾骨工程」。

拾骨的歷史可以追溯到新石器時代，普遍而言，拾骨再葬體現了人類死亡意識中的一個重要觀念，即「靈魂不死」：血肉是屬於人世間的，靈魂則可以離開肉體單獨存在；血肉腐蝕後，才能對骨骸做正式的、最後的埋葬，死者的靈魂就可以進入另一個世界重新開始生活。在不同的文化中，「拾骨」形式不盡一致。一些特殊原因的拾骨葬例，如將客死的親友骨骸歸鄉安葬，或者因亡者墳墓被侵蝕而進行的遷葬，更進一步體現了靈魂的「回歸」意識。如猶太人有「拾骨」習俗源自離散史。康有為避禍海外時，曾托朋友將弟弟康廣仁的遺骨從北京帶回家鄉安置；魯迅的小說〈在酒樓上〉，呂緯甫千里迢迢回鄉，為墳墓被河水侵蝕的小弟弟拾骨遷葬。

拾骨的另一種內涵，是對亡靈的畏懼和防範。譬如相信夭亡凶死者的靈魂是不安寧的，會危害生者。雲南崩龍族對於正常死亡者實行土葬，對凶死者則火葬，燒後將剩下的骨殖用清水洗淨，放入土罐埋葬，且不能埋入村社的公共墓地。即畏懼凶死者亡靈、清除邪祟的意義[8]。《梁書．顧憲之傳》也稱衡陽地方「土俗，山民有病，輒云先人為禍，皆開塚剖棺，水洗枯骨，名為除祟」。

但在南方庶民文化裡，拾骨與鬼神、祖先信仰相結合，過海到台灣，更因移民生活形態而普遍。事死如生、慎終追遠的孝道之外，子孫因家道不昌或疾病纏身而為祖先拾骨「除祟」的情況也很常見。

在府城的現代化鏈條上，「拾骨」及其所屬喪葬業是一個興旺的行業。殯儀館裡「冷凍厝」一年四季沒有空閒，總管「安阿樂」大人忙得只能看到影子，他的「三姨太」經營著「看風水入木入土花車鼓吹司公做厝」的一條龍殯儀服務。「我」就在三姨太處搞定計畫：拾骨師是「府城有名的土公仔獅的嫡傳，手工較細收費較貴，還得配合他的時間行程表」；風水師是「特約的」；「骨罈」則有「一粒兩仟至三仟」的「後山花蓮大理石」的，有「東南亞進口」各種水果色的，還有「喜馬阿山純雪石打造，坐飛機過來一粒十萬——水貨三四萬不止」的。而後是納骨塔位。「我」將府城的幾大寺廟和市立骨塔一一排比並實地考察了竹溪寺「南北東西下下上上是灰漠漠的罈子世界」、「區分ＡＢＣＤ」、「方位不同價格不等」的納骨塔。「事死如生」的時代闡釋是：「死亡」中有現世的無限商機。

這翻端莊笑謔的現代筆墨，託死亡之物言生存之志，首先在表層勾勒出鄉土文學的常見主題：城市化進程中的庶民百態；知識者的鄉土懷舊。

「拾骨工九仟。看風水二仟。骨罈一萬八仟。納骨塔位七萬。合計九萬九仟，雜支另外。」——「我」擬定的遷居計畫書，是項所費不貲的消費活動清單。對此家人反應不一：小學教師妻審核了計畫書，遍數她為「我們未來寶寶的奶粉費、以及四歲開始的補習教育費」。而如何縮減自己的美容費用後，聲明「甘願拿出一萬元投資這項工程」；而二哥早就說過：「你出多少我就出多少」。在台北經營電腦企業的大哥，儘管第一反應是「現代理性」的：「辦事要有效率，要合經濟效益」，卻連夜派人送來了紙條捆好的十萬。對家人而言，拾骨是一種不可或缺的禮俗消費，還是一種乞靈求福的投資？二哥多年前就曾提議為娘拾骨，那年「他妻娘家開的連鎖工廠連鎖倒了店，他岳母靈光說動岳父即時拾了祖先仔骨，及時止住了債主追殺的腳步」，他就曾「憂患意識到自家兄弟頭上」。在小說進行到準備活動基本完成之時，除了囑咐「我」「辦好娘的最後一件事」並沒有承擔任何實際工作的二哥忽然來找「我」去夜市吃蝦喝酒，與「我」探討母親「會不會是蔭屍」？[9]二哥檢討自己

8　參見郭於華《死的困擾與生的執著——中國民間喪葬儀禮與傳統生死觀》，中國人民大學出版社，一九九二。

9　「蔭屍」，也稱蔭身，是指入土數年後，亡者肉體完整不見腐化，且毛髮、指甲都有生長之現象。蔭身也可能是肉身沒有完全腐爛。蔭身被認為是不吉利的，會對子孫有害。（參見吳贏濤《台灣民俗》，台北：古亭書屋，一九七〇。）補救的方法是把肉刮掉，再行拾骨。

的半生：早年在染整廠被噴射出來的胺酸沖到眼瞳，整整三個半月瞎子一樣，後來換做車床工，又被機器削掉半隻拇指。如今，因為環保局的干涉，吸盤老闆的小家庭廠房關閉了所有門窗——在其中做馬桶吸盤杆的二哥，就像眼前兄弟兩人的下酒食：「一隻半生活跳的活跳蝦被封在火爆鍋內燜！」於是，二哥賭母親是「蔭屍」，並且舉證「你娘的阿爸也是蔭屍」。——「娘」是「你娘」，外祖父是「你娘的阿爸」，一口一個「蔭屍」帶著「秋刀魚的殺氣」，二哥如此大啖自己的血緣至親，最後斷語：「我一萬賭你是蔭屍。」如果說寫拾骨的現代化、寫大哥二哥對拾骨的木然漠然所透露的荒蕪，都以「黑色幽默」翻著一個知識分子的冷眼的話，面對二哥色厲內荏的打賭，「我」終於流露出了肺腑的傷感：

> 他童年時賭玻璃珠尪仔標，青年時賭棋子麻將、四色盤輪盤轉，壯年時賭大家樂六合彩，今晚他賭蔭屍——就在他賭蔭屍的這一刻，他入了哀樂中年，我注意到他原本湖青色的眼泡瞬間轉成龜皮色澤。

二哥的半生，是一個困於勞作的半生。身體不斷被現代化的機器斫傷，而鄉土禮法已然喪失了支持力，成為現實功利的迷信。賭博寄託了暴富的夢想，又提供了社會結構中不能翻身者的挫折情感的出口。為這一出口尋求政治性的解釋不難，坐在二哥對面的「我」，卻必須同時體味作為「兄弟」的命運連帶性：娘的遺體成了二哥的賭碼，「我」看到了他的「哀樂中年」，容顏突變，生命衰朽。而二哥回望「我」的眼神呢？他特意叫活跳蝦給我吃，「自家人都希望我活跳起來，他們都看厭了我走起路來軟腳蝦不如」。

〈拾骨〉中始終埋藏著這樣兩種目光的「對望」。作為兄弟中讀書最多的人，四十一歲、「蒼白文靜」的「我」在親友眼裡卻是個只知妄想、「嗜吃鎮靜藥」、不能工作的無用之人——這才是社會正常秩序中的「邊緣人」、失敗者。所以二哥賭母親是「蔭屍」的有力依據是：「若不是蔭屍，我們做兒子的怎會落魄這樣？」

知識者，掌握著批判的現代性的話語的知識者，在小說中，不再是一個在上的、啟蒙的、或先知的角色，他是「兄弟」，是同感挫敗與傷痛的庶民。

大哥的中年是另一翻光景：「在台北經營電腦企業的大哥」總是在行動電話中「不知在哪裡的夜空下」做著「要合乎經濟效益」的指示，憑著電話裡的背景聲「顯然置身於一個豪華的大吃場」。拾骨這天一大早，大哥在「銀子打造的便池車（德國賓士）」中不客氣地按著喇叭，驚醒左鄰右舍；隨後大講「昨夜南下山鄉趕赴某位土霸的五十壽宴，那宴席擺在星空下五千萬多桌坐滿了五千多萬人」，最可觀的是「服務生從領班到上菜清一色中學生少女」，「他若不是惦著娘的大事，最可能跟著人家留下來排隊吃嫩筍」。大哥作為社會結構中的中小企業主，是現代工具理性與世俗化的符號，也是庶民的奮鬥的方向：叭叭的喇叭聲張揚著「榮歸故里」，鼓動又一代少年離鄉的大志。

　　圍繞著拾骨的人事運轉，是讀者我們所熟悉的、置身其中的世界：自然隔膜，貧富分化、情感腐蝕、精神荒蕪，在在充滿躁動與抑鬱、驕矜與不安。難道敘述者是要我們一同做個悲傷的守望者？但潛藏在文本中的另一個聲音在嘲笑「我」了：躲在「一濕濕精神妄想的陰影」裡，與世紀末暢銷台灣的「靈魂導師奧子」[10]日夜「環遊世界直上外太空」，又何嘗得到安頓！「我」不是天使，卻是人間的共犯。二哥、大哥和「我」之間的認識差異既是非道德的，也是對現實的改變無力的。

　　於是救贖之路——我們發現，不是蒼白的知識者的批判或妄想，而是集莊嚴與笑謔於一身的現代「拾骨」儀式。這「拾骨」不再是同樣寫過「拾骨」的呂赫若和季季筆下映照善惡的鏡子，而是一個「返回（過往？自我？自然？人性？）」的途徑。當兄弟三人和六舅遠上墓園為娘拾骨時，雖不過「行禮如儀」，拾骨師講評風水時自然想的是各自的股票與彩票，但那從地下出土的累累白骨，仍撼動人心，打開了一個封存的鄉土記憶。拾骨與托夢、扶乩，從遠古生活中保存下來的鬼神信仰，與現代生活之間，究竟是怎樣一種關係呢？傳統的接受已經很難說是在「信仰」，而毋寧說是「行為」（以及對行為的反觀、反諷）的意義上，保留庶民精神的活力和想像力。六舅、安阿樂、三姨太這些經營鬼神生意的人，都具有某種俚俗笑謔的稟賦。這些浪蕩半輩子身無所長的人，老來安身於由神靈或亡靈照顧的特殊職業，某種意義上，他們同「我」一樣，是社會邊緣人，以流氓、神漢或文瘋子的形式存身世上，與主流社會所宣導的人生價值背道而馳。妖妖嗲嗲的三姨太與風水師打情罵俏之後對「我」說：「做這悲苦生意不得不嘻笑裝痟。」而「我」「端穆面肉」回說：「習慣就好——平日我也一樣。」好個「我也一樣」，這種對「悲苦」現實裝瘋賣傻的本事，原是一種逆向現代又包容現代的「無賴」氣質。

3 庶民與知識者

親人眼中「我」是「軟腳蝦」，書呆子，不事勞動也不為名利奮鬥，有如廢人。敘述語言的表層還有一個「我」，這個「我」是情色。徐娘半老的三姨太在「我」眼中一舉一動都只是一雙奶子，迎客時「那被火紅高腰迷地裙撐著的肥奶，站起來迎人時那奶儼然有托天之勢」，與風水師打情罵俏時是「兩粒肥奶跳高三四吋」，向「我」推銷貨物時聲音是「抖高三階乳坡地嗲」，以至於「我」不小心掉了手中的桃罈（骨罈）也是「穩穩落在三太乳溝

10 影射印度靈修者奧修（一九三一—一九九〇），據稱「他不屬於任何傳統或教派，從東西方哲學精華中提煉出對現代人靈性追求具有意義的訊息，並發展出獨特的靜心方法」。一九七四年在印度孟買東南方的普那（Pune）創建「普那國際靜心中心」。參見奧修著，黃瓊瑩譯《叛逆的靈魂》序，生命潛能文化事業有限公司，二〇一一。

間」。甚至竹溪寺守塔的老尼姑向「我」訴說風濕的酸痛，「我」凝看她佝僂的腰身就想到情人小鹿「也祕密患著這種心瓣膜風濕病，先天不能太過興奮臨到高潮便要小死」。意識亂流，誇張色情，一種瘋瘋傻傻的勁頭：原來「蒼白文靜」的「我」又是一個享有齊人之福，甚而（暗示）能力強大的男人。

在舞鶴的小說中，色情書寫似乎無處不在，無論體積和品質，都引人注目，早已被當作一種現代主義的頹廢美學的樣本。〈拾骨〉中的色情隨著敘述者「我」的目光上天入地，最後流動到亡母身上，在故事情節的轉折之外，也為鄉土文學精神的流轉，注入一種新的質素。

拾骨時，母親終以枯骨之身出現在親人眼前，二哥「心頭卸落石塊」因為證實了娘不是「蔭身」，大哥關心著肩胛骨上何以爬了草莖，六舅（不忍見枯骨的娘）早已藉口逃遁，而「我」手握從娘下顎摘下的一枚金牙，捧著娘的頭顱，於是：

> 我右手尾三指捏緊金牙，食指拇指扒著、扒著眼窪鼻窟中的砂土。也許近水潮濕，顱面是赤棕色，像娘每晚臨睡前喝的當歸補血液的色澤。我左手掌貼著頭蓋骨，沿著後顱，徐徐起伏來回：讓這質地與曲線進入、成為我掌肉的記憶——小時娘也這麼撫著我們的頭顱嗎？食指拇指悄悄繞過下顎，趴吮著顱壁，一分分蠕入內裡：恍惚無止盡的，

洞空。

渴想使「我」全無畏懼，以往只能在夢中追尋娘飄忽的身影，如今用掌肉和手指去記憶娘的頭顱的質地與曲線，跨越時空重逢。然而骨的「洞空」提示著天人相隔的事實，無法饜足的與娘親近的願望使「我」狂想突起：在回去路上的露天冷飲攤，「我化作娘的骨」，凝凝著對座女孩的豐腴臉龐，「我親切感到娘的骨，是那麼樣渴望豐潤的肉」；在車站月台人群中，「我」覓到一雙「黑窄裙繃的大腿」，想起「娘的大腿骨，素到不帶一點贅肉，被掗入蔴布袋的瞬間，我感覺它恍若枯枝猶緊緊留戀著葉肉」，如何為娘找回那豐盈的血肉呢，沿著冷飲攤女孩的臉龐、車站月台上的大腿，小說的前進似乎必然是「直奔夜巴黎（妓院）」。握住妓女柚阿子如圓大白柚的乳房，「我整個身心貫注融化在指掌間的肉」，終於「感覺不到娘的胸椎」。

我躲到她蓬草的恥毛間，悄悄將娘的金牙含在唇齒，埋纏大腿內底撕咬，腿窪間蒸騰開一種廢水沼澤般的殺氣——後來我嚙吮她的臍肉時，她說她從未有過兒子——今天她感覺我就是她無緣來出世的兒子。我說我要從臍孔入去，她說只要能夠就讓你入去。你入去就永遠不會出來了。你不會再來。不過不要緊你入去永遠不會出來了。

似乎是娘託身今世的柚子，陰陽交合，跨越了生死相隔。回看小說開始，娘死後三年初次入夢，「我撲上去抱住伊膝腿，臉在伊小腹間鑽、磨」——亂倫的衝動埋藏已久，拾骨竟是一個契機。

「我」渴望進入娘的身體，「入去就永遠不會出來」。這「回歸母體」的衝動，在現代主義文學中並不鮮見。詩人道：「我生之前靜默無為，我生之後萬事煩難。」然而這裡的母體不止於此。在「我」急奔「夜巴黎」之前，有一句話：「這整個遷居工程設計有了無可挽回的疏漏，——娘的血肉遺留在那剛被廢棄的墓坑，墓園裡的草木枝葉都溶有娘的血肉養分。」娘的血肉養分與土地融為一體，母親竟是母土，與小說中的現代性批判相聯繫，在回歸母體的渴想，也是對受傷的鄉土的眷戀。

回顧此前，小說裡的「我」每當意識流動到「娘」身上時，癲狂的色情就一變而為依戀、懷念的柔情。為娘選骨罈時「我」從罈子的水果色彩想到「病時娘有水果吃嗎」；為娘訂下納骨塔「第六排一號」的安身之處，是為了此處「每天，夕陽的紅暉會妝上娘的臉。平時，娘可以俯看老榕枝葉與椰子樹幹間的紅瓦」；回想娘死後三年時的夢中，娘是以穿著白色裡襯裙的模樣出現。「我」牽之掛之的娘是一個美麗少婦，而不僅只一個「慈母」。

再看柚阿子，多篇小說中舞鶴都以一種視若同類的感情來寫妓女，這裡出現的柚阿子更進一步。她像「圓大的白柚」一樣的雙乳「不是亂來的」，「從小她家後園半分地專種白柚，收成時她一個一個挺腰撐著捧上牛車，如此長年養就她厚實的奶質」。十九歲她進了都市加工廠，而今在妓女戶接客——平淡無奇地嵌在這裡的「都市加工廠」，似乎比傳統的妓女戶更是命運的殺手。母土上曾經純真的女兒，正與「年少時，總想有一日會走入那山的不可知處不再回來；料不到成年後淪入都市的深坑，從坑底辛苦爬上療養院，院後的腿只合蹬家中的枕頭山」的「我」命運相連。如此，亂倫又何妨是青春兒女的兄妹亂倫，是最親密的人用最親密的連接，抵抗「故鄉」的淪落和傷害。

在小說一開頭，敘述者就用「在連年激烈的妄想性**精神病後**」，表白了「我」的身分和立場。「瘋癲不是一種自然現象，而是一種文明產物。」[11]如果精神代表一種抗拒（現代）的姿態，所謂病後，放棄了對抗，也放棄了新文學建立的知識者與鄉土之間批判／啟蒙的關係。小說進行中我們看到的「我」是一個「無用」的、耽於「色情」的、與鬼神相親、與死亡相親的庶民／知識者。如果「無用」是對文明體系的疏離，性欲的極度張揚是以生命本能為器，那麼庶民信仰，才是最重要的，知識者重新守望、觸摸和承擔世界的媒介。

娘死後三年時第一次來入夢，說是與一對夫妻結伴到遠方旅遊，「那『恬靜的旅人形

---

11 參見蜜雪兒・福柯（Michel Foucault）著（台灣譯：米歇爾・傅柯），劉北成、楊遠嬰譯《瘋癲與文明》，生活・讀書・新知三聯書店，一九九九。

象』讓我放了心：娘走在無有盡頭的旅途上，四周是發著濛光的花花草草，沒有突然擠過來的機車汽車」。死後的世界如此美好，就連向來被描繪成陰暗可怖的地獄，在「我」的夢中也散發著一種自由自在、仿若狂歡的氣息：

我腰掛寶特瓶XO台灣，遠遁入地獄的後門，見他們永遠在中庭乾烹著一只地牛肚大的鍋等著你，內裡千百萬億個人沸上沸下一點不嫌擠。來時路上我睜大眼睛沒有碰見娘的影子，最可能娘也在大鍋中舞，我拿XO台灣澆在小腿用勁戳了幾下——平生我最恨沒有螳螂的後腿這時便可螳入大鍋中。無奈我轉過後花園，見一青衫小尼姑踮腳尖捏竹桿挑梔子花，我一躍上去替她摘了七八朵，順便央她轉告娘，「我十萬賭你不會是蔭身」。

「我」並不介意將娘安置在地獄的大鍋中，因為那是歡會，而非煎熬。在「我」的想像裡，天堂與地獄不分，死亡如同赴狂歡之約，是一個門檻而不是終點。因而，「死亡」不在信仰的意義上而是在精神的意義上對現實產生影響。於是，「我」的委靡和無為，成為和「死亡」最相親的氣質。舞鶴以他一貫自嘲嘲人的筆法，寫「我」根據民曆紀事的解夢篇「夢到陰宅則陽間諸事順遂」推測：「那麼，夢見陰宅人身就久病懨氣全消，如枯枝久逢豔陽不得不振奮起來，何況一濕濕精神妄想的陰影。」陰陽發生了倒錯，陰間的娘如豔陽，振奮了陽間如枯枝、帶陰影的「我」。「我」從一隻「軟腳蝦」一變而為「活跳蝦」，跨越陰陽、「出生入死」，不過是從鬼靈到枯骨，再到豐滿的女體——與「有用」無關，與「無用」有關。

生前寧靜和諧無思無想，身後狂歡自由無拘無束，唯有在生前和身後之間是無盡亦無聊之漫漫「餘生」，而「我」以無言的肉身漂流，度過餘生，渴望著恬靜如初春清晨、散發著濛光的娘，渴望著回歸母體或者騰空而去——在小說的結尾，清晨「我」被「金瓜汁是珍品果汁」的吆喝聲喚醒，於是「我」手攥母親的金牙在院中疾走，口誦千萬遍「金瓜汁」直至一念不起與金瓜汁合為一體，恍惚間自己便單足立在了院裡的刺竹尖上，等待著和「靈魂導師」一起騰空而去，逃出大廈間谷，去向那「無所謂的遠方」。這個場景，如同佛教的淨土宗以念佛而成佛，也應和著靈修者神祕的修行境界。這「癡心妄想」，作為對存在的一種示威，有種台灣／東方風情，但此種風情也透露了這個放棄先知姿態的知識者／庶民，終不免遁入玄虛或頹廢的命運。離開鄉土文學似乎被認定的「現實主義」武器，抱著現代主義與庶民信仰的知識者，果然只能空擺出一個抵抗的姿態，卻無法直面慘澹人生麼？

二、拾骨者，異鄉人

為亡母「拾骨」之際跑去尋歡，這個不肖行為，讓人想起卡繆的《局外人》（L’étranger）。《局外人》中的主人公「我」，默爾索（Meursault）先生，在埋葬了母親的第二天去海濱游泳，遇到從前的女同事瑪麗，當晚便遂了他「想把她弄到手」的願望。不僅僅是這樣一個情節。卡繆這部在大陸譯作《局外人》的作品，在台灣譯作《異鄉人》[12]，這兩種譯法都隱含著「在……之外」的意義，「異鄉人」多了意象，召喚悵惘的情緒，更適合用來描述〈拾骨〉的「我」與默爾索相通的氣質。

卡繆的「局外人／異鄉人」是世界現代文學中的知名人物，與十九、二十世紀俄國文學中的「多餘人」、日本明治時期文學中的「多餘人」、中國現代文學中的「畸零人」，都有著精神上的關聯性。〈拾骨〉中的「我」有多大程度來源於存在主義亦曾風行的台灣一九六〇、一九七〇年代大學時期舞鶴在「叛逆」、「自由」之意涵下接受現代主義文學的影響，而到了寫作〈拾骨〉的時期，「現代主義」在舞鶴的鄉土書寫中，已不再是少年氣盛的生澀模樣。不妨將小說拾骨者與異鄉人（L’étranger）作一對照。

卡繆筆下的默爾索是法屬殖民地阿爾及爾一家公司的普通職員，後來捲入鄰居萊蒙與人的紛爭中，開槍殺人。在監獄中和法庭上，檢察官與律師審判的卻是默爾索的「道德」。埋葬母親的第二天就與剛交往的女人上床成了指控默爾索「蓄意殺人」最有力的證據，「（默爾索）懷著一顆殺人犯的心埋葬了一位母親！」道德與法律的譫妄並非最要緊，更要緊的，是默爾索作為一個「局外人」的自覺。

默爾索進入法庭時，發現大家都在互相握手、打招呼、談話，「好像在俱樂部裡碰到同一個圈子裡的人那樣高興」，而默爾索在這個為了他而聚的所在，卻彷彿「是個多餘的人，是個擅自闖入的傢伙」。他被律師要求「別說話，這對您有利」。在世人眼裡，默爾索是一個混沌、無所謂的人。默爾索內心的默爾索呢？他不哭，「媽媽離死亡那麼近了，該是感到了解脫，準備把一切再重新過一遍，任何人，任何人也沒有權力哭她。」他和瑪麗的關係呢？在海濱浴場，他承認從前「曾想把她弄到手」，但是「我現在認為她也是這樣想的」。他不肯說「愛」，但他會「在枕頭上尋找瑪麗的頭髮留下的鹽味兒」。瑪麗和他一樣熱愛著陽光和海，他們一再地在水中追逐纏綿，其中的生命熱力，是小說故意使用的呆板筆調、簡單詞句也遮掩不住的。「陽光把她的臉曬成棕色，好像朵花。」默爾索的不哭，不說愛，不

12 小說《異鄉人》（《局外人》）法文原名*L'étranger*，做名詞時一般有兩個意義，一是「外國人」，一為「外鄉人」，而「無關的、局外的」意思，卻是做形容詞用的。

懺悔，不過是「不撒謊」。不僅是不說假的，也包括不誇張——然而這些足以讓他成為一個「人之常情」之外的人。後者是構建一個中產階級社會秩序的基礎，是遮掩殖民主義、社會結構不正義的另一種「正義」。

默爾索要求的，他對律師所說，不是「更好的」辯護，而是「更合乎人性」的辯護。忠實於內心、忠實於身體和自然。在法庭上緘默、疏離的默爾索，在小說結尾，對著神甫「喜怒交迸」地喊出他「內心深處的話」，憤怒化為對世界的輕蔑，這種輕蔑使他確認了作為「局外人」的幸福。

從這裡看〈拾骨〉，「我」與葬母的默爾索彷彿系出同門：對世界的感知方式、應對方式、索漠的行為、熱烈的內心。

「陽光」和「情欲」，是這兩個文本中的重要意象。

對「陽光」的感受是他們與他人分別的一個標誌。陽光是自然與野性生命力的象徵，在卡繆筆下，非洲的灼熱陽光是一柄雙刃劍，不但袒露著人的生命熱力，也以其酷烈令人眩暈、令人窒息，引發「不可理解的醉意」，喚醒人身上的破壞本能。默爾索熱愛陽光、熱愛海，也是因為陽光他犯下殺人之罪。而在〈拾骨〉中，「我」耿耿於懷於陽光的失落。陽光已不再熱烈，不再無所遮擋，它的暗淡映照的現代局促的生活：「從前站在家後庭便可千里眼見安平歸舟、星沉大海，現在月亮只能直著脖子在大廈谷中看」，「我」所生活的古老院落被包圍在林立的大廈中，被「我」稱為「大廈間谷」，在這裡只能「晒午後一時半至二時四十五分間的陽光」「之前和之後，陽光都被周圍的高樓夾死」。陽光被冠以生命物死亡的修辭，與人的生命力的委頓同構。在敘述者的幻覺裡，這甚至影響到另一個我們一向以為沒有陽光的地方——陰間，曬著午後短暫的陽光，「我」嗒然而思：怪不得夢裡娘的聲音「有井垣厚苔那樣的陰」。

陽光的失落同樣喚醒了被壓制的能量，這便是狂暴性欲和亂倫幻想。局外人／異鄉人對倫理最大的冒犯是情欲，也因此，情欲寓意了自然生命的熱情和對現實秩序的反抗。卡繆對默爾索情欲的描寫是節制的，然而就像小說整體刻意寡淡的寫法下流動的敘述熱情一樣，看似漫不經心的情欲描寫中有生命的舒展。比如默爾索與瑪麗從海灘急急趕回家裡「跳上了床」，沒有任何性描寫，只有「我沒關窗戶，我們感到夏夜在我們棕色的身體上流動，真舒服」。默爾索在獄裡，神甫為了說服他在臨死之前皈依上帝，要求他看監獄的石牆「我知道你們當中最悲慘的人就從這些烏黑的石頭中看見過一張神聖的面容浮現出來」，然而默爾索為此激動了，「我曾在那上面尋找過一張面容。但是那張面容有著太陽的色彩和欲望的火焰，那是瑪麗的面容。」默爾索輕蔑神甫和他的上帝，「他的任何確信無疑，都抵不上一根女人的頭髮。」與卡繆的刻意節制相對照，舞鶴筆下的情欲是汪洋恣肆。「我」舉目所見，都是性的意象。甚至，對人的「色情」觀看連帶到對器物、建築的感受：「我」學著三姨太用「面皮」去鑑定骨罈的質地，聞到的竟是「一種涼透尻骨的濕香，粉底是美國亞當，胭紅用日本西施的」；選擇納骨塔時，竹溪寺的海會塔中「我」的意，因為它是「骨中帶柔」的。更不必說「我」從妻子到情人到妓女不曾稍歇的情欲征程。與卡繆的節制內斂構成鮮明的對比，舞鶴以張狂無羈構建他的情欲書寫美學，相通的是，在他們最易被女性主義批判的「男性中心的情欲話語」背後，其實從未刻意把女人神聖化或卑賤化，對女性的依戀和孺慕，是在一種同其命運和呼吸的基礎上的。舞鶴寫三姨太的妖妖嗲嗲，寫妓女柚阿子，全然是與自己的瘋癲心心相印。

默爾索產生於上個世紀四〇年代非洲的法屬殖民地，〈拾骨〉的「我」生活於九〇年代的台灣府城，他們在「時代認同」上游離於自己身處的環境。卡繆曾如此解釋「荒誕」：「一個能用歪理來解釋的世界，還是一個熟悉的世界，但是在一個突然被剝奪了幻覺和光明的宇宙中，人就感到自己是個局外人。這種放逐無可救藥，因為人被剝奪了對故鄉的回憶和對樂土的希望。」[13]在〈薛西弗斯神話〉中卡繆又宣稱：「我感興趣的不是荒誕的發現，而是其後果。」這是困擾著那一代人的問題，包括殖民、戰爭，對理性、秩序、信念的挑戰。卡繆從哲學、政治、社會、倫理各個角度來審視西方社會，探討人與人、人與社會、人與自然、人與自我等關係的畸變扭曲，默爾索這個「局外人」，是時代憂慮的表徵，又隱含著重建人生意義的信心，由此出發卡繆建立了他「反抗荒謬」的思想。舞鶴這個失去「故鄉」的異鄉人，卻用「精神病後」宣布放棄了現代理性，他找到的是前現代的鬼神信仰，由此將現代主義精神與鄉土渾然交織，創造出一種「黑色」的、「自由」的「批判的現代性」話語。這同時是一種書寫者／知識者對書寫／知識者「身分」的反思和反動。這一台灣異鄉人的特殊選擇從何而來？也就是，要尋找〈拾骨〉的「本土資源」，需要回到台灣新文學的脈絡中，鄉土文學精神的流轉中。

三、庶民信仰與鄉土文學精神的流轉

庶民信仰，本是理解鄉土與人的關係、考察鄉土文學精神之演變的一個重要媒介。新文學初起時，體現在「陋俗」中的庶民信仰常是國民性批判的對象。

三、四〇年代的台灣，殖民地第二代新文學作家以日語創作登上文壇。處於新舊時代和國族夾縫中的作家，如呂赫若、張文環等，對鄉土風情和庶民信仰的書寫，如同以鄉土招魂，尋求殖民地處境下人的精神出路。特別是太平洋戰爭爆發後，漢文化被殖民政府嚴重壓制之時，文學中的庶民書寫，成為保存民族性格的微妙途徑。

13 參見加繆著，郭宏安譯〈西緒福斯神話〉，《局外人》，譯林出版社，一九九八。

呂赫若的〈風水〉（一九四二），寫兄弟兩個為父母洗骨（拾骨）而發生的衝突。周長乾一再夢見老父訴說墓穴破敗、雨水侵蝕的苦。父親過世已十五年，由於弟弟長坤的反對，一直不能為父親洗骨，長乾為此傷痛自責。長坤反對是因為風水師說父親墓地的風水有利二房，怕洗骨衝了他的福祿；之後又不顧埋葬年頭不夠強行為母親洗骨，同樣因風水師的話，認為他家庭最近變故是母親墓地所衝。這篇小說將兄弟兩個及其各自子女塑造成兩個鮮明對立的群體，哥哥長乾寬厚善良、謹守本分、受人尊重，隨兒子們選擇他們喜歡哪怕不賺錢的專業，家業卻漸趨衰落；弟弟長坤自私狡詐、唯利是圖，為人不齒，他把兒子們全都送去學醫，家業逐漸興盛，從鄉間搬到了小鎮。這裡看到的三、四〇年代台灣鄉土社會的變遷，「洗骨」如鏡，將兄弟倆隔在鄉土／城市，傳統／現代，美德／敗德的兩邊，似乎是任何一個地區在從鄉村到城市的現代轉型中，文學都會做出的一種反應。但〈風水〉書寫的這一「轉型」背後，是缺席存在的殖民主義背景。自一九三七年大力推行「皇民化運動」，從民間信仰（整理寺廟、推行神道教）、娛樂（禁止歌仔戲，推行報國劇）到言說工具（廢除漢語報刊、書房、推行「國語家庭」），在太平洋爆發後愈加激烈。一九四二年是更嚴苛的文藝政策壓頂而來的一年，呂赫若在四月發表了描寫地主家庭衰敗解體的小說〈財子壽〉，可看到他對台灣鄉村的認識與把握，遠非〈風水〉這般簡易，在八月的日記中他寫下「（〈風水〉）情節薄弱……無可奈何」，同時開工的〈鄰居〉，就須以「內地人、本島人」如何相處來構思了。一九四三年的〈石榴〉、〈玉蘭花〉更在「皇民化運動」和「內台親善」的題旨下，發展出一種更曲折深刻的抵殖民書寫，是後話，單看〈風水〉此時，不得不「薄弱」的情節背後，依靠什麼傳達對殖民處境下鄉土的沉痛之思和情感力量？「洗骨」這一庶民禮俗在此成了一個重要媒介。拾骨與鄉土倫理的密切關係，加諸其上的雙重悼亡（對祖輩與消逝中的台灣鄉土），使看起來簡便的對照具有一種特別撼人的力量。小說結尾，長乾回憶起年輕時與父親一起為祖父洗骨的場景：「家人們對洗骨非常關心……女人、小孩等，在情況允許的範圍內，家人總動員聚集於風水地。在挖掘風水時，跪在墓庭行尊祖禮。」[14] 那重禮節、敬祖先的昔日生活曾是幸福的。

異族壓迫下，庶民信仰作為一種草根文化資源與知識分子抵殖民自覺的結合，為台灣鄉土文學，別生一脈曲折的抵殖民方式。

〈風水〉中「傳統與現代」的衝突到了一九七〇年代的台灣，成為鄉土文學的常見題材，來自鄉村在台灣經濟起飛中的又一輪破敗的現實。季季的小說〈拾玉鐲〉（一九七四）同樣以拾骨為線索，寫兄弟姊妹們應鄉下三叔召喚，回鄉為祖母拾骨，他們本無意回鄉，只是聽說祖母的陪葬品中有一只值錢的玉鐲，才改變主意。「拾骨」與「拾玉鐲」的轉換，將

14 參見呂赫若著，林至潔譯《呂赫若小說全集》，台北：聯經出版，一九九五。

物質、消費時代的來臨具象化。但也如「玉鐲」的直白，透露了某種鄉土現實主義的貧瘠。

舞鶴大學時代適逢鄉土文學論爭，青春記憶於此建立，一方面是叛逆的現代主義青年，一方面受時代的鄉土、現實思潮影響，寫出了〈微細的一線香〉這樣痛掘家族史，並流露（不無生硬地）反殖民、同情勞工的立場的小說。表現於文本的生硬，反映了現代主義青年的困境，以及歷史與思想資源的匱乏。這種「夾生」與〈拾玉鐲〉體現的「現實主義貧瘠」其實是一體兩面。理解這一夾生和貧瘠，有一個線索：日據時代新文學的抵抗傳統因與左翼思想的關聯，在戰後是長期被抑制、消音的。直到與鄉土文學論戰同期《夏潮》雜誌開始有意出土、重新「介紹」日據時代作家及其作品，這一新文學傳統才被重新認識。但鄉土文學中的「左眼」始終未發育壯大。

舞鶴退役後到淡水小鎮「隱居」十年，但時常置身街頭運動現場「觀察」——相對於投身運動者，相對於因保釣在海外接觸西馬、第三世界理論的台灣青年，舞鶴走了另一條「守望現實」的路。

寫作〈拾骨〉時，舞鶴深處的是一個關於現代化批判的話語早已充分展開的、惶惶不安的世紀末。與呂赫若和季季筆下傳統／現代、善／惡、淳樸／貪婪、敬重祖先／迷失人性等等二元對立的世界相比，舞鶴筆下的生存景觀複雜得多。從淡水的「隱居」走出來的舞鶴，自陳說「轉向本土」，並獲得了「書寫自由」和「小說之韻」。他將庶民信仰還魂為更能動的角色，召喚明鄭以來移民文化的內核，道出當代鄉土生活中，庶民／知識者一體的困境。其庶民視角的現代化敘述，以現代主義與鄉土俚俗結合的批判的現代性話語，對知識分子與鄉土關係的反思，是鄉土文學達致的新成就。但在走向「高山與海邊」的原住民——島嶼內部的另一個世界之前，也就是寫出反省台灣內部的壓迫、「不自由」問題的《思索阿邦・卡露斯》和《餘生》之前的舞鶴，以〈拾骨〉為代表，現代主義、知識者與鄉土的關聯，仍然是浪漫化的。無法更深挖掘此一現代化困境的內外因素，是他的鄉土文學精神的不足之症，這一不足，既是個人的，也是屬於整體社會的，是有待「庶民」一詞的政治意涵的展開，來補足的。

四、從「線香」到「拾骨」——舞鶴鄉土意識與敘事的轉捩點

十年間去掉了許多禁忌和背負。十年後出淡水自覺是一個「差不多解放了自己」的人，當然也解放了文學青年以來的文學背負，在我寫〈拾骨〉時才初次體會寫作的自由，其中源源流動的韻。這兩者，「書寫自由」與「小說之韻」，在隨後的〈悲傷〉一篇中得以確認。

——《悲傷》後記

這一段〈後記〉，與舞鶴在復出之初那句簡單而易生歧義的「在淡水期間開始轉向本土」相比，是更為深入的創作剖白。〈拾骨〉如何體現了「解放」？如何體現了「自由」？是一種與意識形態相關的情結的脫落？是一種「煉金術」般文學語言的獲得？〈拾骨〉的空間（府城）、人物（廢人「我」、娘、祖父）以及一些細節，都與其早期「始見真正有意寫小說」的〈微細的一線香〉（一九七八）有著某種呼應關係，兩個文本對照，創作之於舞鶴的「解放」，或許最能由此窺得。

1從家族祭到拾骨葬：儀式轉換的文化意涵

儀式凝聚了生活共同體的文化來源。〈微細的一線香〉中由祖父帶著幼小孫子行之多年的「家族二人祭」是個核心場景。〈拾骨〉中為亡母拾骨的儀式則貫穿小說始終。〈微細的一線香〉中的家族祭禮「類如廟祭規模」，祖父要將漢文化傳之後代，也因此理直氣壯地一再向離家經商的二叔要求經濟支持購買祭器，斥責他：「汝既命定生乃王國之子孫，怎忍一日或忘汝之王國乎？」二叔痛恨古厝的陰暗破敗，早早逃離，而「我」從幼小時隨祖父恭行「家族二人祭」，這一文化啟蒙，與一九七〇年代的民族情感相結合——因台灣國際地位的轉變，因保釣，因經濟的發展，而被不同脈絡重新敘述和認識的「民族」。此時的青年舞鶴，在大中國的版圖上尋找被抹去的殖民歷史，不無矛盾地接續起「遺民」之痛。一九四九年後大陸赴台作家開啟的「懷鄉文學」是陳國城青少年時期的「時代氛圍」之一。懷鄉者有具象的、曾經生息的故鄉，背海來台是迫不得已的放逐（或時代捉弄），因而對彼岸的土地懷的是遊子或孤臣的痛感。與此相對照的是日據時期的吳濁流、鍾理和等，在異族壓迫和失落「原鄉」的夾縫中產生「孤兒」的彷徨感。舞鶴筆下的祖父和「我」則是在文化承傳的意義上主動列隊的「遺民」。因而，「中國」在寫作中被刻意地符號化，古厝飛簷、龍頭拐杖、文房四寶等等，構成一個色彩強烈的文化空間，這個空間是形而上的。一方面有眷戀不捨的情感在其中徘徊，一方面這徘徊已道出了它的難以為繼。

與家族祭祀的陽春、古雅相對照，為亡母拾骨的儀式則是非常民間、非常「草根」的。值得注意的是，拾骨的習俗雖然由漢族移民帶來，但首先這裡的漢族是指閩、漳等地人，而非來自儒家思想發源地的北方人，拾骨的形式與儒家安土重遷的思想起初不無矛盾；其次，拾骨之所以在台灣得到重視和完整的保留，不是作為正統文化的一部分（像對儒家文化的學習那樣）經由教育而得的，而是與移民的生活形態有很大關係。移民到台灣後，為生存常常要換地開墾，為了祖宗親人有人祭拜，便開墓拾骨，帶著祖先的骨骸遷徙（這正是遠古時期拾骨葬的一個重要起源），這是對儒家孝的觀念的一種變通[15]。在事物規矩上，也有了台灣在地的指稱。所以，這個民俗與廟祭、家族祭這樣傳承文化血脈的儀式相比，有一種「野史」的身分，是大傳統之外的小傳統。有意味的是，小說拾骨指向的不是父系血統，而是母親。敘述者從家族祭祀上「忝為事事贊助的小官」到為亡母拾骨奔波於各種台灣特殊鄉土情境，父親的意志消散了，一個文學青年的鄉土（中國）想像脫落了，滋生的是對台灣鄉土（母親）的關注。這個想像空間的變化，在現實的話語環境中，很容易落入某一種政治敘述。更好的方式或許是文本的縫隙中追蹤這個脫落和再生長的隱微過程。

2在文本交織地帶中的祖父、娘和「我」：身世與思想之變遷

兩篇小說有一些人物，比如祖父和娘，形象有一定的延續性。但在〈拾骨〉中，祖父是模糊的背景，娘是小說敘述的動力和起點，其形象是夢中的朦朧身影和重現天日的枯骨，祖父和娘已退居敘述的內層，活躍的是「我」和兄弟們現世的生活。但在偶爾閃現的關於祖父和娘的記憶碎片中，凸顯了〈微細的一線香〉與〈拾骨〉的互文性。拾骨的過程中似乎是閑閑一筆：拾骨師好奇發問——娘的墓碑上，寫著祖籍「台南」，而非通常可見的大陸閩漳地區的地名——墓碑是祖父親手所寫，「我」因此想起祖父：

他總自稱是台南北門人，終戰那年自田庄移居府城。娘的娘家也來自台南北門，外祖一代已在府城有厚實的營生。自命儒家一生的祖父，不會不知道自己的祖籍來處，媳婦嫁過門時不可能不考究她的本家祖籍出處，他當然曉得「廈門」「同安」是墓碑文化的約定俗成；娘死那年，祖父年過七十，退休蟄居在鬧市一條僻靜的巷底，他先是在舊報紙上試寫幾遍，之後在一張潔淨的長幅白紙上工筆寫下：台南。

有意無意間，舞鶴在這裡拾起了〈微細的一線香〉中遺落的祖父和娘的身世。文本交織、互為書寫，我們進入一個在文本與文本之間浮現的幽微世界。〈微細的一線香〉裡的祖父，一生以儒者自居，即使行為與操守兩相悖逆，也仍以捍衛文化身分的固執打動著「我」，這固執似乎也配得上他的霸氣。瘋癲之人守衰朽之文化，其間產生的頹廢美讓進步的文藝青年「我」戀棧不已。其實，祖父瘋癲後的「裝假」、「逃避」早已被意識到，到了〈拾骨〉，同樣是「平生自視儒家正統」的祖父，受到了敘述者直白的嘲弄：「居家奉行內聖外王那一套：內聖到怎樣地步了誰也不知道，倒是常常顯凸他的外王——家裡貓狗都

15　參見吳念真《台灣念真情》，台北：麥田出版，一九九八。

曉得離他腳背三尺。」〈微細的一線香〉中的娘悉心照顧父祖三代人，甚至選好自己的接班人——「我」的妻子，來接續呵護「微細的一線香」的工作，儼然是那岌岌可危的文化傳統的守護神；而〈拾骨〉中的娘卻是媳婦中唯一不睬祖父「霸王氣」、甚至敢和祖父對罵的。祖父和娘在兩個文本中關係的逆轉，某種意義上是一個從廟堂話語走回民間話語的過程。〈微細的一線香〉裡的祖父和娘一個是瘋癲的儒家傳人，一個是忍辱負重的守護神，這樣一個莊嚴而虛空的構架在〈拾骨〉中倒塌了。祖父和娘原來各有身世，而起點不是大陸，而是「台南北門」，祖父大筆為娘寫下「台南」的墓碑，似乎是又一個認祖歸宗的儀式。

在兩個文本交互書寫的縫隙中，作者所經歷的思想曲折也於焉浮現。〈拾骨〉中的「我」在儒家文化的家庭氛圍中長大，娘過世多年後才經歷了「從儒家到陰陽雜家」的轉變。有一個細節，多年前二哥提議為娘拾骨時，「我」本著儒家「入土為安」的思想，說「既然安了何必擾她」；多年之後，母親一再託夢地道底寒荒，「我」成了拾骨最積極的執行者，請神扶乩、穿梭陰陽，果然成了祖父當年詛咒的「不知尊儒的都是失心外道」的叛子。

〈拾骨〉開頭自述：「在連年激烈的妄想性精神病後，我多半痿在床上，離床行走時也傴著胸背，腳掌黏在地面舉不起踵來。」恍惚是早年〈微細的一線香〉裡的古厝「廢人」，一樣癱瘓著，無所用於社會。守著線香的「我」的精神特徵是自閉，〈拾骨〉的

「我」則是妄想。從自閉到妄想，也是敘述立場微妙變化的隱喻。自閉和妄想都是敘述者與社會、家族疏離關係的表現形式，並以此得到一種敘述上的自由──因為游離於正常社會秩序之外，不事生產，不創造價值，不受利益之約束，不被世俗欲望煩惱，方能看到正常人所看不到：〈微細的一線香〉中自閉的「我」「遊魂」一樣在陰暗的古厝中蕩來蕩去，盡情想像、揣摩祖輩的生活格局與內心憧憬；〈拾骨〉中「妄想」的「我」則在現實與夢境中自由穿梭，溝通陰陽，跨越生死，無意中窺破生命的奧祕。由此，自閉與妄想何嘗不是沉默的、思想著的社會零餘者、邊緣人的一體之兩面。在小說中其他人的眼睛裡，兩個敘述者，一個「蒼白緘默」，一個「蒼白文靜」。這種「蒼白」的共性就是：在社會動作上無力，在精神上自有一個縱橫馳騁的王國。

但經歷了十幾年隱居修煉，這種精神空間與邊緣性已大為不同。自閉的「我」閉在對儒家文化的緬懷中，寄託在古厝、古書這種封閉性的意象上，其精神空間是向內收斂的。妄想的「我」思想生前身後，上天入地，其精神空間是向外擴張的、開放的。在〈微細的一線香〉裡，邊緣不但是主流社會的邊緣，也是芸芸眾生的邊緣。「我」放棄大學聯考，放棄優渥的工作，在外邊的時間稍長就要癲狂般跑回來看一眼古厝才能安心。如此，既不願被「制式」的教育馴化，也不肯向二叔所代表的物質主義折腰，「我」抱著一種精神上的潔癖以沉默面對人間，在「古厝遊魂」的自嘲中，分明有一種沒落精神貴族的矜持。而在〈拾骨〉

裡，「我」是個內在更豐富、更有張力的角色。這個「精神病後」的「我」意識亂流，把一個慎終追遠的故事講得不但七零八落，而且驚世駭俗：他的眼睛時時看到「色」，漫溢種種譫思、幻覺與狂想。「我」對鄉土上形形色色的生存方式肆意調侃的同時，並沒有把自己置之於外：「我」毫不介意展示自我的不潔和不倫：偷情、撒謊、放浪聲色、在妓女的腿間渴想亡母。這裡的邊緣無疑是更遠了，是自民間、底層的視角以誇張笑謔，揭開鄉土的現代之傷。

3從線香到枯骨：鄉愁與敘述的隱喻

線香與枯骨分別是〈微細的一線香〉和〈拾骨〉的核心意象，除了作為貫穿小說的線索，更以其豐饒的象徵意味奠定著小說的情感底色。「微細的一線香」的具象象徵可以說是沒落家族的世代單傳、瘋癲、早夭、頹廢諸種香火飄搖的情形。父祖三代俱是古厝中被「閹割得無聲無息」的男人，而本該是希望所在的「我」的兒子，也逃不過破敗現實的薰染：「比同年齡孩童細瘦的身子，襯得頭惹眼的大」，「老縮在妻背後歪斜腦袋愣愣地瞧人」，預示著早熟而不祥的命運，如同線香，生命脆弱、不穩定，即使有「沉著、爽落」的女人呵護，也注定化為灰燼。在抽象的層面上，線香的象徵意味則有些晦暗不明，儘管敘述者在結尾讓讀小學的兒子唱出「我們隔著迢—遙—的—山河／倶盼望……」，但父祖三代所竭力維護的果真是以儒家為代表的傳統文化？還是以擁有這種文化而獲得的一種特殊的身分與心理寄託？或者是以緬懷過去來否定現實？也許對於線香的幾代守護者來說，它的意義都是不同的。但無論怎樣，都是一種對已經或正在消逝的事物的嚮往、對曾經置身其中或者觸手可及的美好若家園的情境的嚮往——這種情感，或可稱之為「鄉愁」，文化意義上的鄉愁。這鄉愁被一再渲染，幽微纏綿卻又自相矛盾、空茫無著，難免流露出矯飾的痕跡。一九九〇年代，舞鶴再次書寫府城的家族生活，空茫的文化鄉愁被一種土地與生命的鄉愁所代替，其承載的意象也由飄渺的線香變為累累的枯骨。當母親地下的枯骨重見天日時，「我」摩挲之、親近之，為的是這血肉流失後的枯骨已然是連接母親／土地記憶的最生動的媒介；當「我」在妓女的兩腿間為枯骨尋回豐盈血肉、回歸母體的渴望以對倫理秩序的反叛得到表達時，枯骨是生命的鄉愁的最後寄託。比較這兩個意象，線香燃燒化煙，等待守護與接續，枯骨卻是血肉銷蝕後的存留；線香激發渺茫的情感，骨骸銘刻真實的記憶；前者虛妄，後者滄桑。如果說對線香的默默守護是一種莊嚴的懵懂，拾骨時的譫思妄想卻在荒謬中深藏了生命的熱忱。如此，鄉愁不再是「少年不識愁滋味」的新辭，而是深諳異化、隔離之苦後對母土的長相思念。

「線香」的美麗與「枯骨」的駭人又可比喻兩部小說不同的敘述方式。在文本的整體氛圍上，〈微細的一線香〉是在頹廢之中寄寓靜穆的美感；〈拾骨〉則躁動著自嘲嘲人的狂歡氣氛。〈微細的一線香〉的語言古雅，頭緒清楚，而繁複意象之經營，細緻情感之渲染，衰朽、病態人性之刻畫，都是一絲不苟；而〈拾骨〉的敘述語言以混雜為特色，以往的典雅、精準和流暢的敘述被背叛了，敘述枝蔓是對意識亂流的忠實，除了腦中隨時而生的「妄想與幻象」，更有肆意誇張變形的人物言行，與滑稽梯突的插科打諢，甚至不肯給筆下人物一個清晰的面目。小說中頻頻出現的夢境、隨時而起的譫思狂想乃至悖逆人倫的行為，猶如扶乩者在神鬼附體的狀態下所「畫」出的文字，以扭曲狂放之姿書寫著關於生命與情感的神祕意旨。

〈拾骨〉的戲謔、不莊重是對〈微細的一線香〉所體現的規範、秩序的一種顛覆。〈拾骨〉中的「我」成了儒家文化的叛子，然而，與其說「我」反叛的是儒家文化，不如說是以儒家之名樹立的「霸權」，衰朽的也並非文化本身，而是一種僵化了的承繼方式。所以，在〈拾骨〉中，「我」「失了心」（所以成為精神妄想症患者？無所事事的浪蕩子？），但卻因這「失心」獲得了格外放肆的權力和思想的自由，使文本呈現出一種新的敘事景觀。借用「大敘述」（masternarrative）、「小敘述」（petit recit）的概念，在傳統文學理論中Narrative的定義本身即包含了因為對個人或地方存在著某種深刻的認同和情結，而展現出來的特殊虛構性和故事性。而大敘述之大，是相對於強調某一特殊地理環境的「小敘述」

而言。「大敘述」將相對於在地論述的歷史和地理空間加以抽象化，形成國家型的普同（universal）論述。一九四九年以後國民黨在台灣所推行的文化政策下的書寫，就是一種建立在家國神話之上的「大敘述」，這個「大敘述」在文化命脈上以儒家思想為根，在地理空間上以大陸為中心，以「反共復國」、鞏固「國家民族大業」為共同理想。一九五〇年代的「反共文學」固然是這個「大敘述」的直接體現，即使之後不在「反共」頭面下的，也很難離開「大敘述」的內在思維模式。〈微細的一線香〉被作者自嘲「大而正統」可從此理解，祖父和「我」念茲在茲的古老文化，有一個被建構並強化的意識形態背景。因而，〈微細的一線香〉透露著「史詩」式的寫作野心，歷史和地理的空間都被抽象化了，祖父和娘就成了文化祭壇上神一樣的存在。體現在文字的表達上，作者致力於傳統文學批評所要求的優美的中文、準確的描摹。而〈拾骨〉作為一個個人風格強烈的「小敘述」，一方面九〇年代的府城還原到具體時空下的日常生活，府城特色的「豬腳麵線」纏繞了文本，引出一個飲食男女、喧譁蒸騰的民間場景；一方面作者的敘述是破碎的不斷自我消解的，在意識亂流、情色橫生中展現出文字的暴力景觀。從遺民世界到母土的變異，是對自我與歷史、現實關係的理解中，脫落了僵硬的文化情結；也是書寫自由的獲得，從中逐漸形成他更具個人性的敘事美學。

以文學想像台灣、書寫台灣，乃至有意經營種種關於島嶼的「寓言」，為台灣這一「海外孤島」的歷史與現實作見證，是台灣文學中一個重要的書寫傳統。解嚴前後，寫作者接觸被壓抑的歷史，曾湧現出一個政治／歷史寫作的潮流，很多作者藉由對政治／歷史事件的挖掘、反思和再書寫，以破解文學中「大敘述」的籠罩；有的更因為被喚醒的政治情結而將「本土」的政治內涵予以強化[16]。「本土」作為一個地理、生活方式與思想的共同想像空間，是一個族群自我形塑過程的必要前提，因此在當下的台灣備受關注，甚而成了一個判斷身分與立場的符碼。但細讀舞鶴的文本，「本土」固然是他一九九〇年代創作的重要空間，卻沒有通常「本土」所含的政治訴求，甚而以其幽微豐富的書寫消解了「本土」原本強悍而單一的色彩，可以說，他的「本土」也是「反本土」的。

16 如宋澤萊、李喬都有強烈的「本土意識」，自覺以文學創作為政治發言。

第六章　〈悲傷〉：誰在守望　誰能抵抗

「〈悲傷〉是自閉淡水十年的紀念碑」。雖曰自閉，舞鶴居住淡水的十年（一九八一—一九九一），沒有自外於台灣現代化的急遽變貌，切身見證了古鎮向「現代都市」演變的過程。自我放逐於現代生活的作者，與接受現代化命運的小鎮，一翻遇合因緣，化出綿密晦澀又恣肆汪洋的中篇小說〈悲傷〉（一九九四）。

淡水小鎮在全球化經濟時代來臨之際被「脫胎換骨」的改造，這一過程中小鎮自然景觀與人文氣脈遭到的破壞，是小說最先勾勒的畫面；同時，小說中瀰漫了台灣古鎮和鄉間的各種傳說、歷史和民間生活場景，甚至點染了對淡水人與台灣先住民平埔族、「小矮人」血緣關係的真真假假的考證與興趣，一個到達「本土」原點的「原鄉」呼之欲出。兩相對照，似乎表明了小說批判現代經濟發展對自然生態與人文傳統的傷害的主題，但以此涵蓋「悲傷」的寓意恐怕是不夠的。論者多有論及作為「紀念碑」的〈悲傷〉如何紀念和守望著「消逝中的淡水」，卻可能忽略了這守望者的抵抗征程。〈悲傷〉與悲傷，都不僅只有關現代的破壞性。在墜毀的原鄉之中，有一個失散的人尋求復歸的寓言。

小說中，隱居淡水的斯文瘋子「我」，踟躅於小鎮的歷史與現實之間，恓恓惶惶地尋求、守護「生命共同體」淡水／台灣的「根莖」與「神氣」；而以「精神障礙」退役還鄉的庄腳子弟「你」，無思無慮，只有以「性」為象徵的野性生命在鄉土上恣意怒放也恒遭砍與禁閉。「你」「我」的種種荒唐言語行為，構建起一個晦澀的寓言，其間是氤氳不散的「悲傷」。

一、在淡水：「我心深處剖開馬路」

一九八〇年代淡水小鎮開始急遽「現代化」，在怪手推車的轟鳴中，隱居的「我」再不得安寧。一條斜穿小鎮的「大馬路」動工之際，「我」四處尋找「同道」討論，先是對面「鬼屋」那個來台灣「專研道家符籙學派」的洋道士。「鬼屋」是淡水開港通商之後興建的總稅務司公署，有著西班牙白堊迴廊，是當年淡水最豪華的建築之一，幾百年滄桑後成了頹落荒蕪的「鬼屋」，「守拙」於「鬼屋」的洋道士顯然與「我」聲氣相通，他發出「這樣山水中的台灣人怎會變成這樣？」、「你們台灣人真是能耐吵鬧」的感歎，並宣稱將搬去道家大本營的府城。「我」繼而去找借住「屋頂長草的白樓」的流氓博仔，「白樓」也是淡水有名的古蹟建築，而博仔是個曾經坐罐（坐牢）多年的閒人，回來後日日燒酒配「大雜鍋」，也喜歡浪蕩河堤，因此與「我」投緣相識，但博仔沒有給「我」情理之中的安慰。

「為了強調我的發現『之的重要性』，我姑且發明同時援引『留台學人』道教子黃毛的論證：——清水街就不用說了，像重建街的百年民房，屋底都是生了根發著芽莖的，有根有莖就有神氣，現時把它神鏟了馬路開通也不得神平安；何況大屯山的熔岩養就的小鎮五隻老虎，中央最大的一隻如今被馬路剖了肚，小鎮的明天還有生氣嗎啊呢？」而博仔手不停地剖魚、煮魚，「眼神牢牢守著他的長年鍋不禁就有氣，還陰陰笑著哼起歌詩來：『白腹剖肚來開路／開給啥人來走路／等到覺悟自己破肚／已經剖到腳尻（屁股）後伊條路』。」

博仔並且宣稱「『不用讀冊』（讀書）也能夠一世人『包飼包吃』我的發現之重要性」。在這個場景中，「我」和黃毛道士的正義之怒，遭到了調笑。博仔的粗口歌戲謔著「我」痛心疾首的學術性論證；而「援引」、「之的重要性」以及煞有介事的歎詞「嗎啊呢」，原是「我」的自嘲。

與不少當代作家批判現代化的絕對自信相較，舞鶴的「反現代化」包含對自身的「反」，警惕著知識之輕與批判的矯情。「反現代化」本身是「現代化」知識景觀的一部分；而在推土機的轟隆聲中，「我」的抗議只能是一種喃喃自語。至於由一個黑瘦的台灣女人照顧、蟄居淡水小鎮百年「鬼屋」的黃毛洋道士，他發表的委婉批評中有一點悻悻然，為了他寄情的異國風味如何不被保留？這裡是否有薩伊德在《東方主義》中所揭示的西方對東方殖民式的一廂情願的想像？洋道士形象並沒有進一步展開，但對援引洋道士論證的自我猶疑以及博仔的存在，已經預示了小說的方向：對現代化的反思從外在的生存空間連接個體的精神空間，轉向了對現代化情境中的人的虛弱無能與精神殘破的揭示，這將由「我」這個浪蕩者在小鎮的日常生活逐步展開。

馬路開通後，遠方來了「新時代女性」鹿子。她年輕、聰敏、生氣勃勃，身上有蓬勃的情愛與性欲，又有其時正在崛起的「本土意識」對發展主義的依賴和反體制的熱情。「鹿子曉我大義說：開大馬路，乃繁華市鎮之必須，更是一翻歷史的新契機」——之後，她便剪掉窗前擋日光的樹枝，割掉萬年青那「蠻勁」的、保不準半夜會「穿透紗窗直入誰的內裡」的小爬腳，用「私藏自她家開台以來的喜幛、喪幛屏風」做復古壁飾，「居室光彩從此不同」。現代化大義與復（台灣在地之）古同為時代風潮，鹿子要用她的青春和世故拉「我」走出幽閉，然而這種現代之光不但不能點亮「我」委靡的生命，反而形成了更多的障礙。「我」對此無疑是有知覺的，聞到沙洲歸來鹿子身上「雜陳的味道」，「我」有心無意道出：「那大都會的雜燴全炒在你腰身了。」

鹿子攜來了一九八〇年代興起的本土思潮和黨外運動的風雨氣息。她來到小鎮，宣稱要同我過一種「想像的耕讀的生活」，「擬定一個龐大的文史哲學研究計畫，預計苦讀三年後必要出觀音關打垮那些盤踞在台北大都會『運舊貨過海來裝假仙』的新儒學家」。鹿子在學問上的挑戰對象是戰後來台的新儒家學者，枕邊便有「儒學大師熊某人的晚年閨語」。在政治上的挑戰對象是國民黨政府，「每一次人民保姆棍打人民的頭殼或憤怒的雞蛋飛砸在不義的鋼盔時，鹿子都要絕食一餐以示『精神支援及實質抗議』之意」。寫實的層面「我」和鹿子多年恩愛歡娛，鹿子已經是「我」的一部分；象徵的層面對新儒家的不屑、對體制的反抗、對黨外運動的關注，都是作者自己的思想歷程。與鹿子最終的仳離，也就好像「我」與自身的某些意識的仳離。

鹿子消失的前奏是「紛紛死了鄰近老人」，他們的死，或隱喻了台灣政治勢力的消長。小鎮多老人，他們構成一幅黃昏圖像，塗抹了小鎮的衰頹。有一個喜歡在日落時分在屋側巷道「巡行」的「老芋仔官」，每每以他的大肚腰圍加拐杖把行人逼到牆邊；某日鹿子與他發生齟齬，他即便是道歉都是一口濃痰配（呸）一個「媽個屄」。「老芋仔官」的政治寓意如此明顯，有一天他消失了，「也不知何時開始那口濃痰不再結結實實呸在我們的土地上，只覺得黃昏時分過巷弄時寬鬆許多」。這是從本土意識出發，國民黨政權之於台灣的影像。但是這個意識形態的表達很快又遇到了敘述者懷疑：「老芋仔官」死了，「我們的土地」並沒有從此寧靜。接下來是一對本省老夫婦的故事：老婦人行將斷氣，老丈夫挺得住就是不哭。

「我」揣想著「不哭比哭苦」，鹿子卻揭發：「你不見他倆二老平日從不交談，只見一次相罵，老女罵老男『乞丐趕廟公』，男的只一味咒『幹——臭私』『幹——臭私』。」這兩句罵人的話都是惡毒不堪的。如果說「老芋仔官」的消失象徵了「外來統治者」威權的消失，怨偶老夫婦則象徵了世俗生存的冷漠、衰朽、沒有希望。鹿子熱衷的意識形態的空幻，也由此埋了伏筆。

然而導致「我」和鹿子的關係徹底完結的，是她所潛心的「學問」。經過了三年的耕讀生活，鹿子已然「『系統化的』閱歷文史哲學中外古今的知識學問」，而「我」只交出了一迭記了上千條「短句格言警句」的「碎片」，令鹿子傷心震怒。「碎片」究竟是什麼呢？摘取幾條來看：

2 沿斜坡櫛比而建的瓦厝家家門庭面著觀音，從前。

3 如今觀音在樓房水泥壁灰間斷續。

6 貓在瓦厝葉碎陽光間睡。

7 午後冬陽入屋。向南的房子就有這種好處。

16 棉被店的女兒有一張豐腴端靜的臉像少女觀音。

17 伊笑起來像陰曆初三早起的黃昏彎月。

21觀音吐納雲霧：你呼吸著孤獨。
22孤獨並生愛神與邪魔。

原來，「我」日日與觀音（山水）癡想對望，自以為有無限幽微美好的靈感，又眼見觀音與小鎮、與人的交流如何被現代大廈樓房阻隔，哀怨現代文明對自然生存與自然精神的侵害。這與鹿子對「系統化」、對現代理性及在此基礎上的現代化生存的追求，自是不能相容。失望的鹿子終於離去。

舞鶴總說淡水十年讓他破了許多執迷和禁忌。流氓博仔代「我」說了他冷眼旁觀多時的結論：「鹿子那屁股不重也威——因為屯了那麼多『深奧的』知識。」拋棄知識！拋棄現代理性！（這分明是〈逃兵二哥〉時代「我」就明確的心志。）然而畢竟「一時放不下這盛世因緣」，於是，博仔帶「我」去找「我這輩子學打坐的不二師父」——暗溝街（私娼區）的「白花姑娘」。

> 我在她對面端坐著凝視伊手肘動作在乳坡上牽引起時大時小的波浪，感到我現世的一切沒有一樣比得上這波浪的美，同時有一種自心深處抖盪起來的憂傷，但逐漸我在不間歇的波浪以及後來的水漣聲中遺忘了一切。

這段描寫也令人想起小說開頭觀看淡水海口夕陽的場景：

……可惜「紅圓」沉沒的瞬間從沒有預示給我們西方極樂世界的海市蜃樓；我並不為未現世的海市蜃樓而失望，我大約忍知「淨土就在現世」這樣的觀點，但我仍感到無以名之的憂傷。我習慣在海潮的寧靜中入睡，朦朧中有一艘艘舢板舟出海的噗鳴。

鹿子帶著她的青春和現代理性消失了，「我」在「姑娘」身上回歸生命的澄淨、安寧。海潮與「姑娘」的波浪湧動，喚起了「我」心靈的「靜」——與「姑娘」歡愛，如在海潮的寧靜中入睡，令躁動不安的生命得到暫時安頓。舞鶴好像第一次把情欲寫得這麼美而憂傷。「姑娘」也是現代文明中的「傷殘者」。小說中，幾個到鎮上來賣竹筍的半老農到暗溝街溜躂，「肉肥婆」探頭吆喝：「要嚒，山頂下來的鮮貨，肉質不同哦！」「姑娘」是「山頂下來的鮮貨」，原住民雛妓。一九八〇年代，畸形繁榮的都市色情業與加工業一樣，渴求廉價且「新鮮」的勞動力。人口販子、黑幫與山地內部的不良人士勾結，拐賣山地少女，流入色情業，成為妓寮的特別招牌。這是原住民生存在現代發展中的又一幕悲歌，也透露了被描述為普遍富裕繁榮的台灣一九八〇年代的「後街」。

舞鶴對「妓女」，一直有其特別的認知與情感，在〈拾骨〉中，承載了敘述者對母土的眷戀的妓女柚阿子來自凋零的果園；在這裡，「我」的師父姑娘來自潰散的山地。農業文明與原住民的部落文化，同在現代化發展中墜毀。從女兒到妓女，是這墜毀沉重的意象。師父姑娘，讓「我」內心通亮然而更加憂傷。

一個日暮黃昏，迷途羔羊的「我」引誘了鎮上教堂的牧師娘，「我」成了精神弒（天）父的罪人。至此，「我」的「色情」之眼，顛覆了知識，顛覆了自以為正常的社會秩序，也顛覆了宗教，一切「人類造作出來的偉大東西」都被「我」拋諸腦後了，但這一切叛逆之後，「我」落入的是縱欲和虛空。這樣的悲傷中，為小鎮守護那點「根莖」成了「我」最後的希望。

> 在我獨居的瓦厝門階旁，終年常綠著一株台灣連翹，春來發紫色翹苞，秋末結黃果。我階下的鄰居是世居的漁夫，臨老無魚可捕終日窩在門坎前補永遠破空的漁網。

吳濁流一部《台灣連翹》使連翹成為命運多舛的台灣與台灣人的象徵。世居的漁夫無魚可捕，是現代化發展帶來新的挫敗。連翹與漁夫在「我」階旁階下，流露無從主宰命運的悲傷，都是「我」這個守護者寄心所在。然而一日漁夫家族大聚會，怪連翹長得陰密遮了他們的「祖庭」，將它鋸成了禿頭。

「——哼鋸你孤單一人的連翹又怎樣？」可是這不只是「我的連翹」呀，人家不都說這是「屬於我們的台灣連翹」啊！我呆愣著看那熬過夏熱終於長成肥大隻的紫色連翹一隻只萎在泥地上，我痛切感到這個屬於台灣連翹的民族能有久長希望嗎？

由鋸連翹的漁夫，痛切整個「屬於台灣連翹的民族」，這一悲痛，並不突兀，在鹿子來去淡水之間，對「人」的恨就埋下伏筆了。與鹿子一起過除夕，去市場買菜的下午，「我眼角瞥見柏油路中有對腳一樣的東西，烏瀝色，又成走路的模樣，可是獨獨見兩隻腳不見腳的主人頭臉。許多人的腳從那腳上走過路過……」這或是某種家禽被宰，因為那天午夜飯「獨獨冬菜鴨那一道我直直下不了筷子」，「誰了解呢我心中充滿了為兩隻烏瀝小腳復仇的願望」。

「人類的節慶是獸類特別淒慘的時刻」[1]，多年以後，舞鶴在一次對談中自稱是個「反人」的人。

……人真的太聰明太過分了，人以為人是最有意義和唯一有價值的存有，很少人能了解「存有」不必為任何人創造發明的意義價值而犧牲，存有的不只是人，所有其他的存有與人都是第一義，然而今天人是最厲害最噁惡的毒菌，地球的夢魘，宇宙的盲氓，在此，我是「反人」的，人總有滅絕的一天，也許在外星來襲、地心熄火之時，我希望提早，給其他生物一個機會。[2]

人對其他生物的殘殺，將使人類陷入萬劫不復的命運，現代化的發展主義助長人類的這一妄自尊大「惡質」。於是，面對那倒地的連翹「我」「努起鋸子」——不是鋸向對方的頸子，卻是「我」的胸膛。「我」自戕的血是一種報復？一種詛咒？還是以「我」的血，贖人的罪，來應驗那句表白：「那個『反人』的人，同時是個可悲的無可救藥的『愛人』的人。」[3]

「我」心中從此多了一把「厲害鋸子」。如果說小說開頭「我心深處」剖開的那條大馬路象徵著「我」與現代化硬體的對立；這裡的「鋸子」象徵著「我」對此一時代人的衰敗、無知與惡的憤怒。至此，通過「我」浪蕩的腳步和哀傷的眼睛，我們看到了一個混雜著各種

1 根據筆者的舞鶴訪談錄。
2 參見〈朱天心對談舞鶴〉，台北《印刻文學生活誌》，二〇〇四年三月創刊七號。
3 同上註。

矛盾的小鎮，它有素樸之美，也有頹敗與惡的氣息，而這些或許要從小鎮的歷史變遷尋找源頭[4]。歷史上，淡水小鎮是作為一個開放性的港口成就它的輝煌的，港口的衰落招致小鎮生命力的萎頓，也成就了外來者（洋道士、「我」以及鹿子）心儀的古樸幽靜的隱居之地。敘述者「我」反對小鎮現代化的一個思想支撐是維護那些老房老厝的「根莖」和「神氣」，而這「神氣」本身包含著歷史的否定因子，而小鎮的人們早已處在不可解脫的衰朽命運之中，在那些老邁的、相互怨恨的、紛紛消失了的老人身上，在大年初一圍著河堤流浪漢的浮屍發著無聊議論的人們身上，在那些無魚可捕只補破網的漁夫身上，都可以嗅到一種萎頓不安的氣息。所以，「我」最後遭遇「漁夫砍連翹」的絕望是早已注定了。

總之，與外在的環境和人群的關係如此緊張決絕，而內在的青春、愛欲與生命也在不斷的流失之中——「我」對虛妄與虛空的感受都已經到了臨界點，「我」只能逃離。離開小鎮，度過觀音嶺，一直逃到「我們的療養院」，在那裡等待著「我」等待已久的「你」。

二、從天而降、自海中生：「你」帶來蠻荒之性

舞鶴有多部小說採取兩條敘述線索的方式，但〈悲傷〉仍然顯得特別。整個敘述過程可以如此描述：「我」在淡水的生活是Ａ線，「你」的故事是Ｂ線，你我相遇之後是ＡＢ；小

說就按照A-B-A-B-A-B-A-B-A-AB-AB-AB（一共十二節）的方式結構而成。「我」和「你」的故事有相對獨立性，在小說進行到「你」「我」相遇之前似乎我們的生活全然無關——事實當然並非如此。

「你」是一個傘兵，一個「海邊庄腳子弟」，訓練機失事，「你」在冰冷的海中獨自遊了三個多小時，十八個傘兵中只有「你」生還。從此「你」逢人必講：「我是自己幹回來的。」「你是憑著這種『幹人』的氣力一路『幹』著游回來的，顯然回不來的多是都市子弟，既不懂『幹』的道理也沒有『幹人』的力氣。」「你」的故事一開始便是以一種極端的方式呈現「性」之於生命的意義。回顧一下第一個A線故事的結尾，流氓博仔不睬「我」的「大發現」（開馬路），卻帶「我」去偷窺一場據博仔解釋源自白樓富貴人家悠久傳統的「偷人」交歡。白樓門栱上的雕飾被描述為「肉桃奶焰」，成了自古而來的性的召喚，當博仔一邊手淫一邊「對著門栱上的肉桃發出十九世紀後半葉的淫喚聲」時，猥褻的場景奇異地預示了敘述的方向。緊接著的B線中，「你」分明是回應著那「性」的召喚來到了世間，並將它無限地展開。

「你」的存在首先表現為超強的性力和「不可理喻」的性欲狂熱。

4 對此許俊雅〈消逝中的淡水〉一文有詳細分析。

軍醫院裡，因為「你」一再向所有的人尤其是「犯人兵」講述並示範「你」「千載難逢」的性器，引起了精神病醫生的關注，一紙「因意外受創，機能損傷，已不適服兵役」的公文將「你」送回故鄉「蚵寮」。此時A線裡「鹿子來我家」，「我」正在鹿子的引導下和她一起演出著「耕讀生活」，而真正的田庄人「你」在積極計畫買一個女人。「你」的一切行為都為了「你」體內蓬勃的性力，使得「你」與生活環境和日常倫理一再衝突：「你」要求分祖產好買女人，買賣未成，「你」犯下猥褻母親的大罪，於是家人幫「你」找了一個貧瘠之地的農家姑娘。入贅妻家，「你」的性終於取得合法性。「你」妻的「哎唷喂」，使得遠在棗園工作的岳丈也動了情，讓岳母為平生第一次露天辦事羞紅了臉；一次工忙黃昏才歸，「你」顧不得吃飯直拖著妻入房，「老爸以飯桌腳震動的次數計算衝了至少三千下，老媽說不止此數，因為一道抓自埤塘燉的鱉湯涼到鱉都爬了出來四處遊走尋找下桌的路。」在「你」無拘無束的這一時期，敘述的幽默也似乎感染著「你」的蓬勃，死而復生的鱉，如神來一筆。

如此，「你」似乎得到了空前的榮耀，「你」周圍的一切都染上了性的熠熠光輝。但「你」注定與「正常」不能善處，因為性對「你」不是「夫妻生活」，卻是個體存在的終極象徵，仿若攜帶著蠻荒時代的生命力量，這違背了文明的性道德。其實，當年「你」意欲侵犯母親時，叔母的話已道破天機：「看你做孩子時也無異樣哪知自海底回來那支就變了樣」：海與「你」的神祕關聯不僅是「你」從中逃生而已。傅柯在論及瘋癲的起源時，曾注意到在西方歷史上反覆出現的將水域和瘋癲聯繫在一起的事實：「十六世紀末，德·郎克爾認為，有一批人的邪惡傾向來自大海……正是浩淼、狂暴的大海的形象，使人喪失了對上帝的信仰和對家園的眷戀。人落入了惡魔之手——撒旦的詭計海洋。」[5]自海中「重生」的「你」從此有了「異樣」，「你」在性欲上的癲狂，或是傅柯所說的「人身上晦暗的水質的表徵」，「水質是一種晦暗的無序狀態、一種流動的渾沌，是一切事物的發端和歸宿，是與明快和成熟穩定的精神相對立的」[6]。「你」與人群、與文明、與體制的矛盾實則先於「重生」的「你」，潛伏已久，一觸即發。

這矛盾爆發的契機，或者說這矛盾的具象象徵，就是「你」性行為的暴烈色彩與施虐傾向。如同創造力與破壞力、愛神與邪魔、狂歡與暴虐總是如影隨形、並生一體，「你」越來越像一匹脫韁的野馬：妻不斷受傷，有一天終於將她撞昏，「你」成了被親友抓捕的危險的瘋子。幾翻逃亡掙扎，「你」最終被禁閉在妻家靠山壁的儲物間，每天兩餐飯，不管風寒不問病痛——這或是僻遠鄉間一度普遍存在的瘋子的私囚方式，是為「飼豬人」。十年不得

5　參見福柯著，劉北成、楊遠嬰譯《瘋癲與文明》。
6　同上註。

出，「你」的居所充滿「不是人鼻所能忍受的烏魚臭」，是為「烏魚柵」。十年後，「政府恩德全國連鎖闢建精神寮讓各種神經脫線的人有個好去處」，「你」被送往「我們的療養院」——這是「我」和「你」相遇的時刻，也的確是時候讓我們創傷累累的生命聚合了。

三、相遇療養院：禁閉與治療

在「我們的療養院」，當院裡的病人們在藥物作用下不復有性衝動和能力時，「你是唯一個能在官方內袴畫布上噴鎗彩的人」。當然「管理員兼臨時藥劑師」即刻懲罰了「你」：罰站，並吞下比平時多七八倍的藥。

如果說禁閉意味著人們某種異己（暗示自身深藏的欲望的）存在的不安和恐慌——因為唯有將「異己」隔離人們才能肯定自身的正當性，為世界建立秩序——吊詭的是，對於被社會和文明判斷為瘋癲的人來說，禁閉（無論是「飼豬人」式的私囚還是作為國家機器的監獄）並不見得比「治療」（以精神病院為主要形式）更可怕，因為禁閉作為一種強制性隔離，使瘋癲得到在特定空間存在的正當性，而治療以消滅「異己」為最終目的，在「治療」中，文明的背叛者才真正無可逃遁。所以，在「你」禁閉的山壁小屋中，「你」不但可以趴在鐵條縫上看那隱喻著女陰的「山壁肉巒泥褶」、可以對著斜陽打到山壁映在頭頂上的層迭肉褶「不禁打起大鳥」，「你」還可以選擇不吃年節裡母親送來的醃漬的「飛鳥」。因為當年曾有「什麼飛鳥群擁著你」讓「你」自海中游回沙灘，這暗示了「飛鳥」與海與性的關聯；「你」將累積下的飛鳥夾在鐵柵間，有一天夜半醒來，「你清楚看見二三十隻烏魚在月光銀漠的山脊肉褶間游上游下」，在禁閉之中，「飛鳥」死而復生地代替「你」實現性的遨遊與夢想，這被禁閉的生命，讓人想起「情之所往，生可以死，死可以生」的《牡丹亭》，或可謂：性之所往，生可以死，死可以生。出關之前（去療養院），「你」唯一的要求是與妻有一次「敦倫」，這是一齣真實的「死而復生」，當然也按照「真實應有的原則」失敗了：家人以敦倫乃「天道儼然」故把妻子送來，「你」卻因十年不得聞的氣味眩迷昏倒了。或許這預示著：從孤獨中返回人間，那吊詭的禁閉的自由也將喪失。

果然，在「我們」的療養院，生死往還的古典詩意被現代醫學代替了。「哈吊鹽酸或慢肉豬阿樂」[7]的慢性謀殺，大護士不二先生、狂人大老標先生以及總管副管這些「醫生／管制者」的恐嚇、電擊、猥褻，還有正在治療中日趨消亡、卻懂得告密的舖友們——這就是「療養院」，這是一個被體制，包含專業知識的意識形態所控制的社會的縮影和象徵，醫護

7 這是對兩種治療精神病藥物的戲謔稱呼。小說中舞鶴自註一〇：「哈吊Hodal，一種抗精神分裂藥，舖友戲稱吃多了大家會歡喜排隊去上吊，慢肉豬阿樂，一種以Benzo開頭的鎮靜藥，吃多了動作如睏豬的慢，看起來都很快樂。」（《悲傷》，頁六四。）

與管理員都不過是看不見的「體制」意志的執行者，一切措施旨在教導人們服從，讓他們學會告密、忘記反抗、在麻醉中快樂，而貫徹體制意志的最重要條件，就是扼殺他們的性／生命力。療養院裡的狂人大老標是一個雞奸狂，病人「不讓他殺屁過關那這院中的日子就永不得安穩」[8]。即便如此，「你」仍然不屈不撓對抗著：在被「電擊」、被棉被綑在床舖的情況下，「你」讓人們「眼見一注電流顏色的精子串貫穿大被，直出柵口，清楚聆見它掠過中庭洞空的『咻嗚』『咻嗚』」。「你」甚至「用精子漿糊縫成兩人合蓋的大被，那接縫處令七八個狂人大兄兩頭使力也分它不開」。大護士歎這是「開院以來病人自己創作成功的第一號藝術品」。這「雙人大被」又具足黑色幽默的力量：在黑暗與壓抑之中，藝術以及創造力，才意味著對人的庇護和拯救。或許可以說，是在對「治療」的反抗中，「你」的蠻荒之性才最大程度地顯示了它的抵抗性、自由精神與創造力。

但「你」「我」都清楚如此禁閉中的生命必將衰朽，終於，「有一夜你靜靜說：你要在大鳥還有一口氣前見到你的青春女兒。那是不一樣的；等到老耄或臨終時，再見到中年婦態的女兒——你不能忍受那樣的人生的傷悲」。於是，我們踏上了共同的逃亡之路。尋找青春女兒，是「我」和「你」命運的真正結合點，也是小說的內在凝聚力——對人失散之自我的嚮往和尋找——從形而上進入到實踐的開始。

四、復合之夢：返鄉與漂流

其實，「我們」的相遇不是邂逅，絕非偶然，回到小說開頭，「你」的出場方式不但早已透露了「你」「我」的關聯，而且預言了「我們」的命運。

你凝視著「紅圓」；在紅圓貼到海面的瞬間，你划動浸在海水中已三小時多的手腳，奮力游向紅圓。我坐在陽台閣樓凝視著「紅圓」見到你眼瞳中那團映自紅圓的火炙的熱，你繼續划動幾十下後，那火熱熄到只剩一點暈紅，在紅圓將沉沒的前刻，你停止了擺動，浮在暗血色波漣裡；在紅暈微光中，我見你眼瞳罩滿水霧色的茫迷，隨後便在夜暮的海茫灰中失去了你的蹤影。——直到多年後，我才知道：你意識到自己永遠趕不上「紅圓」的剎那，你愣了片刻，決心划向相反的方向，在紅圓的餘光中你奮力游向暗灰。

8　〈逃兵二哥〉裡描述軍隊和士兵的關係時，也是用這種比喻方式——男人強姦男人，被強姦的失去不僅是尊嚴，更要緊的是性的能力。

「我」在紅圓中看到了「你」，或者說，「你」因「我」的凝視與冥想而生，但與其說作者依照「我」所缺少和嚮往的人格創造了「你」，不如說他在尋找「我」曾經有的生命。「我」曾經完整自足過，「你」和「我」是太初時代的一體，書寫者就像上帝，取了那個「我」身上的肋骨造了「你」。在這裡，「你」的出世是一個神話。「你」從天而降，海是作為英雄的「你」的出世之地。「你」帶著海的浩瀚與蠻荒，也帶著海的邪惡與狂暴重返人間。「你」以無法規約的、無所不在的、狂暴的甚至是罪惡的「性」來對抗「現代性」對規整、劃一、合理以及優美的要求，對抗來自國家意志與體制的規訓和懲罰——「你」的存在映照著淡水生活中「我」人格的委靡、生命的停頓。那句「我是自己幹回來的」，原本是書寫者對生命力的憧憬／崇敬的樸素表達。

或許現代人的內心，都潛藏這樣一個遠古時期失散的自我。遠不同於佛洛伊德有關自我、本我之人格理論，舞鶴的「我」和「你」不是壓抑與掙脫的關係，而是失散的人渴望著重逢。「我」是一種真實意義的存在，隱含著敘述者對自我精神狀態的一種體認，而「你」是一種想像性的存在，來自人性的原鄉，蒙昧、衝動然而自由，有巨大的創造力。當「我」在淡水無根的散居和守護終至成為一種虛妄的動作時，「我」人格中的空缺與流失也達到一個頂點，與「你」復合的願望變得空前的迫切。「你」這根肋骨如何才能回到「我」身上？

「我」和「你」一起逃出療養院去尋找青春女兒的返鄉／尋根之旅，可以說是復合之夢進入實踐層面的開端。「我們」返鄉了，但返的並非「你」或者「我」地理意義上的原鄉，而是我們青春女兒的出生地，那是一個「多少條條小路都通到像女人內裡陰壁那樣的肉巒肉褶」的地方，是生命意義上的原鄉。但是，「你」並不在意「我」的渴望。

你踏大步走在田埂上，預計明日黃昏可以相見你女兒一面，然後你要隱居在女兒床後的竹子林，吃初生的嫩筍，聽夜半竹子的相搓聲，不要多久趁女兒青春你就要死了，你自小練過多次緊緊捏住竹葉那葉片就軟中硬起來剎那間劃破喉嚨，你不再到別處，你就永遠睡在竹子林，你只要你女兒用無數的竹子落葉和伊的青春光彩蓋滿你一身。

死亡，死在青春女兒的溫柔眷顧中，才是「你」返鄉的終極願望，一個寧靜的、喜悅的生命回歸。而「我」呢？

我用黑蚊的嗓腔求饒說我都市生的鳥仔腳走不得田埂的，如果你答應這事後跟我一道漂流，那我今日黃昏就讓你與女兒相見。「啥麼漂流？」你在大被中聽過無數次但你還是問，我興奮的說過無數次但我還是要說平生我無大志，只願在這島上漂流，「漂流」

> 其中自有意想不到的——「東西」。「你自己去漂——流好啦，我出生竹仔林，我要回去守在竹仔林，死也死在竹仔林。」「你不是出世在海邊叫蚵寮的地方嗎？」「我出生竹仔寮。蚵——寮可能是你自己的出生地。」

蚵寮到底是誰的出生地？小說裡「我」始終沒提過「我」的出生地，蚵寮是敘述者賦予「你」的出生地。然而「你」拒絕了。「你」對「我」的拒絕（出生地的拒絕、漂流的拒絕）意味著「我」的難以癒合。「你」以死亡回歸了原鄉，儘管並不是「你」曾想像的那種優美的方式。

> 我潦過一長段的泥沼才發現你倒插沼泥中，全身挺直用一根枯枝幹撐著，肩膀以下隱在泥沼中見那可見世界之下的巒壁肉褶。

這個死亡的姿勢勾引著多重解釋。可以說，「你」化身為陽具，回歸了女體／母體。這姿勢又可能是一個性的圖騰：在神話和巫術的意義上，性的圖騰化的核心就是回到母體的子宮。但如果參照這個章節的小標題：「**穩穩倒插一支水筆仔。我寧願漂流：**」那麼這又有一個從神話和社會人類學的闡釋中回到台灣現實空間的意義[9]。用「倒插水筆仔」來比喻

「你」的死亡姿勢，有一種台灣的記憶、氣息在裡邊；台灣水筆仔（即紅樹林）隨水漂流、落地生根的特徵，即使落在沼澤這種惡劣的生存環境中也能巧妙地生存的個性，以及它對保護河／海岸的重要作用，與台灣早期移民的生活形態形成一種互喻的關係。由此看來，「你」像一支水筆仔倒插泥沼之中的死亡方式，是否有回歸母土以及「新生／重生」的寓意呢？或者相反，寓示著現代人因失落而渴望的「大地之子」的生命力，已然「死」在現代化的土地中呢？

無論如何，「我」的復合渴望被永遠地懸置起來了。小標題裡奇怪的句號和冒號也得到理解：「**穩穩倒插一支水筆仔。**」這是「你」的「完成」；「**我寧願漂流：**」這是「我」的「未完成」。「漂流」是一種無始無終、與漂流之地不斷相遇，永不為它羈絆的狀態，然而「我」只有一雙都市的「鳥仔腳」，「我」曾經想要「你」用那雙大踏步走田埂的腳和「我」一道漂流——也就是說，對人格之強悍、精神之自由的追尋，將恆停留在想像之中，

9　水筆仔，即紅樹林（mangrove），是一種多分布於熱帶河口、海灣、濕地等地區的常綠灌木，對防風、定砂、防潮、護堤頗有功效。相傳於日據時代由民間士紳首先引入淡水，（從何處引進已不可確證，有一種說法是來自南洋）如今仍以淡水一帶面積最大，是被列為保護的珍稀植物。紅樹林的一大特徵是「胎生」方式，果實成熟後不落下，幼苗掛在枝頭生長，像一枝枝倒懸的筆，因此得名「水筆仔」。來年春天，幼苗成熟後會從母樹上脫落下來，直直插入濕軟的沼澤或泥地裡，如果掉在水裡，就會隨水漂流，一接觸陸地就會生長起來。台灣民間有許多關於水筆仔的傳說。

委頓的人性、殘缺的存在是人生的真相，這是生命的悲傷，是〈悲傷〉的古典情懷所在。現代化是個體受創、精神殘破的一種因素。人的完整、精神的自由是人類從遠古時期就開始的夢想，莊子一篇〈逍遙遊〉已經把它說得淋漓盡致。而在這處於「現代」的暴風驟雨中的島嶼，死在原鄉和無根漂流，到底哪個才是更決絕的抵抗？

從此，也看到舞鶴所有作品的一個底蘊、一個背景：在故事的開始，人們總是處在生命的創造力和精神的自由已然或正在消逝的境地中，這是一個大的意義上的「餘生」。

五、餘生：「努力做個無用的人」

故事仍沒有完。多年後，「我」居然結束漂流，找了個「看守公廁」的工作。這個公廁所在，既不是淡水小鎮也不是哪裡的鄉土，而暗示著是某個都市的風化「特種區」，公廁與風化區互相揭示彼此的特質：在這裡，性是屬於公共空間的，是不潔的，卻透露著社會現代化的「進步」資訊：台灣經濟起飛的成果彰顯在排泄的費用以及性的公共化、商品化之上，而「我」立志把嚴肅的「看守工作」做好後半生，其中的猥褻與幽默，令文明的榮耀變得荒唐梯突、無以自處，也似乎隱喻著：面對整個社會在發展之路上的瘋狂，「我」將以「餘生」的耗費來展示永遠的嘲諷與哀矜。於是我們想起小說開頭「我」與博仔的相互「勵志」：努力做個無用的人。這個吊詭的宣言是對現代文明之「有用」「無用」價值體系的嘲弄。

小說的結尾，棗園中的青春女兒竟然出現在「我」公廁的舖蓋中，老鶯花嘻笑著要教給這個新近來到都市的少女許多門道：

「不學也好，」我說。
「還是學的好，」鶯花大手捺住小手往我腿間拖壓。
「還是不學的好，」我感到春殘老莖在爛泥中勃發起來。
「要我回去嗎？」
「回去哪裡？」我茫嗒的問。
「不曉得——就是回去。」
「不回去也好。」

是誰讓我們的青春女兒離開了家園？這樣一個突兀的結尾，似乎是一個更大的否定：對「我們」返鄉的熱誠的否定，對青春女兒的無盡眷戀的否定，對「我」「反抗絕望」的抉擇的否定。因為「我」可以擇荒謬而固執，以「努力做個無用的人」抵制現代理性，然而對現實卻如此無力。在淡水「我」失去了對土地的記憶，失去了地理的原鄉；在我們青春女兒的出生地，「我」失去了「你」，失去了生命的原鄉；在「我」看守公廁的都市，「我」失去了我們的青春女兒，這鄉土之珍寶的象徵，她的流離，與小說開頭呼應，內涵了台灣鄉土命運的循環反覆。失散的人無法重逢；原鄉蝕毀，也無路可退。青春女兒殷殷請問：「要我回去嗎？」」，那迷茫的、被傷害的聲音，將恆久響在文本之中之外。

追隨文本的旅程，〈悲傷〉展開了淡水／台灣現代化過程中自然與人文精神的流失，更內涵著人格失散與尋找的寓言。〈悲傷〉也展現了舞鶴藝術創造力的顛峰狀態。結構上，它用心良苦卻又渾然天成。內容與風格具足了種種相反相成的質素。鄉土的笑謔與現代主義的黑色幽默融合無間，使得它似乎頹廢已極，卻散發著生之熱力。它的性描寫誇張放誕，卻又瀰漫著古典的詩意。它是最荒唐的，也是最傷感的。是最張狂的，也是最內斂的。在最哀傷的時刻製造歡樂，也在最猥褻的情節中流露天真。更重要的，在這樣一個不斷向深層推進又不斷自我消解和意義再生的文本中，引我們進入一個迂曲的，鄉土現實與現代精神交纏鼓動的空間，一切瘋狂與顛覆都有著素樸的面對現實的質地。也因此，深藏於失散的人心中的「悲傷」，將使〈悲傷〉在更久遠的時空中存留。

第七章 《舞鶴淡水》：浪蕩者手記

從未認真思索過十年淡水之于我有怎樣的意思，日子一天天過就過了十年，我搬到平房瓦厝時值一九八一年，離開時一九九一那年秋天。記得日常唯二事：讀書與散步，書沒有計畫的亂讀以細讀的方式，散步小鎮這裡那裡凝看這個感覺那個。

——《舞鶴淡水》後記

一、戀戀淡水

淡水小鎮修了「文學步道」，將與淡水有著這樣那樣關聯的文學家們設置成一景——舞鶴自然在其中。近代台灣史上，寫詩的人、畫畫的人、搞音樂的人，都喜歡到淡水來尋找靈感，儼然繆思鍾情之地。在台北讀研究所時，舞鶴曾租居淡水的學生公寓，深為小鎮古樸安寧的生活氛圍吸引。一九八一－一九九一閉居十年，淡水是他生命與文學的修煉場。一九九四年，舞鶴寫了中篇〈悲傷〉，第一次將屬於他的淡水付諸文字。二〇〇二年，舞鶴又寫了長篇《舞鶴淡水》，對淡水十年做了一翻異色剖白。在《舞鶴淡水》的新書發表會上，有許多作家表達了對舞鶴的「羡慕」，原來他們都曾經寫過或者夢想過寫淡水。寫過〈淡水最後列車〉的朱天心，自稱早就計畫寫一部關於淡水的長篇，卻讓舞鶴搶了先[1]。

淡水小鎮位於台北盆地西北方的淡水河口，因夾在大屯山系與觀音山之間，形勢廣闊而且水深，是個天然良港。早期移民，從北部來台的多在此登陸。十七世紀初期漢人踏上淡水之前，這裡散居著土著部落[2]。明崇禎元年（一六二八），西班牙人佔據淡水，將淡水命名為「卡百多爾」（Casidor），淡水河則命名為「契馬諾」（Kimalon），翌年建聖多明哥城（San Domingo，民間稱紅毛城）；十二年後，荷蘭人取而代之。一八六〇年清朝與英法簽定北京條約，淡水正式開港通商；同治、光緒年間，淡水成為北台灣第一大港，商務最盛時可停泊二千噸級之輪船，茶葉貿易為大宗。這是淡水最輝煌時期。一八九五年日本殖民台灣後，基隆的地位漸漸超越了淡水，淡水逐漸褪去繁華，但重重歷史變遷、經貿人文的積澱，與山水自然之融合，使她成了極富魅力的幽雅古鎮。

同府城一樣，淡水的變遷中有台灣史的縮影。但淡水是作為一個開放性的港口得以發展的，多種文化因素的混雜成就了所謂「紅毛風格」[3]。淡水建築呈現了華洋雜處的歷史。作為大陸移民登陸之處，這裡有漢人聚落特色的古老街道和寺廟，如供奉航海神媽祖的福佑宮、供奉客家人保護神定光古佛的鄞山寺。西班牙人、荷蘭人的殖民歲月則留下了紅毛城等遺蹟。成為「條約港」之後，淡水是洋商雲集之地，當年的租界內保留了許多洋人的居所、教堂、洋行和醫院等建築。日本殖民時期，淡水仍是「港口外僑雜居地」，又逐漸興建了日式風格的民居，比如淡水老街兩旁的二層紅磚民房，有著當時流行的「昭和式樣」。人文方面，十九世紀後期加拿大傳教士馬偕博士在淡水的百年興學，某種意義上，開啟台灣近代教育之先。一八八二年建成的牛津大學堂（一九九九年改名為真理大學）是台灣神學院、淡江中學、淡水工商管理專科學校等三院校的搖籃，保留多棟西班牙風格建築。至今小小的鎮上雲集大中院校。這樣一個有山有水有歷史的地方，難怪許多人念念不忘曾「負笈淡水」[4]。小鎮上多有專供學生租借的公寓，由於租價便宜又有山水相依，台北的學生也喜歡到淡水租居。舞鶴是其中之一。在《舞鶴淡水》中他描述自己十九歲時初見淡水：「六〇年代島國的

1 參見趙啟麟〈《舞鶴淡水》新書發表　多位作家各自表述心中的淡水〉，books.com.tw網站。
2 淡水古名滬尾，便是從土著語（Hoba）轉音而來，為河口之意。漢人譯為滬尾，以指海濱捕魚處之末端。「滬」字原意，指在潮間帶所築攔魚之竹柵。
3 「紅毛」本是漢人對早期殖民西班牙人、荷蘭人的稱呼，後來也泛指洋人。
4 如朱天文《淡江記》，台北：三三書坊，一九八五；蔡素芬《橄欖樹》，台北：聯經出版，一九九八。

山水震撼同時銘刻一個文學少年的心身，隨後整個星期我在大屯山腳的大學城度過夏令營，感覺大屯淡水觀音與山坡大學渾然同在一種氛圍中，自然寧靜裡滿溢著青春純真的美。」

一九八〇年代，小鎮開始迅速「現代觀光化」，如今每到假日人潮如海、舟車頻繁。往昔的山水景致失色，水泥馬路鋼筋大廈興起，承載著久遠記憶的老房老厝倒掉。觀光化之後的小鎮，連同那曾經美麗而今污染嚴重的「母親淡水河」，成了保育運動的對象。曾見證了近代台灣起落的小鎮，又將見證全球化經濟的威勢，此一歷史滄桑中有無限書寫的可能。所以，關於淡水的歷史現在和未來，作家們紛紛有話要說。舞鶴也許不是說得最多的，也許如他所說相對於地道的淡水人都是「片面的、政治不正確的」，但十年閉居淡水的歲月讓他和小鎮發展出一種特別的親情交往，淡水激發他對現代化發展中自然、鄉土與人的多重思考。

在〈悲傷〉中，淡水，很大程度上作為一個寓言的時空，存在於敘述者上天入地追尋原鄉的旅程中，具有抽象的、精神性的意味。而寫於二〇〇二年的長篇《舞鶴淡水》中，淡水回復它的地理身分，成為一個袒露和觀察的對象。作為小鎮的隱居者，敘述者見證一九八〇年代—一九九〇年代淡水從古鎮到觀光市鎮「進化」過程中種種光怪陸離；而與此同時，淡水亦見證了這個敘述者極為獨特的生命／文學的浪蕩與修行。

小說的主要內容有二：一是一九八〇年代淡水的變化與小鎮人的故事；二是「我」在淡水的浪蕩。公共空間的喧囂變動與私人領域的情與色交相映襯，淡水與敘述者的生命在十年間同步演練、相互觀望。在敘述方式上也採用與〈悲傷〉類似的兩條線索分小章節交叉敘述。

這裡似乎需要對《舞鶴淡水》的文體略加界定。有爭議它是小說還是散文，《舞鶴淡水》的書名開宗明義，這確乎像一本筆記體散文，但內裡實潛藏了獨特和用心的「敘事」。不似〈悲傷〉的隱喻繁複如花，《舞鶴淡水》看起來是一種直截了當、水波不興的記錄與剖白。但寫小鎮變遷時，記錄體的議論中卻夾雜意識（亂）流；寫小鎮風流滄桑和個人的情欲冒險，「敘事」又如詩。舞鶴年輕時代用詩寫小說的實驗在此登場。他解散敘事的條理性與連貫性、省略對情節之前因後果的交代，像詩一樣大量用意象說話，而意象之間的跳接、亂流常令人頭暈目眩[5]。文字上，《舞鶴淡水》更強烈凸顯了舞鶴創作中愈來愈明確的，對語言形式的逆向而動——捨「精準」而取「亂迷」，類如「百多家台灣厝和日式平房鏟掉了以『被』的被動式」、「舌端住唇內，在東方，舌之不盡無啥稀奇唯不知舌之不禁」、「蠢蠢欲動一張嘴唇常在自恃的臉上」的句子比比皆是，比較起來，之前從〈拾骨〉到《餘生》的語言被稱為「小兒痲痹症」實在有些冤枉，真正「橫徵暴斂」的作品當屬《舞鶴淡水》和《亂迷》。不過，「亂迷」不離其宗，仍是一種詩性思維的敘事，其間的嘲諷笑謔也並非「無厘頭」搞笑——這通篇的胡言亂語、癡人囈語，仍是有著強烈的現實關注和企圖心。與

5 在一九八〇年代的實驗作品裡，比如〈姊姊〉、〈午休〉、〈漫步去商場〉、〈祖母〉，舞鶴刻意嘗試這種詩的敘事。

其說舞鶴喜歡「搞怪」，不如說他太在乎寫作這回事，在玩世不恭或頹廢已極的姿態背後，其實是嚴肅而勝於嚴肅。在這點上，舞鶴可說是一個非常「傳統」的作家。

二、淡水「歷劫」史

舞鶴再次敘說淡水的現代化，仍以〈悲傷〉中的「傷逝」情懷做底，對小鎮昔日的素樸幽靜念念於懷，對現代化建設的粗暴和小鎮官商的唯利是圖頗多嘲諷，在章節的小標題上多有體現，比如「厝之哀的」（老瓦厝被推倒毀壞之悲哀）、「寬之爽拓」（馬路拓寬，人謂之爽）、河之悲曲（修建沿河公路，彎曲美麗的河岸線被拉直）以及「捷後淡水」（捷運接通淡水，從此人潮如湧）等等，這裡不妨借用「捷後淡水」的雙關（捷／劫），將舞鶴對淡水小鎮現代化變遷的私人記錄稱為「淡水歷劫史」。

不妨對歷劫史的書寫者「身分」做一翻「考證」。敘述者在〈拾骨〉中初露端倪、在〈悲傷〉中現身的「浪子」氣味，在這裡更加肆無忌憚、更加成熟、也更加有效地發揮作用了。小說第一節直接以「浪青春蕩」為名，敘說「我」如何與淡水結緣、將青春交付於淡水的「浪蕩」。這部《舞鶴淡水》，也正是浪蕩者的腳步丈量出來的文本。「浪蕩者」（flaneur），十九世紀的巴黎街頭與商場漫無目的、閒逛的失業藝術家和無業遊民，這個類型人物在班雅明（Walter Benjamin）的《拱廊街計畫》（*The Arcades Project*）問世後，就經常被用來探討城市經驗、城市空間與現代性的問題。波特萊爾一八〇六年的〈現代生活的畫家〉一文就出現了浪蕩者，以「浪蕩者」為現代文化與藝術中的英雄，因為「浪蕩者」身處芸芸大眾，卻能以抽離的姿態旁觀世事。舞鶴的浪蕩與這個來自西方的浪蕩者自有著精神上的呼應，同時它又是作者真實的生活狀態，從未工作過的舞鶴從大學畢業起「自閉／浪蕩淡水」十年，其後又往返居住於原住民部落，他是自覺於「浪蕩」與書寫的。

這「歷劫」史的首要層面，當然是寫淡水小鎮如何從一個具有田園之美的安寧之地，變成鋼筋水泥都市的複製品。這也曾是〈悲傷〉的題旨之一，而且出現了一些與〈悲傷〉相似的場景與人物，比如被轟隆機器怪手鏟掉的成排老房子、建設中的大馬路、符籙學派的黃毛道士等等，《舞鶴淡水》這個過程更加寫實化了，似乎要刻意為小鎮寫一部有關「小鎮如何繁華／觀光化」的「野史」，以記下必不載於日後正史「淡水誌」的事與情。

> 我初到淡水六〇年代的末的某一夜，陰曆的月尾可以自午夜的稻浪上眺見「大屯掛月」，我微醺站在海口沙崙小路旁癡望月掛大屯之美時，沒有想到未來，沒有餘裕去珍惜，心滿溢著午夜海風著田園的美，沒有想到消失……
>
> ——〈河之悲曲〉，頁一一四

這種感傷幾乎是許多經歷過淡水田園時代的文人所共有的，只不過當舞鶴藉此抒情後，更語多嘲諷與內省，造成淡水巨變之「現代化」，並非一突然降臨天外怪物，它是假這島嶼的官民之手而施行的，沒有人能自外而為義人。而人與「傳統」如何應對現代？或許更是舞鶴觀察思考的重點。

照島國的例，矗起了四方形棟連棟的公寓或透天，水泥的塊狀灰向公路兩旁蔓延、擴散，人適應「沒有性靈」的鐵筋混凝土圍成的空間，最多閃過一念「性靈這個沒有要緊風水神鬼嗎」。

——〈河之悲曲〉，頁一一三—一一四

「歷劫史」的「野史」性質在民間傳說上尤有可觀之處：所謂民間傳說並不是有關小鎮歷史風俗的傳說，而是在小鎮被整個「推倒重建」過程中奇異人（畸零人）的奇異事，比如「碾漿男人」與「蛭的女人」。「碾漿男人」守著家傳的碾米作坊，與已呈消亡之勢的手工碾米業一樣，男人身心羸弱、幾乎成了廢物，一個曾入風塵的半老徐娘讓男人恢復了性／生命的熱力。但有一天男人接到老厝將被推倒的「補償金通知」，立時「萎了勃勃的性福」，終有一天走出老厝再沒回來，成了「太平時代和平變遷」的「後現代失蹤」。這故事的寓意不在批判或同情，〈悲傷〉中曾出現的對小鎮古樸之下的衰頹的揭示，在這裡再次顯現：

碾米厝的沒落早在終戰後十年，原因並不全在碾米的行業本身還殘喘到七〇年代，倒是碾米的小鎮男人日日吸入米塵夜夜雜交海的鹽濕不幾年攪成一窪霉花長在心肺幽沼，老耄的鄰人都來慰安這是屬淡水人的宿命熬過五十就到八十。

——〈碾漿男人〉，頁七七—七八

碾米厝與碾米男人的早衰寓意著小鎮與小鎮人萎縮消亡的困境。「蛭的女人」則是一個寡言的老街女人，有著「蛭唇軟骨」之誘惑，一個江湖大哥曾經喪生她的軟骨；她的文具店老厝也在強行拆除之列，其時「傷心成魅或抗議坐佛」的都被抬了出去，她卻利用「軟骨」藏身在院內數不清的水甕中的一隻，在「怪手鐵球」的成全下殉了老厝。

這兩個有關小鎮現代化的鄉野傳奇，閃現出一種詭異的晦暗與斑斕交織的色欲之光，也為淡水的現代蒙上帶血的陰影。

「歷劫史」的第三個層面是記錄現實中小鎮官方與民間對小鎮未來的「民主討論」。在〈寬之爽拓〉中「我」以一張萬年青葉子做的名片到鎮公所求見鎮長，「名片」上列了六種頭銜：「大淡水關懷協會滬尾分會」、「歷史淡水研究會」、「淡水沿河生態環境保護會」……而後與「鎮長代理人」就「拓寬之於淡水的必要性乃至重要性」展開一場論爭。這個作者以「後現代後設」手法直接現身表示此為「嘲諷、低調的」的政治「寫實」，是對小鎮各種民間力量與官方頡頏抗爭的象徵。有意味的是雙方都自覺將淡水與台灣的命運連接在一起，「本島自七〇年代中期全面打拼『拓寬』中……同時也建設性地『拓寬』了島人的性格，不輸大陸地的格局」。如果「拓寬」論爭代表知識分子與官方意識的對立，敘述者出席鎮政府組織的有關「沿河道路工程」提案的鎮代表會議時，則展示了官商結合勢力與民眾的衝突齟齬。小鎮舊商家的後代身兼「淡水開發觀光理事」，一個「老耄」是鎮上的派系大老曾兩任鎮長如今是「淡水監察」，前者以新生代官商的粗聲大氣直接宣布不必開會提案早已事實通過，後者作為資深政客，面對眾怒打足官腔。民眾代表一方，小鎮老餅舖的女兒則從自家沿河洋樓的石牆與河水「千吻萬吻的戀情」講起，娓娓道來老餅舖與觀音山水的默契，呼籲「有文化的淡水人珍惜自然的戀情和自然的默契」。老畫家則開場站定「不准建。不准拆」，而後以「美麗的不嫌舊」的藝術眼光和「多餘的心思敗壞自己的生活」的自然法則大罵淡水人粗俗「全球第一無文化」。在兩派對立之間，卻有一個自巴黎趕回淡水故鄉的「建築景觀專家」講了一翻哲學性的「景觀設計學理念」：「『無中生有，有不礙無』，原是大屯山噴的泥漿之無中，生出古老淡水之有，這有便是小鎮存在的第一義……新新並不一定勝過新，第二義的存在遠比不上第一義——」這個有無之論有圖為證：同樣取景點拍攝的兩張照片，一張拍於一八九五年「淡水是綠樹紅瓦厝櫛比斜上山坡桃源」，一張拍於一九八五年「淡水似大蜥蜴的背脊兀突也歎不如的水泥長塊疊的墳」，於是驚呆了眾人，原來小鎮早已如是醜陋！原來早就沒了第一義！癡心要守護的也不知是哪一輪的第二義了！建築景觀專家由此慎重建議沿河公路「可建可不建」，因為於敗棋無補。這個「有無論」和「第一義」的理論或許並非建築專家獨有，而也寄託了舞鶴對自己的田園情結的反思。

關於「第一義」的說法，舞鶴在很多座談、訪談中提及，即，生命的「存有」是第一義的，在第一義上人、動物、植物都是平等的。「存有是第一義的」，也即是自然的，「現代化」加諸自然的改變——名曰發展實為破壞。舞鶴的「存有」意識或來自近代一個重要的哲學命題：傳統以「存有」（BEING）為中心的世界觀，與近代以降以「變遷」（BECOMING）為中心的世界觀的抗衡。台灣哲學界近年來挖掘台灣近代的「草根」思想家，如李春生，他站在基督教立場批判《天演論》的「進化觀」，根本的思想便是深信「存有」、拒斥「變遷」。舞鶴的「存有」觀念或有淵源，但舞鶴在訪談中明言反感宗教，小說〈悲傷〉中更以弒父瀆神，顛覆「造作」的宗教，因而，他的「存有」觀非來自基督教文化，或與中國古典哲學有著更密切的聯繫，「第一義的存有」與莊子立於「無何有之鄉的大樹」有抽象與形象印證疊合。在高度現代化的社會，人們很難以單純的「存有」對抗複雜的「變遷」，舞鶴自己也時時顯露出「存有第一」與「每個當代都有她的美」的「辯證審美」

之間的矛盾猶疑。

將目光延伸到文本之外的歷史，這個懷疑早就潛伏在小鎮的變遷史之中了。上個世紀初，小鎮就已經經歷了一場「現代」的改造：淡水鎮的主街（今中正路）是日據時期（一九二九）在「市區改正運動」中改建而來的，在當時可謂是很現代的街道。一九〇〇年汽車引進台灣之後，各地市鎮僅容行人及手推車通行的街道顯得愈來愈不便利；舊街道又缺少排水溝，不利衛生準則，當時的殖民總督府發起「市區改正運動」，進行房屋徵收拆除、拓寬道路等工作。淡水的主街自四公尺拓寬為九公尺，道路拓寬之後，路兩旁住戶也紛紛改建為二層紅磚建築，臨街房頂皆採取當時流行的昭和式樣，構成今日所謂「淡水老街」的主體。如今人們拼命要守護的素樸，也曾經是當年的新潮。

意識到古樸／衰頹是舊淡水的一體兩面，意識到「第一義」的淡水景觀終究並不存在，在時嘲笑時譏諷時感傷地描述了「人造的滄海桑田歷歷眼前過，在我浪蕩淡水的十年」之後，在小說的最後一個章節「捷後淡水」中，舞鶴卻發表了一翻辯證審美的宣言：

> 不必大山大水或站在廣漠中才是美。十年淡水我常坐在書房凝看紗門框著樹與葉蔭，建築一隅躲著觀音的一方額眉，貓咪過境軟沓厝瓦。走出紗門去到庭院別有好看，但已不是框景的美，——我用同樣的眼光看沿河新興的咖啡館，新來到現時此地淡水的美。

每個當代都有她的美。出生於八〇年代的成長於九〇年代的亮麗奢華，沒有體會顯然陌生於七〇年代的素樸幽靜，必然在繁囂裡感覺其當代的美，不解何以過去的肅靜譴責、抹殺現在的奢麗，素樸不存在他們的生命也有靜，那靜不屬於全然的幽而是繁複囂雜中的一隙，固執過去的美好便無能體貼新生的眼睛感受到的淡水。

——〈捷後淡水〉，頁二五五—二五六

儘管在這裡可以為其意識的轉變找到邏輯的線索，但就文本的整體和細節呈現而言，這個遲到的「辯證」仍顯得突兀：之前幾乎所有關於淡水現代化過程的描寫都充滿了嘲諷或感傷，當代的「亮麗奢華」既無從得見，歷史的淡水精神也是缺失的，凡此總總，使得此刻鄭重抒情的「辯證審美」，有點像個「光明的尾巴」。光明尾巴有其積極意義：小鎮自然之美與人文遺蹟的破壞，需要關懷；「辯證」則提示一個立足當下，積極迎接／迎戰現代化的姿態。

這樣，一個浪蕩者記錄的「歷劫史」，是一種民間野史，卻不必然具備民間立場的「正確性」，它可以是「片面」的，也可以是認真然而不嚴肅的。它不只對正史有顛覆性，也包含了自我顛覆的可能。

三、浪蕩與修行

《舞鶴淡水》的書名、宣傳造勢以及文體上的特點（寫淡水變遷的一半議論體，寫個人生活的一半抒情化；而敘述者在文本中時不時以後現代的方式跳出來，自稱舞鶴），都在營造與真實經歷相對應的印象，小說中寫敘述者以身體遊走淡水女性之間，引發人們「半自傳」的揣想[6]，其間有小梅子的癡情愛憐，風塵魅女的另眼相看，青春少女的以身相許，以及落在敘述者浪蕩街巷的身影之上的、來自不同女人的脈脈眼波。《舞鶴淡水》第一人稱的情欲浪蕩，吊詭地傳達了浪蕩裡的修行，而這是舞鶴建構其「另類意識形態」化的「情欲書寫」的直接索引。「半自傳」之「半」，差可以此得證。

1 性與街邊的慰藉

如果說從〈逃兵二哥〉一直到《鬼兒與阿妖》中的情欲書寫體現了舞鶴對情欲的感性／理論認知的不同側面、體現了對這些認知的有意識貫徹，《舞鶴淡水》的情欲書寫則更類於一種個人的經驗史，敘述者與不同女人之間不同方式的情欲體驗成為一種冒險，一種對生命內在的開掘。用肉體本身而不是用情感、思想等一切屬「意識形態」的東西去體驗情欲，敘述者藉此尋求一個摒棄了一切外在牽絆的自然境界，也即肉體與生命的自由，這也是舞鶴在《鬼兒與阿妖》中所創造的肉欲烏托邦的根本要義。這樣一種情欲冒險的歷程，對應舞鶴「隱居」的說法，可稱之為「肉身試煉」或者「情欲修行」，前者指稱其方式，後者概括其目的。

《舞鶴淡水》第一節即〈浪青春蕩〉，講述自己與淡水十九歲初識、二十六歲續緣的根由。十九歲時被淡水自然寧靜裡滿溢著青春純真的美而感動，因為「其時，剛失喪我娘，嘔出心來的悲傷有一種自由泛著微微的笑——若非失喪，我無法捨離懷我生我的女人恁怎樣的眼神，若非源自悲傷的自由，我深沉著祕密的喜悅帶著死守家庭一生的娘去浪蕩」。少年喪母之痛是舞鶴創作中一個無意識的情結與背景，從早年〈牡丹秋〉到〈拾骨〉到〈悲傷〉，那種瀰漫於文本之中的抑鬱與叛逆、憂傷與狂浪，往往連接著對亡母以及母體（子宮）的無盡思戀，形成無法釋放的焦慮，但也成就文本的內在張力。年少時失去母親，召喚了生命失去佑護的恐懼，這種恐懼融入深層的無意識，成為不可辯識的傷痛，不但不隨歲月流逝而消失，反而日益加重，因為失去佑護的生命承受更多來自外在世界的困擾與傷害，愈堅強愈脆

6 參見范銘如〈異色淡水〉，《聯合報》文化藝術版，二〇〇二年二月十八日。

弱，對母性眷顧的渴望也愈強烈。與此同時，舞鶴的「娘」是他獨一無二的「這一個」，「慈母」之外，是讓他戀慕的沉靜美麗的女人，有著雍容的氣度與輕盈的靈魂。這樣一個母親將佑護與愛戀的理想集於一身，所以，「娘」的失去（形的永遠消失）與獲得（「靈」的長伴左右）對於舞鶴的創作有非常重要的意義，在文本中，當她出現時，她是生命渴望回歸的安寧與自由之地，同時也是亂倫情欲與狂暴之愛糾葛的動力；當她不現身時，她可能以一種柔性的、溫和的眼光恆停留在文字空間中，稀釋著浪子對俗世不可抑制的憤怒與孤傲；她與浪子無法超越的生死之界，也會刺激他的躁鬱。總之，娘存在於一個舞鶴雖然不能到達卻從沒有離他遠去的地方，與他現世的生命（與創作合為一體的生命）有著太過密切的關係。

在《舞鶴淡水》中，敘述者自稱重回淡水「是娘的意思」，因為在這「島國的邊陲疲憊困頓之時驀然見爛彩中圓醇的夕陽回到海的家」冥冥中便聽到娘的歎息：「人生到此可以止靜。」「我」通過娘的眼神去看世界，她就獲得了重生，從此娘的影子時時劃過「我」的生活，她是一支溫度計，探測著「我」與不同女人之間的空氣；她也是一個無限寬容的道侶與長者，陪伴、牽引著「我」情波欲海中顛簸修行。

在敘述者浪蕩淡水的生涯中，第一個出現的女人梅子，便是一個集風情萬種的愛人、讀書論道的知己、無怨無悔的妻子以及慈愛雍容的母親於一身的完美情人。梅子是個小學老師，有著府城世家的背景，看厭了大家族生意場的無聊俗爛，孤身北上獨居小鎮。梅子與現實的舞鶴，有著相似的家庭出身與精神期待。小說中「我」與梅子的交往，既有瓊瑤體的纏綿癡情，又有《金瓶梅》式的或直白放浪或隱喻淫猥的肉體狂歡[7]；而〈梅子論磚〉一節則顯現「我」與梅子的精神關聯與知己之意，「我」稱學院論文的最大能耐在於「逐步蝕毀生命的性靈」，而梅子戲稱學院論文為「磚」，說「我」對論文割捨不下才會夢裡被磚頭壓，深得「我」心[8]。更要緊的，梅子像母親一樣完全不講條件不求回報的寵愛「我」、眷顧「我」。但即便這樣的梅子，也不能阻礙「我」對自由（通過情欲體現的自由）的絕對追求。當梅子屢屢撞見「我」與不同女人的「正好」終至於憤怒聲討「我」時，「我」比她還委屈：「為什麼作一個人尤其大地之母象徵的女人姊姊雙胞奶子天生我的能那麼狠的心。不是說好天生為我的嗎。不是觀音永恆躺給大屯愛看嗎。」——「我」對女人的期待，是一個大地之母，寬廣的胸懷，無條件、無時間性的，永遠為任性妄為的浪子敞開，最重要的，這種敞開，不是「義無反顧」，而是「自然而然」，因為她是為浪子「天生」的。其實舞鶴早在〈逃兵二哥〉中已經把這神性賦予了逃兵二哥背後的按摩女郎二姊——大地之母作為男人的渴望，古今中外文學史上，許多女人被祭上此一神壇。而梅子，她具有成為大地之母的資

7 某些場景甚至直接搬來《金瓶梅》助陣，比如「葡萄鞦韆架」、「小梅子醃」。

8 這一節寫「我」必須面對論文的「懶」與「厭」，似乎是對舞鶴在台北讀中文研究所四年卻沒有提交論文、最終放棄了學位這段往事的遲到的交代。

質，但欠缺了一點懸置道德的本事。梅子與「我」，重複著千百年來「癡心女子負心漢」的故事，且展現出聊齋式的文人白日夢：梅子從此遠離「我」卻仍刻骨愛戀「我」，在「我」最孤獨難挨的除夕夜憑一紙召喚來到，似乎長久的、寂寞的等待只是為了在某一時刻得到對「我」饗以美食兼肉體撫慰的機會；一直到離開淡水十年「我」再度重返時，單身的梅子不但保留著「我」不愛開燈的習慣，（儘管「我」並未與她真的同住過——為了「自由」）而且學會了「我」的「自閉」。她依然在「我」出門浪蕩時做好一桌飯食等待，依然在「我」面前謙卑若是：「別的好像學也學不會，到現在只會請你吃飯」。在這樣一個將十年青春凍結等待「壞人」一念之慈的女人面前，「我」的滿眶淚和「吃飯是天大地大的事，能給人吃飯多麼了不起」的讚美顯得何等虛矯。如若這樣寫女人的癡情（從認識他開始，她的生命就停頓不前了）不是為了嘲諷（顯然這裡不是），只能說這個文人的白日夢做得過長、過於自戀了。

但「我」也許是為了表白「自由」在他生命中不二的地位：如此完美的情人也能捨棄，如此的愛戀也能忘記，還有什麼是需要固執的呢。所以，破了梅子這一情關，「我」的情欲修行或可達到新境界。小說的「我」把委屈洩於在更多不同的肉體上發狠「做工」，沒想到「愈變態愈多肉體不嫌小鎮路遠來我床上流連『淡水風情』」，每在亢奮之中「我」必不忘撥電話與梅子同享「肉氣淫流」。這一「異質」的猥褻，寫得無限風光又無辜若是。

恣肆氾濫之中，「我」同時看到了「賣菜少婦」和「少女觀音」。前者是清水街老市場賣蔬菜水果的女人，乍見「女人腰身轉折間含蘊著恬靜的幽傷」迷了「我」，讓「我」每每留戀市場單純為看她一眼。一個難熬的春節裡，女人居然好像為了「我」一樣留守空空蕩蕩的偌大市場，「我」有心孤獨陪孤獨說話，從菜的「好看」談起，賣菜少婦居然說出「植物人細心看久了比動物人美」的警句，「我」驚覺看顧臨終前近乎「植物人」的娘時，竟沒有發現娘最後的美。「我」感動到不敢再對視她的眼神：「可能，我老遠來散步淡水看妳賣菜的。」

「少女觀音」則是小鎮上棉被店家的女兒，那「帶羞深深看我一眼」的瞬間，讓「我」認定她是「我妻」。「我」從此與「孤獨」反覆討論「提親」之事[9]，但終於沒有付諸行動，因為「時間同時無明毀蝕了歲月，成就我『不具行動力』的無用之人」。

這兩人是「我」最多觸摸到手的「神交」女子，情欲的觀看同樣具修行意義，「我從賣菜少婦的神色上認出內在另一個自己，我從少女觀音的體態上認知是同我自己生活一世的女人」，情欲也是認識自我的方式，而可遠觀不可褻玩的才是與「我」內在合一的。這種修行

9 小說裡，舞鶴將淡水自閉時日夜面對的孤獨人格化，好像成了脫離自我而存在、時時與我對話或者代「我」說話的影子朋友。小說裡時常出現舞鶴、小舞鶴（自我之男根的指稱）、孤獨三個「人」的混聲雜語，作者藉以表現思想、情欲皆可以相對獨立於現實之我。

體驗到了〈悲傷〉中，化為對海潮湧動中的片刻寧靜的迷戀，那是「亂恣橫暴中的永恆」，「這永恆可以慰我心靈的潮騷」。

在熙攘嘈雜的菜市場體會靜謐，在傳統手藝的棉被店凝望青春，舞鶴將生命眷戀寄託於俗世的喧囂，而情色是人間永恆的光。少女不語無愁的眼神成為「我」一生的癡迷之後，淡水傳統聲色場所——「茶室」的茶女黑柳與小A如（文本之）約來到面前。淡水茶室據說「北海岸排名第一」，「本分在開講兼摸乳」，茶室這種最能體現市鎮庶民文化特色的地方，自然是「我」流連聽講，情欲修行不可錯過之地。斯文瘋子最受青睞，那當年淡水最紅的茶女、如今仍是「本茶室獨有氣質招牌」的茶女黑柳，在「我」迷上她「靜魅眼窪」的同時也對「我」另眼相看；而黑柳的風塵姊妹、尚未長成的少女小A也暗自傾心於「我」。年輕時毀了身體的黑柳已不能縱身情欲，而聰慧的、生氣勃勃的、「十五歲有三十歲女人的企圖心」、準備將來做茶室掌門人走一條「古典當代」之路的小A，要在做大事之前將「自己」交給「我」才得安心安定，於是有了有關小A「處女的囈語」的細細描述、孜孜求證的長篇大論，身體淫之不足，以文字延長快感。

舞鶴似乎是要用最淫的筆寫最純淨的性，筆下一眾女子的無端癡情，仿若為「我」建了一個沒有圍牆的「大觀園」，「我」與那「情不情」的寶玉不同的是，「我」帶了薩德侯爵的血，「我」的「色」非空，卻是比「情」更要緊的人間歷練與修行。

2 情欲的修行

舞鶴早期小說〈牡丹秋〉，提出了纏繞舞鶴至今的問題：身體與愛欲的自由，這個問題後來延伸到孤獨的自由、書寫的自由，「自由」，可以是舞鶴捨棄一切的動力。情欲的百般試煉之後，我們在書寫中看到了情欲出發的驚人創造力，舞鶴一路寫來，「性」總是人物最終落腳的地方：〈逃兵二哥〉中「我」伸向女人的手是委瑣而可憐的求救，而風塵二姊與英雄二哥自我禁閉的情人洞房裡，食與色是對無所不在的體制追蹤的對抗；〈調查：敘述〉中，那與國家暴力的血腥屠殺一牆之隔、同時進行著的劇烈動盪的歡愛，不但讓人免於死亡，更在歷史的恐怖中為草芥之民建立起屬於自己的記憶版圖；〈拾骨〉中眷戀母親的孝子，將亂倫衝動寄託於妓女之身，於猥褻中表達母親／母土之狂戀；〈悲傷〉中「我」的委靡與縱欲散發著末世的頹廢氣息，與「你」那禁閉、治療皆無法壓制的勃勃性欲相對照，「性」是完整人格之證明；到了《鬼兒與阿妖》，舞鶴乾脆提出「肉體自主」、「肉體有其完整自足性」，有意拋開情的羈絆來創造一個肉欲的烏托邦。而這與書寫的自由息息相關。或許這才是《舞鶴淡水》的浪蕩與修行的根本問題。

情欲給舞鶴一種特殊的審美方式，在表層上是「舉目皆性」，或可稱為「陰性」的審美，將審美對象陰性化、情欲化——對敘事者而言，美總是以陰性的特質存在，以致於整個淡水（乃至台灣）時常展現在他面前的都是或妖嬈多情或無端受辱的妾身姿態。與此同時，舞鶴又發展出一套用性的言說代替理性言說的批判方式，他清楚淫邪的性的言說對秩序、文明的破壞力，他能夠讓性的「穿／刺」、「進／出」與文明、當代、論述如何「穿／刺」、「進／出」歷史、土地同步。

傅柯在談論人類的性意識時，曾經提到性的言說與自由：「十九世紀人口學與精神病學科的創始認為，在需要談及性時，他們必須請求讀者原諒，因為他們要讀者注意一個十分粗俗無聊的問題。而我們，幾十年來幾乎不能在談到性時避免裝腔作勢；因為我們意識到這樣做具有破壞性，話語之中充滿打破現實、召喚未來的激情，以為這樣就會加速自由之日的到來。」[10]《舞鶴淡水》的情欲書寫未嘗不是這樣一種「裝腔作勢」。相較〈拾骨〉、〈悲傷〉，不見了那種惡質然而充滿蓬勃的破壞力——或許以情欲書寫論，《舞鶴淡水》在舞鶴的寫作歷程中是一個倒敘，正是有了淡水如此這般浪蕩街邊的、日常的、淫猥愛嬌不免於做作的修行，一翻「裝腔作勢」中打破現實、召喚未來的激情，才在此後，無論〈拾骨〉、〈悲傷〉還是《餘生》、《亂迷》中，得到了「書寫」這一創造性行為中，從身到心的自由。

你在滄桑淡水見當下獨立於永恆當代獨立於歷史，在永不可追憶的當下之流中，獨有肉欲建築在肉與肉間那叫愛情的小孩無辜無措站在巨大的肉堡外……

10 參見福柯〈求知之志〉，杜小真編選《福柯集》，上海遠東出版社，二〇〇三。

第八章　《餘生》：回歸祖靈烏托邦

《餘生》以日據時代最大的原住民抗暴事件——一九三〇年的「霧社事件」為書寫的出發點[1]，但並非以講故事的方式「再現」驚心動魄的歷史。「霧社事件」是泰雅—賽德克

1　一九三〇年秋，在日本殖民政府著力扶植的「模範番地」霧社（位於今台灣南投縣仁愛鄉廬山溫泉地區），泰雅—賽德克的六社，在馬赫坡社頭目莫那魯道的帶領下，蜂起抗日，趁霧社公學校舉辦聯合運動會之際，對當地員警駐在所和學校發動突襲，殺死日人一百三十四名。殖民政府調集員警和軍隊，運用飛機、大砲、炸彈，以及違反國際法的毒氣，展開大規模軍事報復。並誘迫未參加起事的一些賽德克部落（日人稱為「友番」，相對於起事的「凶番」），投入前線，獵取起事者頭顱。是為「霧社事件」。其後，投降的五百多名族人以「保護」之名義被集中看管，轉年四月，遭到「友番」道澤社人的襲擊和獵殺，歷史記載為「第二次霧社事件」。抗日六社原本一千三百多人，經歷兩次殺戮，僅餘二百九十八人，被強制遷離霧社馬赫坡，至川中島（今台灣南投縣仁愛鄉互助村清流部落）。這是日本在台殖民史上最大的原住民抗爭事件，導致台灣總督的更換和「理番」政策的大調整，並影響了日本國內政治格局的轉變；在平地漢人停止武力抗日已十餘年後，「番人」不思退路、幾盡滅族的抗爭，震驚了台灣、日本和大陸各界。事件後殖民政府（台灣總督府）和日本國內官方、民間都留下大量調查檔案、新聞報導和專書。日本學界對於「霧社事件」的實地採訪亦遊絲不斷，七〇年代更有以台灣旅日學者戴國輝為中

人、也是殖民地台灣的一段抗爭歷史，光復後本省作家張深切和鍾肇政、鄧相揚等，都曾以之為題材，寫過表現事件全貌的劇本、有史詩意圖的大河小說，以及富有傳奇性的報告文學[2]。而舞鶴採取了一種無法歸類的文體。《餘生》的敘述者行走在一九九〇年代後期的遺族部落，有仿若「田野調查」的姿態，卻出之以史料與現實、虛構與思辨雜糅的特殊風貌的「小說」。

作為一個有著文體自覺的作家，舞鶴別有所圖。《餘生》明確書寫「餘生」的立場，不斷回到歷史，是為了質疑事件發生的「正當性」和「適切性」。這追問是和台灣的現實緊密聯繫在一起的，不僅是以當代的價值觀重新審視歷史，更是以當下社會所面臨的問題——包括弱勢群體生存的、族群關係的、經濟開發的、環境問題的，等等——來反溯歷史的現場。

被殖民的經驗，常常被喻為「傷痕」，而在《餘生》中，看「霧社事件如何活在一代又一代的餘生中」，卻看到，那不僅是結痂的「傷痕」，也是一道活生生的、勒在人們意識和身體中的「重軛」。

如此，《餘生》的追問，成了一個更深刻意義上的、關於如何體認埋藏在心頭的歷史碎片、如何從歷史的重壓下解脫、如何超越現實困境的「省思書」。

一九九〇年代後期，敘述者「我」來到餘生放逐之地川中島，看山色、吸霧氣，遊走散步、圍酒聊天，慢慢融入部落人的生活。「怎麼看霧社事件」和「餘生怎麼過」，是對著逐漸熟悉起來的人們最常的提問，而「霧社事件的正當性和適切性」，是內心念茲在茲的追索。

「若欲拓殖本島，非先馴服生番」[3]——日本殖民者經過三十餘年綏撫與討伐的苦心經營，以為大局已定，然而一九三〇年，就在台灣中部的「模範番地」霧社，爆發了泰雅—賽德克人的決絕反抗。霧社的大頭目莫那魯道，曾經被送往日本「參觀」、見識過「比河裡的

心、一些日本學者組成的「台灣近代史研究會」，從文學、政治、歷史不同領域進行「霧社事件共同研究」和相關史料的發掘整理。

2 有左翼思想的張深切寫出歌頌「抗暴」的劇本《遍地紅——霧社事變》（一九六〇），寄託自己的政治理想。鍾肇政以《馬黑坡風雲》（一九七九）、《川中島》（一九八五）、《戰火》（一九八五）三部曲試圖歷史性描繪「霧社事件」參與者及其後代的命運起伏。鍾肇政小說特別值得注意的，一是寫到了賽德克人「矜誇」的榮譽感的毀滅及其扭曲的再生（通過參加高砂義勇隊、奔赴戰場，以證明自己身為「賽德克——真正的人」與殖民者的平等）；一是描繪了原住民與日本人既敵對又在具體的人、事層面恩怨交加的曖昧關係。這其中或有走過日據時代的「本省人」的身世自憐。南投埔里的醫師鄧相揚長期尋訪「霧社事件」及其餘生者的傳奇故事，一九九〇年代以來先後寫出《霧社事件》、《霧重雲深》和《風中緋櫻》等報告文學，頻頻獲獎並在日本翻譯出版之外，《風中緋櫻》還被改編拍成同名的電視連續劇。

3 語出殖民地時期第一任台灣總督兼軍務司令官樺山資紀的訓令。參見藤井志津枝著《理蕃——日本治理台灣的計策》，台北：文英堂出版，二〇〇一。

石頭還多的日本人」和他們的堅船利砲，然而，在十二社族人只有六社願意參加的情況下，仍決然起事。殺死了到霧社地區開聯合運動會的一百三十四名日本人之後，賽德克人遭到了員警和軍隊、槍砲加毒氣的報復討伐。第二年，劫後餘生者被強制從霧社地區遷移到川中島時，原來的一千三百多人，只剩下二百九十八人。

殖民者眼中的「番害」，光復後的「抗日歷史」——戰後有關「霧社事件」的文學和研究，罕見追問其「正當性」的，而小說的敘述者「我」，一個漢族作家，為何如此發問？餘生後裔，又當如何作答？

八十四歲的部落長老接受過無數「研究者」的訪問。他說：明知沒有後路，莫那魯道還是帶領族人起事，因為「尊嚴必須有人維護，壓迫必須有人反抗，這是歷史的定律，莫那魯道走到這個『歷史的定律』中義無反顧」。

有意味的是，長老說，知道自己被某些研究者戲稱「標準答案先生」，甚至懷疑他是被「教唆」的，因為「我沒有創造一些想像的動人的細節和說法」。

這自嘲透露了時代的資訊：不同的「答案」興起了，長老的話成了過時的官方話語。兩位畢業於台北一流大學、在部落中「擁有權位」的年輕「菁英」，如此說道：

「事件的本質是一項『出草』的傳統行為。」（巴幹）

「沒有『霧社事件』……只有『霧社大型出草儀式』。」[4]（達那夫）

「出草」，也叫「獵人頭」、「馘首」：以突襲方式殺人並割下腦袋。作為一種原始風俗，至少在十九世紀末二十世紀初日本人類學者進入台灣山地調查的時候，仍是普遍存在的[5]。在部落之內，或為獲得某種資格（比如結婚）和榮譽（被認為是勇士），或為祭祀、消災（如成年，祭祖，禳拔疾病與不祥），或為判決糾紛和復仇。崇信「祖靈」的原住民相信，獵得人頭，即是得到祖靈支持和庇護。「出草」的方式、過程和用具，有世代相襲的規矩和儀式[6]。

4 參見舞鶴《餘生》，頁四六。

5 十九世紀末二十世紀初日本人類學者所做的番地調查、舊慣調查的檔案和著作，多具有為殖民政府「理番」政策服務的性質，但客觀上留下了處於巨大歷史轉折期的原住民族群的生存記錄。其時原住民的習俗和文化，正遭遇日本殖民者的武力入侵和文明「改造」，「出草」在殖民者的嚴厲禁止下漸至於消亡。在不同的檔案和調查書中，都留下了有關「出草」習俗的記錄，將這些記錄對照、連接起來，就可以看到，「出草」如何作為一種有關原住民生存信仰與生存形式的重要禮俗存在，為何被殖民者視為「理番」的最大障礙，又如何被殖民者一方面禁止一方面利用（利用族群之間的矛盾，相互出草，削弱力量）。一九九〇年代以來，出現了一些對「出草」做整理和評價的文章、學位論文，但目前所見，多止於對傳統習俗的靜態介紹。

6 參見台灣總督府臨時台灣舊慣調查會編著，台灣中央研究院民族學研究所編譯《番族慣習調查報告書 第一卷 泰雅卷》（該卷雖言明調查對象未包括賽德克人，就「出草」文化而言，賽德克亞族與泰雅整個族群是一樣的）；森丑之助著，楊南郡譯註《生番行腳——森丑之助的台灣探險》；鳥居龍藏著、楊南郡譯註《探險台灣——鳥居龍藏的台灣人類學之旅》以及台灣省文獻委員會編印《日據時期原住民行政志稿》等檔案、專著中有關「出草」的記載和介紹。

「出草」也是民族之間爭奪獵場、守護土地的重要方式。有意無意闖入高山部落的「異族」，荷蘭人、日本人、漢人，不乏被「草」了頭去的，留下種種傳說見聞，莫不對這一剽悍習俗凜然心驚。因而，長期以來，「割人頭的生番」是未開化民族「野蠻」的象徵。日本殖民政府在征服「番地」的過程中，以嚴厲的軍事討伐來懲罰、禁止出草行為；同時，以人類學家收集改編的「吳鳳」故事來教化原住民放棄此「陋俗」[7]。「霧社事件」中，賽德克人割下不少日本人的頭顱，顯然有出草習俗的因素。但兩位新時代的賽德克知識分子，強調「出草」為事件本質，甚至說「沒有霧社事件」，是有著鮮明的針對性的：不滿「官方政治化了的抗日」敘述。

在一九九〇年代後期的台灣，長老與「菁英」的觀點是頗有意味的對照。前者，是光復以來自官方到民間對「霧社事件」的普遍認知，後者，透露了新時代潮流「原住民文化復興意識」與「本土意識」的某種呼應。小說裡，長老和「菁英」作為部落裡有「公共發言」能力與位置的人，自然而然成了「我」思考的對象和線索。有關事件「正當性與適切性」的思考，沿著川中島到霧社的溪谷，沿著「尊嚴反抗」與「出草儀式」、沿著餘生的畸零、沉默與躁動，慢慢展開。

一、尊嚴的兩面

「尊嚴的反抗」從「文明」的角度，「出草儀式」從「原始」的角度，相反相成，肯定了「霧社事件」的正當性。而在「我」看來，無論莫那魯道率領六社族人對日本人（包括婦幼）的「出草」，殖民政府的報復性討伐，還是被誘導的道澤族人對「保護番」的突然襲擊，都是「屠殺」，而屠殺的本質是一樣的：非人性，滅絕性，虛無性。因此，「當代的歷史也不得不在此譴責『霧社事件中的莫那魯道』」。也就是說，以生命為核心的人道主義，反對一切形式的暴力和戰爭。

7　吳鳳及吳鳳神話：吳鳳，清朝康熙年間出生於福建，隨父母渡台。擔任阿里山「通事」（翻譯），和鄒族人發生衝突而喪生。日本統治台灣後，人類學者據此改造成吳鳳捨生取義的故事：吳鳳勸說鄒族人廢除「獵頭」風俗，不果，與族人約定，明早見騎白馬穿紅袍者可殺之祭祀，待鄒族人獵下人頭，才發現是吳鳳，從此鄒族人不再獵頭。殖民政府通過建碑、編入小學課本、改編成歌舞劇、拍攝電影《義人吳鳳》等方式，教化殖民地下的原住民和漢人。戰後，國民黨政府繼續闡揚吳鳳精神，拍攝《阿里山風雲》、《吳鳳》等電影，牢固樹立野蠻的原住民受漢人感化的形象。一九八〇年代，原運興起，提出吳鳳是編造的神話，吳鳳是以欺負原住民的奸商被殺，原住民卻揹上汙名。一九八九年原住民青年拉倒了嘉義火車站的吳鳳銅像。此後，吳鳳的故事從小學課本中刪除。「吳鳳神話」的崩解是原運的重要事件，很多漢人也是通過此事，改變之前對原住民及其文化歧視的。

也由此，「我」認為為「尊嚴」而付出生命，是不值得肯定的。在敘述者的經驗和反省裡，「尊嚴」是一種悖逆於人的童真本性的東西，很多時候，也是被民族、國家的教育所「製造」出來的意識。這種對比大可質疑：敘述者所感受的文明的「尊嚴」，與當年賽德克人在殖民者入侵、征伐、管制下的「尊嚴」，是等同的嗎？廢除室內葬、出草、紋面等習俗，收繳槍枝、強制勞役……這被敘述者稱為「尊嚴」受損的過程，何嘗不是「生存」被步步緊逼的過程。對殖民統治下的人來說，「尊嚴」與「生存」是不可分的。

如此，作者秉持普世價值來論斷一場殖民時代的反抗事件，似乎太過天真。然而究其用心，在於用「當代」文明的價值觀來對歷史現場指手畫腳嗎？

讓我們回到「餘生」，看敘述者是在怎樣的現實中提出這些疑問。

無論在川中島人的心裡還是漢人撰寫的歷史上，莫那魯道都是英雄。部落裡的小學老師「妹丈」，訴說族群被文明社會的商業、政治、宗教「打擾」和同化的悲哀生命史，「今天我們已經不是無歲月之前的泰雅賽德克人」，以此他肯定莫那魯道反抗的智慧膽識，「假如霧社事件本身都遭到質疑，那麼在這裡度劫後餘生的人永遠會在生的不安與痛苦之中，——」

但敘述者偏要質疑。他看到了，不是因為「質疑」，而恰恰是戰後至今獲得的「尊崇」，使餘生的人們仍在「生的不安與痛苦之中」。

在他看來，「霧社事件」中反抗和死亡的人們並沒有以尊嚴獲得「完整的救贖」，歷史所讚歎的寧死不屈，特別是女人的上吊、跳崖，親手殺死自己的孩子……種種慘烈，其實是「沒有尊嚴」的。更不堪的是，「同化的潮流」沒有因此停止，在報復殺害和追查漏網之魚的恐怖中，劫後餘生者成為真正的順民，川中島成為真正的「模範部落」。

的確，「霧社事件」成為日本殖民政府「理番」的一個轉捩點，「轉向」的「一視同仁」，卻是從內在，從心靈，泯滅了原住民的尊嚴和信仰：通過遷居、改變生活方式以走向「現代」、推行神道教以「涵養國民精神」，將其族群文化和自我認同，一步步逼至絕境。因而，在十餘年後的太平洋戰爭中，所謂「再多幾個少女沙鴦[8]，再多幾十人百人義勇志願兵」，都不足為奇。彰顯了尊嚴的祖先，失去了尊嚴的後代，這或許是「霧社事件」的光環背後，餘生者所不能承受的生命之痛。

戰後歷史給了「霧社事件」尊崇的地位，原住民承受其榮光，卻遮蓋了內化於族群生命的陰霾：不僅是對統治武力的恐懼，還有對「文明」的徹底繳械。延伸到戰後，是面對平地文化的自慚形穢、在資本主義市場中的毫無抵抗。而漢人的政權，正於此受益。在資本主義

8　沙鴦，也寫做沙韻，南澳泰雅十七歲少女，一九三八年送出征的日本山地員警（老師）落水而死。日本人為其鑄鐘紀念，後成為大東亞戰爭時期的宣傳樣板。一九四三年台灣總督府與滿洲電影協會合作，拍出「國策電影」《沙韻之鐘》。

經濟高速發展的年代，原住民是城市發展不可或缺的重勞力；在「多元族群與文化」的當代政治論述裡，原住民是「多元」的一角。莫那魯道像矗立在霧社櫻台，不時要接受政治領袖的祭拜，然而，回想他那被廣泛傳說的「為了後代不再被奴役」的心願，在原住民如此生存現實映照下，他豈不真是「歷史的英雄、當代的大玩偶」？

部落中，並不是沒有人對這被紀念碑化的歷史表示疑慮。

在軍隊中度過青春十年、以士官長退役的畢夫說，他每年都和部落人一起去霧社祭拜莫那魯道，但他更願意在川中島另辦紀念活動，因為，他反對英雄主義，獨樹一人英雄，對當時共同參加的祖先們並不公平。

畢夫未必了解當年起事的祖先們，他反對「英雄主義」，來自原運的經歷。他曾參加原權會（原住民權力促進會），「親眼見昔日的夥伴被抬轎成為既得利益者後失去原有的理想，譬如還我土地運動後，當鄉長的知道哪些土地可以放領，他會先通知自己的親戚去登記」。如今的部落，複製了平地的選舉政治，也複製了政治與利益的格局。畢夫回到故鄉，連年競選村長，但年年敗給「孫中山」（新台幣一千元紙幣上，印著孫中山的頭像）。他成立了故鄉保育組織，監視電魚、毒魚者，保持河床的乾淨，計畫著開拓山坳、養魚，「十年後競選縣議員」，成立第一個「原住民自治縣」。

畢夫還建議，在川中島設立「霧社事件紀念館」，遠離血腥屠殺之地，遠離非原鄉人的原鄉，「就在事件的後裔中建立，以一代又一代的餘生來紀念」。

畢夫的話提示了：一代又一代的川中島人，沒有也不能走出「霧社事件」。將歷史紀念碑化，並不能治療餘生者的傷痛，甚而是遮蔽了傷痛。一九五三年政府在霧社舊戰場建抗日紀念碑，而川中島的人們在「天皇的榮光撤走之後十餘年」，才在部落的後方，「謙默地立了一個『餘生碑』」，素樸的石碑上只有「餘生」二字，「小學童高，健康小學童似的身材，純真動人，沒有不平的吶喊或榮顯的輝耀」，「那種餘生的低調到近乎卑微」。便是這卑微的「餘生」，打動舞鶴，才有了這部在顛狂晦澀中，思索悠悠的《餘生》。

二、「出草」的兩面

「出草」，這個曾以「野蠻陋俗」被日本殖民政府嚴厲禁止的傳統，在經歷了一九八〇年代社會運動——特別是原住民平權運動打破「吳鳳神話」——洗禮後的台灣，開始作為一種「原始生命禮俗」得到認識和尊重。

部落「第一高學歷」巴幹說，作為部落裡的文明人，要「採原始的觀點來看原始的人事物」，肯定「出草是原始部落的共同傳統行為，具有禮俗和儀式的意義」。賽德克各部落之間習慣了以相互「出草」溝通恩怨；而當年叔公親手割下的日本郡守的頭顱，「與別個出草中割下的頭顱並沒有差異」。

依靠日據初期的日本人類學者的調查記錄，以及凋零之中的部落耆老，人們自以為認識了作為傳統禮俗的「出草」。但，少有人進一步問：「出草」是怎麼來的？並非人類學者的舞鶴，做了一翻並非沒有根基的「想像」。

「『出草』最原始的由來應是出自獵人的獵性……經由剝製野獸頭顱的經驗，他們跨越了一步開始剝製人類頭顱……這是獵人激勵自己，同時向部落凡人昭示他大獵人可怕的大無畏。」

「在部落為了獵場、耕地爭戰的長久時光中『出草』成了最時髦、最具威嚇力、最具戰功的行為，尤其出草提升到『作為男人』的依據，少年不經出草便喝不到節慶時的酒，沒有在額頭和下巴紋身的資格，在部落中便娶不到女人，更別說成家生子傳後代，史料記載原住民在長久光陰中出草活動頻繁，尤其剽悍的泰雅族，同一族群部落之間時常彼此出草，不像南方的魯凱、排灣『從不出草自己的頭』，我想之所以頻繁不在『出草本身之必要』而在出草附帶的現實『條件』，『條件：利益』是原始人性本能在此可以證明不假現代，……」[9]

敘述者不但大膽假設了出草的起源——從獵「獸」到獵「人」，而且，毫無對「原住民」、「族群傳統文化」作為「政治正確」的忌憚，提出了出草中內涵的人類的惡與功利之本能。人克服對人的頭顱的恐懼，是因為獵獲的頭顱一方面給與獵人「成年」資格和戰功，一方面也被賦予保佑部落的神力——樹立在部落入口的頭骨架，便是武力的張揚和威懾。在他的認識中，原始社會的人性與文化，未必是與現代對立的純淨本真。

之後，通過達那夫，「我」尋訪到一位道澤老人，霧社事件中，他參加了討伐抗日番、襲擊「保護番」的行動，用頭顱換過賞金。「我」問「出草的滋味」，老人說「快樂無比，說不出——」

這訪問是「我」的堅持：在看過史料、聽過很多人的祖父的故事之後，「必要出門到深山親眼見過『出草的人』活生生在陽光下哼著出草歌，握過他割過人頭頸的手，感覺他手腕的脈動，我的文字才會越過『研究』洶湧而出——」[10]

果然，敘述者以一種魔幻的腔調，開始了如臨現場般的敘述。

在古老的詩歌中，獵人出草，守候那對斷頭命運茫然不覺的陌生人，如同守候「愛人」：陌生人一旦成了「頭顱」，也就成了獵人的愛人。「她」將帶來整個部落的狂歡、性的狂歡。

這段描寫充滿詭異的暴力之美，狂歡、歌舞、割人頭、剝頭皮、給頭顱餵食……伴著對

9　舞鶴《餘生》，頁一四二。
10　舞鶴《餘生》，頁一五七。

頭顱親愛的私語呢喃，也夾雜著舞鶴式的黑色幽默。敘述者沿著史料、當代原住民知識分子的描述，握著割過人頭的道澤老人的手，走入了他們曾經的生活……在如此「以意逆志」的過程中，作者對「出草」作了「充分」的「維護」，也無所顧忌地批判：

「人可以藉『出草』自由取走陌生人的生命，個別的生命完全沒有自主不受干擾的權利，人成了被『出草』的物，所以『出草的狂歡』中隱含作為人極為悲哀的暗影，那暗影是如此的可怖，所以需要更多的狂歡來遮蔽暗影。『當代』反對巴幹的『出草禮俗說』，出草是維護部落存有的共同禮俗，那麼人以殺戮存有來維護存有，尤其在『出草』的形式中，個體永遠得不到自主，人將永遠存有在殺戮同時被殺戮之中，在歷史的長河中，懷著恐懼存有，在逼臨被殺戮的恐懼中殺戮存有。」[11]

可以看到，舞鶴對「出草」的否定，與日據時代迄今文明視之為「野蠻」的思路不同。他在意的不是「割人頭」這一行為和意象的恐怖，「文明」的世界從來不缺乏比「割人頭」殘酷的事情——所以他能對「出草」做出那般奇詭的美學想像。他在意的，是「出草」以集體的名義，將個人的生命物化，將個人的自由扼殺。無論是出草者，還是被出草者，都在恐懼和對恐懼的宣洩中，失去了身為人「免於恐懼」的自由。

或許可以說這是一種（有意的）苛責。「出草」扼殺了人「不能免於恐懼」的自由，其根底在於由生存資源決定的部落之間的敵對關係。如同「賽德克」這一「人」的指稱只適用於共享生存資源的「我們」，「非我族類，其心必異」。但是，如同舞鶴否定「尊嚴反抗」的意義不在於指責歷史中選擇反抗的人們，質疑「出草」的意義也不在於批判原始生存野蠻。其意義，毋寧是道出了人類亙古的悲哀：這種不得不以恐怖來維護存在、因而不得自由的狀態，在時間之流中，在號稱「文明」了的社會中，從未被克服。

回到小說開頭，舞鶴是從哪裡交代這本小說的緣起的？少年時讀到「霧社事件」，為其血腥而戰慄。二十八歲服兵役，知覺「國家」作為威權暴力體制如何宰制著台灣的「心和資源」，痛感自己「被軍隊閹割」，然而離開軍隊，他並沒有像那年代的反叛青年一樣投身「如火燎原的黨外政治運動」，而是隱居到邊緣小鎮淡水，通過奮力閱讀歷史和哲學，想了解「軍隊」、「國家」的起源和意義。便是在歷史記載的「無數的血腥爭戰」中，「霧社事件」從少年記憶中浮現。

由是，細思舞鶴對「霧社事件」的「正當性」與「適切性」的追究，不是單向度的「研究」或「批判」，而是藉外求以內省。在霧社馬赫坡，敘述者看到聞到高山溪流下流淌的火的岩漿，感覺作為地球產物的人，雖有最進化的頭腦，內在深處卻猶如地心「燃著熊熊的火」，是這與生俱來的火讓暴力不斷。「血腥爭戰」和暴力機器永恆運轉——在這個意義

11 舞鶴《餘生》，頁二一三。

上，「出草」與「軍隊」和「國家」何曾有別，「野蠻」與「文明」沒有界限——不但損毀生命，更讓身而為人的自由，成為永遠的烏托邦。

身而為人的「自由」，仍是舞鶴繫之念之的主題。兵役之後痛感被國家機器「閹割」的舞鶴，反省「青年時代的藝術無非是一種輕狂的浪漫罷了」。青年舞鶴曾沉迷「前衛」藝術，反叛體制，反叛被規定的生存，然而「這沒完沒了的反叛」，離真正的自由何其遙遠。

在《餘生》中，對歷史的問責，對餘生族群現實困境的關懷，使得「自由」有了深一層的內涵。這「自由」，既是從「軍隊」、「國家」這樣的直接壓制中反叛而出，也是從「禮俗」、「傳統」貌似端正的知識中掙扎而出，更是從對他者生命的關懷和維護中自然而出。換言之，剛烈、智慧、責任，乃至溫柔，都是自由的題中之意。

三、關於「出草」的詮釋的政治

關於「出草」，另一位賽德克知識分子達那夫比巴幹更激烈：「沒有『霧社事件』……只有『霧社大型出草儀式』。」

同樣以「出草」要求重新對歷史做出解釋，達那夫的言辭後有另一段隱情。達那夫並非川中島人，而是道澤人，雖然同為霧社賽德克十二社之一，道澤人與莫那魯道所在的馬赫坡人，並不和睦。道澤人沒有參加起事，反作為殖民者的「友番」，投入討伐抗日族人的前線，道澤的大頭目因此死於馬赫坡人的伏擊之下。轉年四月，在日本人的默許縱容下，道澤人襲擊關押著五百多名抗日族人的「保護所」，又殺死兩百餘人。歷史記載為「第二次霧社事件」。這是一段悲哀的、令戰後敘述者「為難」的歷史。雖然同樣是光復了的台灣的「山地同胞」，道澤人到底揹上了「親日」的歷史包袱。

事隔近七十年，道澤人達那夫終於能為祖先開口了。他用祖父「割下馬赫坡人頭時那種生命的激動和喜悅」，證明道澤人對保護所的襲擊，屬於部落間的「出草」。「出草」是部落之間習慣的、溝通恩怨的方式，文明怎能理解？所以「第二次霧社事件」只是「官方說法和學者偏離的解釋」[12]。

比照前面川中島菁英巴幹的說法，讓人疑問：巴幹和達那夫，作為血仇族群的後代，為何異口同聲說「出草」？

兩人都明確表示對國民黨官方解釋的「政治性」不滿，然而，這反政治性的政治性，卻

12 「第二次霧社事件」被重新提出和闡釋，在現實中，也是主要由道澤族的後裔提出。姑目・荅芭絲的《部落記憶——霧社事件的口述歷史（上、下）》和巴萬・韃那哈（沈明仁）著《崇信祖靈的民族——賽德克人：對Gaya與原住民傳統文化的一些想法》中，提出了道澤人與馬赫坡人的歷來不和睦，以及族群必要為大頭目的死亡「復仇」的傳統等等解釋。這些解釋中，偏向了為我族「除罪」，卻輕忽了責任和反省。

呼之欲出。

小說中，「我」問巴幹：「為什麼第一代的部落知識分子菁英對『出草』都作極端正面的評價？」卻並沒有明確展開對其「政治性」的分析，只是讓部落裡的鄰居「姑娘」閒閒說道：「巴幹是部落第一高學歷也是最會搞花酒的人。」而「我」親見三次「業已平地化」的「部落民主選舉」，「我」知道：巴幹是屬部落中的既得利益者，大部分公務員同屬這個階層，大小選舉他們掌握了利益和分配的權利，當然他們也推出「最有實力」的自己人，夾在中間的是白天下田做活或出外做工晚上喝酒配電視「向來沒有意見的人」……[13]

「菁英」要走入主流，「出草」必得疏離部落。在「菁英」的「出草」說中，親日與抗日的區分模糊了，殖民者的暴力被擱置了……一九九〇年代台灣「本土意識」的背景，也幽幽浮現了。

走出文本，現實中，我們不但看到與達那夫高度相似的賽德克敘述，也能看到「霧社事件」在一九九〇年代迄今台灣社會的高曝光率。「顛覆」歷史，往往是為了現實。原住民及其傳統文化，在「本土意識」興起的過程中，被發現了建構「族群一體文化多元」的符號意義。

《餘生》出版後一年，二〇〇〇年，由台灣基督教長老教會主辦、台灣大學法學院召開「霧社事件七十周年國際研討會」，標誌「霧社事件」的研究走入台灣主流學術舞台。與會幾位泰雅賽德克人，對本族特殊的祭儀、習俗，特別是作為血祭集團的Gaya（編按：指賽德克族的社會規範戒律）以及作為生命禮俗的「出草」與事件的關係，多有闡釋[14]。這對於原住民主體的「霧社事件」歷史研究自有價值，但是，事件中所涉及的族群內部衝突、殖民經驗的複雜性，並沒有得到討論。在更年輕的原住民知識分子那裡，有用「殖民現代性」來「重新評價」日本人在山地的功過，儼然呼應著新政權「多重殖民經驗」中誕生的「台灣主體性」理論。究其實，會議的重心與目的，已在會議名稱中標示：「台灣人的集體記憶」——「霧社事件」作為凝聚中華民族認同的年代過去了，現在，它是「台灣人」的集體記憶。

回到《餘生》中，長老的「標準答案」逐漸不合時宜，有著祖先血仇的巴幹和達那夫都道「出草儀式」，也不足為奇了。

除了進入主流的學術會議，還有相關報告文學獲獎、相關電視劇開拍；「殖民現代性」被微妙地呈現——舞鶴顯然有其政治觀察力，但小說對此並未過多著墨，在舞鶴看來，如此「政治」不過是紙老虎，不足為之耗力費時去戳破？還是，對原住民作為弱勢群體的同情，使他不忍苛責？

13 舞鶴《餘生》，頁四七、四八。

14 參見高德明（Siyac Nabu）〈非人的際遇——賽德克人看霧社事件〉，《霧社事件：台灣人的集體記憶》，台北：前衛出版社，二〇〇一。

也或許，他更關注的，是這背後的原住民文化變形與當下生存的關係。達那夫用「出草」為祖先除罪了，但族群之間的裂隙和傷痛，能因此彌合嗎？

四、「達雅革命」與族群傷痕

為了了解當年起事者的生活環境，敘述者「我」來到霧社的馬赫坡——原鄉舊居，也是戰死之所。在這裡，「我」遭遇了一個返鄉青年「老狼」和他看護的「酋長客棧」。「老狼」照看著在莫那魯道舊居之上建成的「酋長客棧」，而客棧真正的主人「老達雅」，據說是莫那魯道的女兒馬紅的兒子。當年，在日本人飛機大砲的討伐中，很多母親將孩子拋下了懸崖，而達雅被部落裡的祖母們救起，由教會保護，輾轉送到拉丁美洲，長大成人。直到暮年，「祖靈附身」讓老達雅回到了原鄉，在已成廬山溫泉觀光區的馬赫坡舊地，建起了「酋長客棧」。客棧二樓設立「霧社事件真相展覽」，展覽老達雅收集的事件照片；一樓作為酒吧舞池營業，吸引「島國南北的男女」。

很快，酋長客棧遭到了當地警局的查處，老達雅以「挑起歷史情結，蠱惑現代人心，具體破壞溫泉社區的安寧」驅逐出境。他立刻想到：是來探頭探腦的道澤人告密。當年，殖民者平息起義後，將餘生者強制遷移川中島，而霧社地區的土地，則予以「友番」道澤人和土魯閣人，形成今日的廬山聚落和春陽部落。因此，老達雅懷疑道澤人告密，其來有自。他誓言再來時，將發起「真正的歸返原鄉運動」：平反，並讓當年被迫遷徙的族群回歸祖先的原鄉。敘述者戲稱為「達雅革命」。

老達雅的故事有如魔幻，又是傳奇，而「達雅革命」透露的族群恩怨，卻是真實和現實的。戰後相對於川中島人作為莫那魯道後裔得到的尊榮，道澤人被留在「親日」的恥辱中。考慮日據時期複雜的番地歷史，莫那魯道也曾被驅使替日本人「出草」薩拉茅人——「親日」「抗日」的標籤，豈非太不公平？因此達那夫的潛台詞是明確的：只有部落間的「出草」，哪裡有「親日」、「抗日」？

然而，對於川中島人來說，重點不在「親日」「抗日」，而在於已然失去家園和親人的人，卻遭到同族的趕盡殺絕，這是日本人槍砲毒氣的屠殺之後，又一個巨大的夢魘。因此，老達雅要回到已成他人之地的「原鄉」，也是一種象徵：血仇不能忘記！在川中島，雜貨店老闆講起從「羅多夫保護所」死裡逃生的父親，至死不能原諒道澤人，這痛苦和憤怒將世代相傳；而「組頭」的老父感歎：那樣大規模相互殘殺，除非精神失常！

光復後，國民政府以共同的抗日歷史凝聚人心，但五十年殖民統治，已經讓台灣的日本記憶有著種種幽微晦澀，而原住民部落的歷史關係、特殊文化，更無法以大陸「抗日敘述」覆蓋。因此，「親日」、「抗日」的簡單兩分，掩蓋了殖民地「以番制番」政策下複雜的、多層面的歷史問題，也使得族群內部的傷痕，不能因殖民時代的結束而彌合。

現實利益更為殘酷。在今日「廬山溫泉」的開發中，在選舉政治的喧囂中，族群傷痕依然在隱隱作痛，所以畢夫說，「那事件尤其在選舉不能提，因為它本身的錯綜複雜性會引起複雜的恩怨效應。」

如何才能超越歷史的仇恨，讓「和解」真正成為可能？

當老達雅在川中島尋訪族人，日日痛哭，一直善待他的長老終於要請他離開，因為「在傷痛中出生的小孩是被祖靈詛咒的小孩」。「姑娘」的父親是事件倖存者，家族的男人大多被「草了頭去」，「姑娘」的弟弟「飄人」繼承了家族的「痛苦和恥辱」，他飄出部落，幾年間，「在想像的出草中一一復了仇」，「直到某天他在某個部落發現鹿瞳的瞬間他發覺何時失落了隨身多年的番刀」。番刀便是復仇之心，弟弟終於從「復仇」的狂躁中解脫，是因為在他人的部落看到「鹿瞳」——青春無邪的眼睛，是還沒有沾染歷史仇怨的少男少女。從此，弟弟開始在部落之間傳一種「無聲之教」。

「在一次又一次的凝視中，我傳給鹿瞳一種互信——研究我們出草的歷史，一次又一次自己族群間的爭戰，自原始以來泰雅的部落與部落間從沒有互信過——」[15]

「心靈化身的鹿瞳」和「無聲之教」，寄託著作者對族群和解的祈願，雖不無「浪漫」嫌疑，畢竟道出不可迴避的現實：從川中島到馬赫坡，無論「出草」還是「抗日」，「霧社事件」都成了餘生自覺不自覺的背負。如何認識歷史仇恨？如何面對現實被資源分化的困境？餘生沒有安寧和自由。

五、原鄉的崩壞與重建

《餘生》中，敘述者往返都市與川中島，時為一九九〇年代末。這個時期的部落，正迎回越來越多的「返鄉者」。

返鄉，意味著曾經的「出走」。一九六〇年代末、一九七〇年代開始，原住民越來越多湧向都市，多數求生，少數求學。一九八〇年代原運初起，知識青年辦報辦雜誌，爭取權益，「啟蒙」族人。一九九〇年代中期，台灣經濟低落，開放引進更廉價的外勞，原住民在都市叢林的謀生愈加艱難。一些在都市勞力市場拼掉青春的原住民，開始返鄉。同時，原運在內外交困中落潮，提出「部落主義」，即：回歸部落，重建原鄉。

川中島同其他原住民部落一樣，經歷了這個歷程。敘述者面對的「餘生」，是在這一歷史時期裡的餘生。對事件的尋訪，碰撞著「返鄉者」的故事，悄然生發別樣的意義。

15 舞鶴《餘生》，頁一〇八。

「姑娘」、「畸人」、組頭、畢夫、老狼達雅……這些返鄉者的經歷，便是一部原住民「出外人」的歷史[16]。到遠方都市去打拼賺錢曾是部落年輕人「共同的夢想」。鄰居「姑娘」，十八歲離鄉，近三十歲返鄉。她先在工地做雜工，與別族男子結婚育有二子，又在色情西餐廳做過女招待，但最終「捨了一切」，回到故鄉夢的溪谷。「畸人」，以青壯之身出遠洋、跑海船，在美國的港口城市發生了迄今無人說得清的變故，被送回來時，已是跛腿、半瘋之身，卻因此獲得了特殊的「自由」，每日「散步」，不知所終。已經五十多歲的「組頭」，一九七五年離鄉，在台灣的「黃金時代」，他帶著「鐵筋大組」，轉戰台北的建築工地。工友們抱著「回鄉翻舊厝起樓房」的夢想，度過二十年「工寮」生活，直到一九九〇年代，原住民的苦力地位逐漸為更廉價的外勞替代，「組頭」帶了隨身二十年的茶具回到川中島，「這次回來就不再離開家鄉了」。

返鄉之後如何？經濟困窘之外，更不堪的，是部落傳統、組織形式的分崩離析。「組頭」在「我」「怎麼看霧社事件」的詢問之下愣住，「我們這一輩只想到外頭都市工作賺錢，幾乎全忘了祖先留下的傳統遺產」。從清晨就開始的「圍酒」、酗酒，乃至債務、自殺，是部落裡的尋常，是許多「研究者」或痛心、或詬病的的「痼疾」。

在川中島的舞鶴，看到了返鄉族人的「擺蕩」，看到他們調整身心的艱難。「餘生怎麼過」這個原本針對「霧社事件」而發的問題，具有了耐人尋思的雙重含義。

也許該停下來想想，到底為什麼「回歸」？回到哪裡去？

「回歸原鄉」，與原運發展的自我反思有關。「威權結束」、政權更迭，而原住民的生存權益仍是被犧牲的，另一方面卻又成為新政權多元文化論的「點綴」。一些原住民知青開始意識到，在都市受教育、在都市「做運動」的自己，與所來自的族群、部落，分明有著深深的隔膜。達悟族作家夏曼．藍波安回到蘭嶼，重新學習結網造船、捕獵飛魚的技藝，重新認識自己所來自的海洋文化，體認海洋賜予的靈魂安寧與心靈自由。在此，「回歸」超越了物質上的重建，而具有了生命價值重建的意義[17]。

具體到每一個部落，「回歸原鄉」之路各個不同。在蘭嶼，由於與台灣本島的距離，達悟族的生活形態及其文化在年輕人離鄉、放棄之後，仍有相當的保存。而在舞鶴所訪的川中島，作為一個殘酷的屠殺之後被連根拔起的「餘生」族群，無論在日據後期還是在光復後，都是「同化最快」的部落，文化與獨立精神的失落，讓川中島人的「返鄉」之路，尤為艱難。

畢夫的「自治縣革命」和老達雅的「達雅革命」，雖則「積極」，畢竟一個是難以實現

16 出外人，閩南話裡，指從鄉村到都市謀生的人。

17 可參考紀錄片《國境邊陲》，導演關曉榮，台灣人間報導學社，二〇〇七年發行。及夏曼．藍波安系列作品：《冷海情深》、《海浪的記憶》，台北：聯合文學，二〇〇二。

的藍圖，一個有無法解脫於歷史恩怨的意氣，而且，都是從外在尋求，那麼，舞鶴在川中之島，可曾看到從內在「回歸」的希望？

六、姑娘溯溪，回歸祖靈

回到小說開頭，敘述者的鄰居「姑娘」，有一日對著遠山暮靄靜靜說：「我是莫那魯道的孫女」。這驚人之語後並沒有任何的考證和說明。敘述者從此記住、念念不忘的，是作為莫那魯道孫女的「姑娘」的計畫：有一天我要出發追尋……

原來，在小說的開始，舞鶴已經提出了他的憧憬：那是真正的回歸嗎，回歸神祕之谷，與祖靈把手言歡喝酒吃肉。

「姑娘」從此貫穿小說始終，她的每次出現，都帶著令人啼笑皆非的氣氛。敘述每行至「姑娘」，便如同「姑娘」本人，「附身」了瘋瘋癲癲的腔調。在嚴肅的「霧社事件」思考與辯證，以及部落眾人無論頹廢、積極、怪異還是悲傷都不脫常軌的生活之間，「姑娘」的存在是一個真正的異數。

「姑娘」十八歲離鄉，去看都市的花花世界，因為結識大霸的青年包工頭，有了工寮和澤敖利部落的多年生活，之後到「高級色情西餐廳」做女招待。直到有一天，一位「看起來很高級」的客人將她帶到大飯店的水晶床上，在細細觀摩她的身體之後，說了一句：「祖先在霧社流了那麼多血，想不到，子孫在飯店床上賣。」「姑娘」從此回鄉了。

敘述者戲稱「高級客人」是終於連到「霧社事件」的「通俗情節」，似乎也並不相信，這正經到近乎矯情的話是「姑娘」人生轉折的動力。然而「姑娘」畢竟因此回鄉了，重新回到自然了：她每日與溪谷裡的魚蝦和石頭玩，說著「夢的溪谷」之類傻話，夜晚她的窗戶卻流瀉著蕭邦的音樂——來自「高級色情西餐廳」經驗。她鬧酒發癲，卻拒絕部落男人的目光。她想要「過自己想過的生活，不靠別人，也不讓人左右」，但「自己想要的生活」到底是什麼樣的生活？部落三年，「姑娘」再度下都市「風塵」轉了一圈，一個「龜公」追上山來又被驅逐下山，姑娘卻因這「性的觸動」，與部落裡的中年光棍群妥協，開始了以身體「回饋」部落的生活。「姑娘」曾肆無忌憚、長篇大論，從賽德克人的起源神話談到部落的性生活，嘲笑漢人的亂倫禁忌。但終有一天，「姑娘」要結束「回饋」，引起部落小小的騷動。最終依靠「長老」和「我」的斡旋，用傳統的「埋石和解」，結束了這令人瞠目的「回饋儀式」。

「姑娘」開始面對自己雜草叢生的六分地。種地賠本，賣掉不值錢。做果園？開酒吧？辦雞場？「人有了土地生命就有了根」早已過時，或者，是意識形態的濫情：「姑娘」和弟弟的六分地，是多麼疏離他們的生命。

至此，「姑娘」鬧劇般的生活，忽然停頓下來，「茫然」起來，有了欲求平靜而難平靜的詩意。

在敘述者遊走部落的目光中，餘生雖有百態，大體上是平靜的，年輕人離鄉，老弱居鄉，只有那些人到壯年、中年的「返鄉者」，給部落帶來了或小或大的騷動，因為他們要重新適應部落的生活，要「讓外來的習氣一天一天被山的寒氣消蝕」。「深山部落的平靜便是由各式各樣的固著的生活方式烘托出來的」，投身保育和選舉的畢夫也好，終日沉默散步的「畸人」也好，只要「固著」了，再激烈的主張，再殘缺的身體，也是平靜。唯有「姑娘」，當她的溪谷、魚筌、石子、枯木、絲瓜、蕭邦夜曲、性、酒……都無法消融「那觸不著碰不到生命欲望黑洞的絕望」，她終於坐在了「我」的面前，失神而焦躁。

本來，「姑娘」的生活一直穿插在「我」的思考、散步之間，「姑娘」對「我」天然信任，而「我」講述「姑娘」的瘋癲語調中，有特別的疼惜和親昵。「我」與「姑娘」的生活保持著距離，但從未忘記與她約定的「追尋之旅」，默默規畫了三種「溯溪路線」，並為之請教飄人弟弟、長老，乃至冥想中愛玩好動的「祖靈」。

此刻，「我」開口：「你的追尋之行呢？」

「姑娘」一愣之下，興奮起來。

「是我要去的，我一定要去，這次我要問祖靈如何獲取生命的平靜。」

於是，在小說開頭提出的「追尋之旅」，在小說行將結束的時刻，才剛剛開始。然而，所有餘生的言說，「姑娘」的紅塵穿梭，「我」的訪問和思考，不都是這「追尋」必然的背景和序曲？

溯溪，沿著祖靈的足跡，回到神祕之谷，回到祖靈的居所，回到賽德克達雅人心靈的原鄉：那到底是什麼？

人們漸漸忘記身在「餘生」，他們在不能抗拒的「當代」中生存。說「回歸」，有心的人也只能從身外求。然而舞鶴看到了無心的「姑娘」、殘缺的「畸人」和恍惚的「飄人」，這些不積極作為、被視作怪異、畸零的人，可能才是祖靈更為眷顧的子民，如「我」所說：「夜曲飄忽在鹿瞳的夢裡可能生命更需要自由和夢想」。一路溯溪，「姑娘」美麗的身影、無羈的個性、令「我」望塵莫及的腳勁，都與自然的山水如此相諧和。研究者的話語或會說，「姑娘」歷盡色劫、依然純真，有著不被文明「污染」的根性；而敘述者說，無論性情外貌，「姑娘」是「長老一生所見的泰雅本色」。

在追尋之旅的終點，馬赫坡岩窟，「姑娘」終於以自己的儀式與祖靈相見了。「我把話，內心的，都說了。」

然而她又說：「密林是祖靈的居厝，迷霧是用來遊戲的，你說得對，我感覺任何人都不要打擾祖靈的居厝，來到祖靈的居厝前，不用開口說話，祖靈都知道你要說什麼，那種信賴的感覺讓人平靜，很平靜。」[18]

「姑娘」矛盾的話透露了這「追尋之旅」的真正內涵：回到「祖靈之地」，並非回到原始祖靈信仰，或任何具象的「傳統恢復」——在這裡，「祖靈」不再是「出草」文化中那個主宰和判斷者，而是自然之中的「自由之靈」。

回顧《餘生》看似漫無邊際的敘述中散落的「自然描寫」，在事件與思考、故事與意識之間，處處是自然：包裹人身心的山的寒氣、林間的迷霧、溪水的歌唱、令人察覺「內心暴力」的地熱、散步聞到梅花的香、夜半和黎明打斷「思索」的雞叫、青蛙的聒噪……「自然」，才是「身而為人的自由」的動力和土壤。人，或人心，在自然之中回歸。「自然」是「自由」的來處，也是去處，其本真上的意義，或許大於時間之流中微不足道的某一「事件」的研究。在告別部落、要對自己「在歷史現場觀照歷史事件」的兩年做個總結的時刻，「我」竟想：「我寧願我研究為什麼梅花和檳榔可以並存在這山谷，而且兩種花香都是飽滿的」。

在人類原本與自然的依賴共存關係中尋回自由，這是舞鶴所思考的餘生的救贖嗎？

七、餘生悠悠

舞鶴在小說後記中告白：

這本小說寫三事：

其一，莫那魯道發動「霧社事件」的正當性與適切性如何。兼及「第二次霧社事件」。

其二，我租居部落的鄰居姑娘的追尋之行。

其三，我在部落所訪所見的餘生。

我將三事一再反覆寫成一氣，不是為了小說藝術上的「時間」，而是其三者的內涵都在「餘生」的同時性之內。

事實上，這種「反覆寫成一氣」、二百多頁的小說不分章節、不分段落的形式，造成閱

18 舞鶴《餘生》，頁二四三。

讀相當的困難。這或許也是《餘生》雖然獲得了眾多獎項、卻乏有細讀與評論的原因之一。

形式上的「反覆一氣」，本身即意義。一方面，所寫「三事」，對歷史的追問、對現實的關懷、對心靈出路的想像，都在「餘生」的內部。另一方面，「三事」的糾葛，使得小說自有特殊的動態：不依靠情節的推進，也不強調思考的邏輯，身體的奔走，眼耳的知覺，心的觸動，思考的衝撞，確實是「同時性」的，不可一章一節地隔開。

這種文體背後，也有舞鶴在「書寫原住民」問題上的自覺。

小說的結尾，「我」與一位老人不期而遇，問了最後一句「餘生怎麼過」。事件當年，他年方三歲，被母親驚惶的呼吸「燒壞了腦殼」。三十歲那年，他接受了道澤人的提親「媾和」，與道澤貴族家的小姐結為夫婦。「不是血仇血報的時代了，在我們的山谷外有更大的力量約束著我們」。老人與道澤妻幾十年相伴，怨懟敵不過同床的恩情。「有關那個『大事件』我有許多話要說，但現在不想說，眼前道澤老妻還在，孩子也是道澤生……」老人的最後一句話，也是小說《餘生》的最後一句話：

餘生就這麼過——無思無想床上過。

這真是一個奇詭的結尾。老人的一生濃縮了「霧社事件」與「餘生」的沉痛，為此，敘述者與時空角力，千辛萬苦地「思考」，千言萬語地表達，而這被天公疼的「憨人」，不需覺悟，不需外求：因為有情有義，無思無想。

這個結尾，是對《餘生》漫長的「辯證」和「思考」的解構嗎？舞鶴是否內心有疑問：質疑性的言說，能夠使這個世界更澄明嗎？而將《餘生》置於一九九〇年代以來有關原住民的研究大盛的語境中，或有問：作為一個川中島外人，一個漢人，舞鶴有關沉默的餘生的種種描述，能自外於「消費」悲慘歷史的嫌疑嗎？

一九七〇年代後期和一九八〇年代，一些漢族知識分子因參與社運或山地服務團體等契機，有了少數族群問題的啟蒙。由此開端的原住民認識，帶有濃厚的「原罪」心理，不僅因為幾百年來漢人也充當了原住民世界的侵略者角色，也因為現代社會中原住民的底層與邊緣現實。與此濃厚的「原罪」感相應地，卻是一種容易陷入道德化的對原住民問題的敘述。一九九〇年代原運退潮的同時，「原住民」因緣台灣新的多元文化論述、民主進步象徵，逐漸成為一種「政治正確」，一種普遍的「進步」的社會觀念。在大眾文化層面，原住民傳統文化被純淨化、神聖化，成了與現代物質文明的墮落、喧囂對立的另一種「桃源」想像，有關的文學書寫，不乏獵奇或心靈雞湯般的消費性質。在學術的層面，在政策性支援下，迫不及待地「知識化」，成為國家本土文化論述和學術體制內部自我循環的資源，而甚少與原住民的現實問題、未來想像發生關聯。

在這樣的背景下，最初進入屏東的好茶部落，舞鶴對漢族知識分子的位置和可能性，便有其反省。《思索阿邦．卡露斯》裡，阿邦這個漢族「素人攝影師」，為魯凱文化折服，通過自己的相機，拍下族人最生動的日常瞬間，與致力於魯凱歷史文化整理的「民間史官」卡露斯，結合為一個「新人」：「阿邦．卡露斯」。這是其時舞鶴理想中的原漢互動。阿邦作為一個「素人」，既非懷抱著人類學或社會學或歷史學的臃腫的知識分子，指點原住民應如何如何；也不會以「原罪」感和「代言」意識而矯揉造作。到了《餘生》，舞鶴擺脫歷來對事件的酷烈與傳奇性的關注，不但試圖從當代原住民面臨的困境出發，也觸及到對台灣社會的歷史背負與政治問題。或許「散步」的敘述者與族人的心靈終有隔膜，或許他苦苦追索的對歷史、「自由」之省思，並不能於原住民的具體生活有何推動改變，但在「原住民」書寫的「潮流」中，這是一個獨特的、有反思性的文學實踐。

好茶時期的舞鶴，對嘈雜的漢人知識界的嘲諷，對魯凱文化的由衷歡喜，都是明朗的。而在川中島，關於原住民的生存、關於族群關係、關於生之自由的認識，變得沉重和困難了。因為有了「霧社事件」，這套在餘生頭上的重軛。但也毋寧說，因為舞鶴意識到了這重軛——在好茶，高山峽谷不都是排灣族和魯凱族的古戰場？在平地，漢人之間的爭戰不義、恩恩怨怨，又何曾稍歇……在這個意義上，「霧社事件」並非一個偶然的、特別的事件，「餘生」也不是川中島人獨自面對的暗影。「餘生在川中之島」，如同一代又一代移民在台灣，如同出埃及後以色列人在曠野……哪個時空中的生命，沒有浩劫的記憶？從這個意義上講，《餘生》不只是關於台灣原住民，也是關於我們現代人的生存的省思書。

從餘生的不安與傷痛出發，舞鶴觸碰到那被損毀的文化、被傷害的身體、被紀念碑封鎖、又被消費社會打開的歷史……他聆聽賽德克人與祖靈的對話，為人與自然的活潑靈性會心而笑，為祖靈庇佑下的古老價值與信仰怦然心動。舞鶴的哀矜與讚歎，並非東方主義式的濫情，他看到了「選舉文化」伴隨金錢政治、電視綜藝早已深刻改變了部落的傳統生活，並且像它在漢人社會所行的那樣，讓族群之間的傷口不癒合，只發酵，甚而撕裂；但即便歷史和現實都是「悲傷」，即便「回歸祖靈」始終是畸零人與瘋女子的癡心妄想，是一場背向聲浪滔滔的現代社會的孤單旅途，他仍要捧著一紙「回歸路線圖」，用這數十萬言汪洋恣肆沒有段落連句號都要辛苦尋找的「小說」，召喚有耐心的讀者同其艱難也同其瘋癲與歡樂地跋涉——不悲情，不煽動，舞鶴標誌性的浪蕩者幽默與原住民的雅努斯笑話（Janus-face，雅努斯，羅馬神話中的雙面神）結合，形成一種新的語言力量。最終，穿越「餘生」的時空，我們和他一起抵達對原住民、對台灣、乃至人的社會性生存（暴力、貪欲、族群關係）的尖銳省思和殷殷寄望。在這個意義上，《餘生》的「回歸祖靈」不是曲終奏雅，是對長久縈繞自我的追問的一種回答，也是內化於現代性之匱乏的，烏托邦。

餘論 舞鶴創作與現代台灣

對我來說，成為小說家不僅僅是在實踐某一種「文學體裁」；這也是一種態度，一種睿智，一種立場；一種排除了任何同化與某種政治、某種宗教、某種意識形態、某種倫理道德，某個集體的立場；一種有意識的、固執的、狂怒的不同化，不是作為逃逸或被動，而是作為抵抗、反叛、挑戰。

——米蘭·昆德拉《被背叛的遺囑》[1]

一、孤獨並生愛神與邪魔

舞鶴的創作生命始自一九七〇年代中期，從此無論南北漂流，他沒有離開過文學和文

1 余中先譯，上海譯文出版社，二〇〇三。

學的台灣，他以創作生命的沉潛和重生，為作家與時代的精神關聯提供了一個有意味的個案。

大學及研究所階段，是舞鶴「鏡花水月」的叛逆青年階段。能夠看到的最早作品是一九七四年發表於《成大新聞》的〈蝕〉，尚是一個習作，講述「我」遠到偏僻小鎮看一個現代派美展時的所想所憶，是寄情現代主義的剖白。一九七五年發表於《中外文學》上〈牡丹秋〉寫一段飄忽的戀情和「性愛自由」的理想，抒寫孤傲絕決的自我和蒙昧世俗的人間。前衛文藝青年的姿態還表現在出任鴻蒙出版社的《前衛文學叢刊》的社長。但三輯後就停刊。文學青年陳國城一方面沉迷現代主義的叛逆之姿態，一方面感應「鄉土」之為時代召喚，〈微細的一線香〉的嶄露頭角，不自覺成為這樣一個時代氛圍的象徵。其後的〈往事〉（一九七九）便是一個更熱切於「時代意識」，也相應地筆端更吃力的，反映工人運動的故事。

這個文學青年對自己是不滿意的，退役之後隱居淡水的選擇，除了兩年軍隊生活的刺激和個人情感狀態之外，從寫作上更切要的原因可能是：不滿於自己文學寫作中的「執迷」，從意識到文字。將舞鶴一九九〇年代陸續出版的作品的簡短「後記」串連起來，可以看到，他對早期創作的否定，在於其「使命感」、「意識強勢」以及因之而來的「尺鑿」之感；而他始終孜孜以求的，是一種書寫的「自由」，這種自由不只相對於外在體制的束縛和禁忌，更與思想上的「禁忌」與「背負」有關。青年時期，他是因緣接觸前衛藝術而有精神上的優越感的藝術青年，同時又是一個有著自覺的「知識分子」認同、對社會思潮熱情而敏感的學生。由此看來，所謂的「背負」，既有美學上的，也有思想上的。〈往事〉之後，舞鶴痛感自己的雕琢與吃力，覺得「寫作不應該是這樣的」，決定暫時停下來，於是有了十年淡水的艱難修煉。

在安寧古樸、「清晨有霧氣」的淡水，廣泛的閱讀和實驗寫作固然積累和磨練，而「孤獨」的體驗卻是讓舞鶴打破執迷、從而也打破了創作的種種枷鎖的身體契機。這種「孤獨」是主動的生活選擇，首先是「寫作的孤獨」：「這種孤獨包括沒有人際關係，沒有寫作活動，只有閱讀、寫些實驗小說，當時我已經意識到這些實驗性強烈的小說無法發表……你一直努力在寫，卻沒有人理會，也就更孤獨了。」這期間，他放棄了一些生活的選擇，包括工作、出國留學，讓自己處於沒有退路的寫作狀態。而後有兩年，與人間的刻意疏離讓他陷入一種幾近崩潰的精神狀態：

原本以為生活於宇宙、地球、人群之中，可是所有一切都與你無關，慢慢內在恐懼會一直延伸到外在、表面……對周遭的人開始產生一種莫名其妙的畏懼。然後對周圍的聲響、突如其來的聲響，會在剎那之間衝擊你的神經，因為你已經被那樣孤獨的生活磨得非常纖細、脆弱……甚至覺得有人要迫害你，孤獨侵襲了你。[2]

這幾乎要被判為某種精神官能症。逼迫自己、磨練自己的文學生命而如此刻意置身孤獨的人，恐怕不多。也正是挺過了孤獨「這一關」，舞鶴開始體驗到拋卻世俗「意義」之後生命本身的「意義」，當某個早上打開門，因為秋天的氣味撲面而來而感到了淡淡喜悅的時候，他恍然得道了：「生命只是活著，與活著的那種喜悅」。公眾社會的觀念與「教養」，在這樣的隔絕生活中曝露了它們的虛渺；與此同時，消散的還有精神的「潔癖」以及對「優美、流暢、精準」的中文的追求。十年間舞鶴讀了大量書籍，主要是哲學歷史類；至於寫作，是大量的沒有發表目的的「實驗寫作」。「十年間，餘事不談，就寫作上我嘗試寫各種文體、試驗各種可能的形式，大半失喪於字紙簍垃圾袋，留下一些斷簡殘篇。」[3] 這些沒有打算發表的「斷簡殘篇」，以「構句亂七八糟」的中文來書寫「真實」，在舞鶴一九九〇年代「復出」且名聲漸起之後，結集《詩小說》出版。

一九九三年的〈拾骨〉和一九九四年的〈悲傷〉是這一精神、美學轉折且趨於成熟的表現。淡水的孤獨體驗是如此刻骨銘心，以致於那些幽閉、躁動的生命狀態恆久停留於他的文字中間，而擺脫禁忌後的想像，終於在暴力、死亡、性欲、狂歡、妄想、誇張、嘲諷……之中找到了無羈的出口，負載他對自我和世相的追索。〈拾骨〉所寫的「拾骨」是台灣民間很普遍的喪葬禮俗，包含著豐富的庶民文化資訊，這樣一個似乎非常「鄉土」的題材，卻出之以現代主義的頹廢以致怪誕的筆觸。〈悲傷〉是比〈拾骨〉更加難讀也更具備內在張力的作品，穿透了文字的「阻礙」，會發現每一個荒誕不經的細節或場景都深藏意味，其間對現代化的反思與對失落的生命力的追尋相反相成，在一九九〇年代台灣「破解現代化迷思」的呼聲中，一樣「破解」，卻別有懷抱。舞鶴的小說從來都採取第一人稱，作為敘述者的「我」或抑鬱蒼白、或躁動不安、或狂浪不羈，散發著被文明判定為「瘋癲」的氣質。這是孤獨之中生出的「邪魔」，台灣版的《惡之華》。

與此同時，舞鶴在「自閉」之中並未停止對外在世界的觀察。一方面，對於島內發生的種種政治變動、文化風潮，舞鶴都相當關注。一九八〇年代「黨外運動」發展時期，每本被查禁的「黨外」書他都尋來，「堆得像冰箱一樣高」；他也常出現在一些黨外活動，諸如抗議集會的場合中，當別人忙著喊口號或靜坐示威的時候，他卻忙著四處走動觀察。他以最切近的方式「觀察」政治鬥爭的基層現場，看到了人們反對專制的熱情與勇氣，也看到了「從美國回來的台獨知識分子」如何「對著打赤腳、嚼檳榔的台灣社會最底層的人們說謊」[4]，

2 謝肇禎〈亂迷舞鶴：舞鶴採訪記錄〉，《群慾亂舞——舞鶴小說中的性政治》。
3 舞鶴《悲傷》後記。
4 出自本人的舞鶴訪談。

正因為如此，他能以一種超乎其上的反諷透視島上的種種運動與風潮，不為意識形態收編地獨立思考。〈調查：敘述〉（一九九二）、〈一個政治藝術家的死〉（一九九五）當最能展現這一點。

〈一個政治藝術家的死〉，曾收入小說集《詩小說》，因涉及知名人士，遭家屬抗議，在《詩小說》作品再整理為《十七歲之海》時刪去，而且鮮被提及。這是舞鶴作品中最直接觸及政治議題的小說，且涉及轟動一時的社會事件。小說寫一個帶有爭議性的政治色彩的藝術家C先生死後，圍繞著如何為他辦喪事（以政治家還是以藝術家的身分？）的一翻討論奔波。小說是否影射或褻瀆了真實的人事，其實不需判斷，從小說看，詩人兼商人的敘述者「我」對C先生死因的追蹤，展現了一個在政治陰影和藝術精神之間擺蕩、以酗酒和縱欲來填補生命中的黑洞的悲劇性人物。其中既有對「反對運動」在一九九〇年代之自我神聖化的反諷，亦可見更深層的對台灣人的「政治感覺」的反思。

小說涉及了「反對運動」以及民進黨的重要政治人物，但在號稱百無禁忌的「民主」時代，似乎不應該構成討論的禁忌。一九九〇年代在台灣文壇屢屢發生「對號入座」的風波，已近乎書寫者與閱讀者之間饒有興味的遊戲，張大春《撒謊的信徒》影射李登輝，或被視為政治與現實貼身肉搏的奇才佳作；平路《行道天涯》直白重書「國父國母」，孫中山宋慶齡的愛欲隱情，雖被指責，也屢獲「情欲解放」的意義肯定；李昂的《北港香爐人人插》，引來現實中兩個女人的戰爭，人人矚目其間涉及政治人物的「三角戀情」，小說本身倒被拋到一邊；虹影寫《K》影射凌叔華，被家屬告到法庭……這樣一種虛構與真實的混戰洋溢著一種嘉年華氣氛，反映了一九九〇年代台灣文壇的不安與衝動，作家們似乎有意探索書寫於現實社會的力道；同時，一場場風波中，文學的商品價值也於焉浮現。這樣的背景下，舞鶴〈一個政治藝術家的死〉的沉寂以及被徹底的忘記／抹去的命運，耐人尋味。

一九九五年，〈牡丹秋〉、〈微細的一線香〉、〈拾骨〉、〈悲傷〉以及一個尚未完成的長篇《思索阿邦·卡露斯》，合為小說集《拾骨》出版。當評論者開始撰文為這個新起的「老」作家追尋來路時，舞鶴自己也做了個小小的總結：「每一篇小說好像是一段時間的小小紀念碑。〈牡丹秋〉是六〇年代末大學時期的紀念碑。〈微細的一線香〉是府城台南的變遷之于年少生命成長的紀念碑。〈逃兵二哥〉是當兵二年的紀念碑。〈調查：敘述〉是二二八事件之于個人的紀念碑。〈拾骨〉是喪母十九年後立的紀念碑。〈悲傷〉是自閉淡水十年的紀念碑。」[5]

「紀念碑」，是個人生命經驗的書寫方式的告白。〈悲傷〉是其巔峰。一九九〇年走出淡水，舞鶴開始覺得自己熟悉的台灣不過是中央山脈以西的大城市，於是「出發去看尤是陌

5 舞鶴《拾骨》後記，台北：春暉出版社，一九九五。

生的台灣山水」[6]，走入原住民聚居的中央山脈，一九九二－一九九四年間在台灣南部屏東縣霧台鄉的好茶——一個魯凱族部落的斷續生活經驗，終於化作長篇小說《思索阿邦．卡露斯》，於一九九七年出版（元尊文化）。這是舞鶴的第一部長篇，在寫作形式上發生了很大的變異，這不僅源於「長篇」的要求，也源於書寫對象的特點。舞鶴把在部落中所看所思的點點滴滴寫入小說，同時追索文明入侵山林的歷史，試圖為其族群文化在世紀末台灣的崩潰過程，留下個人性的記錄和反思。

一九九七年冬，一九九八年秋冬，舞鶴兩度租居台灣中部中央山脈上的清流「泰雅——賽德克」部落，在這個「不時見翻飛稻田上的白鷺，還有可以散步的梅香」[7]的寧靜之地，舞鶴要尋訪的卻是一九三〇年代的一場驚心動魄的大殺戮，但他並非要回返歷史書寫傳奇，而是要站在「餘生」的立場反思。《餘生》的出版為舞鶴帶來更大的聲譽，這一年他頻頻出現於台灣各種文學獎的頒獎大會上，儘管這本幾十萬言卻不分段落「一氣呵成」、沒有清晰的敘述結構、又充滿怪異句法的小說恐怕沒有太多人有耐心讀完，更無論讀第二遍、第三遍……而那似乎是解讀的必然之路。

「孤獨的邪魔，都有愛神的質地」[8]。走出淡水的舞鶴，站在世紀末的台灣的土地上，無情揭開島嶼的傷口，展現出邪魔的狂暴與破壞力，然而內裡卻是「愛神」的溫柔湧動。作為戰後嬰兒潮一代作家，舞鶴無能抗拒台灣特殊的「美援加戒嚴」文化下「現代主義」的魅惑力，但與土地相連的生活經驗，對鄉村民情風俗的熟稔，又讓他很快感應到鄉土思潮中的現實關懷和批判精神。但舞鶴對鄉土思潮的接受，其實更接近在類於融合人道主義和傳統「文人」的意義上，而非社會變革的意義上，因此，他的文學創作，最終走上的是一條以否定體制束縛為旨歸的個人自由之路，與其想要關懷的「現實」，終停留於情感上的「疼惜」。或許也因此，舞鶴對文字的自覺試煉，卻在公開發表的另一部長篇，貌似顛覆典範文字和美學的《亂迷》中顯現了矛盾，隨手的錯字、打亂的語法，但仍保持著讓讀者定神一下就看到文意：講述著個人一路人生困惑與反叛，是為反（意識形態）執迷的「亂迷美學」，但也由此形成另一種不乏矯揉的空洞愛戀式書寫，一路「破除」下來，似乎唯有一種落實於女體的愛欲「疼惜」，能承載「自由」，能寓意對島嶼和土地的「疼惜」。「孤獨並生愛神與邪魔」的書寫，在走向更深廣的台灣，高山海邊的原住民的《思索阿邦·卡露斯》和《餘生》之後，卻逐漸失去了描摹鄉土生活的喧鬧、豐沛和飽滿。

6 舞鶴《思索阿邦·卡露斯》後記，台北：麥田出版，二〇〇二。
7 舞鶴《餘生》後記。
8 舞鶴《十七歲之海》後記。

二、異質的「本土」與另類的「另類」

舞鶴「自閉」的十年，期求生命在「停滯」與靜默之中回歸本體、逐漸接近不動無言的「自由」；而外在的環境——整個台灣在政治變革、經濟發展以及風起雲湧的社會運動之中迎來了（政治）解嚴—（文學）解禁、眾聲喧譁的「多元時代」，也是一個大眾消費文化逐漸掌控各種資源的時代。解嚴之後的台灣文學曾被稱為「百無禁忌」，但一九九〇年代的文學，尤其是「新人」的表現屢受質疑：創造力的缺失，對理論風潮的追逐，意識形態的過度緊張，等等。一方面，理論的時尚化召喚著創作者，而「時尚」注定短暫，讓逐理論而動的創作變成文化博彩，或者為大眾消費口味塑造成「同一性格」的產品。另一方面，「本土」取得政治上的合法與「主流」地位之後，文學批評在「多元」背後難掩「政治正確」的附身。

舞鶴這一代出生於戰後初期的「六年級」作家，在這「王綱解紐」的亂世中多迎來了自我寫作的成熟期。唱青春之歌的朱天文、朱天心，野孩子張大春、以「殺夫」走向海外的李昂，以及定居島嶼心繫鄉土中國或婆羅洲落日的馬華作家李永平、張貴興……在世事浮動之中各有歷練，如今下筆，已然老辣。朱天文一九九〇年代初以〈世紀末的華麗〉以「味道」

和「色彩」，乃至布匹的質地，以一種將資本社會的物欲化為修行般的繞指柔本領，重構世紀末人類的記憶版圖；寫了多年的長篇《巫言》，則用「菩薩低眉」的慈悲、幽默，迎迓亂世亂象，恍然開闢了一個隱於市的女子當代版。李昂以《帶貞操帶的魔鬼》系列，對自己曾經身心投入的「反對運動」「無情」質疑。張貴興用童話與魔幻交織的《頑皮家族》，以及他個人創作中具標杆意義的《群象》、《猴杯》，書寫來自馬來西亞熱帶雨林以及浩瀚南太平洋的華人傳奇，那種神祕、繁縟而富麗的比喻和想像，是傳統的台灣文學少見的，為世紀末台灣書寫注入一種異域活力。在這些同年級作家中，舞鶴仍是特殊的。他曾以特別的生活形態、我行我素的美學探索疏離了文壇和同時代的寫作者，卻始終對台灣社會變動和鄉土民俗保持著密切的關注——以一種不沾染時代文學「習氣」的方式，來書寫人們再熟悉不過的「本土」，既無心打破禁忌（他早已沒有禁忌），也無心糾纏認同（而這是時代浪潮之中的寫作者很難繞過去的一個「結」），難怪一九九〇年代重現江湖時，舉手投足，都是讓讀者和批評家們驚豔的「異質」。

有人將舞鶴的文字暴力追溯到七等生那裡，並將他和七等生、王文興放在一起，稱為以「破中文」寫好小說的三個代表，或者認為他搭乘的是台灣現代主義的末班車，而以「本土現代主義」為他定位——這些都道出了舞鶴從台灣文學傳統中得到的血緣續傳，卻少有人提及他的創作、他的成名過程以及現實處境與當下台灣文學生態的關係。舞鶴從一個崛起於南台灣的，「異質」的、「邊緣」的「本土作家」，逐漸走向台灣文壇的中心——台北，繼而走向世界[9]，甚至被讚歎為「最有獲諾貝爾文學獎之姿的台灣作家」，這個過程是很有意味的。這裡不妨從當代台灣兩個流行的詞彙入手，一為「本土」，一為「另類」，來探訪舞鶴創作與世紀末台灣文化思潮的關係。

一九九二年舞鶴想要重新發表作品時，正逢高雄的一份文學雜誌《文學台灣》創刊，於是將〈逃兵二哥〉投給該刊物。這是一份本土意識濃厚的雜誌，編輯之前曾辦過《文學界》雜誌，但不久就停刊了。「本土文學」宣導者長期面對的一個尷尬是：「本土文學」往往被限定在台灣鄉土民間的題材，以及愛台灣、認同台灣（乃至認同獨立）的思想意識之中，以致「政治正確」成了文學的標竿。意識強勢，創作羸弱，使得「本土文學」往往和思想感情簡單直露、創作方法單一陳舊的形象聯繫在一起。《文學台灣》創刊時，雜誌社修改編輯方針，意圖容納本土題材而手法又新的作品，因此，舞鶴的出現可謂適逢其時，他先後在上面發表了〈調查：敘述〉、〈拾骨〉、〈悲傷〉、〈思索阿邦．卡露斯〉（未完成的中篇）、〈一個政治藝術家的死〉以及〈漂女〉，期間編輯部為舞鶴和另一位小說家楊照組織了一次座談，而後又為舞鶴策畫出版小說集《拾骨》，並以「孤絕的作家、孤高的文學」和「一位異質的小說家」的評論隆重推出這個「天生」的「本土作家」，儼然帶著「本土作家也可以寫得這麼新」的意味。

這個時期的舞鶴，對這一包裝毋寧是有所應和的。與《文學台灣》編輯座談時，舞鶴稱自己「始終沒有大中國」的情結；也說在淡水期間的思考讓他「轉向本土」，雖沒有談及認同問題，但在知道言說對象傾向的情況下，這些話不可避免地具有某種「認同」意味。當然舞鶴的本土不是政治的，作為一個長期觀察政治的作家，他看過「政治的猙獰和文學的屈身受辱」，他承認自己的「本土」——以不涉及政治的方式。

《文學台灣》以「本土」為舞鶴定位時，所謂「異質」，便成了就文學技巧而言，然而舞鶴所以為「異質」的「本土」，當然不僅在於文學技巧，更在於他始終未曾將「本土」捆綁於意識形態。〈逃兵二哥〉反抗的體制並非國民黨獨有；而〈調查：敘述〉的追述傷痕，也嘲諷了以傷痕為政治資本；〈一個政治藝術家的死〉最直接涉及反對運動陣營的人物事件，卻包含了相當嚴肅的思考和批判。

解嚴後，號稱多元、卻又有著種種「政治正確」壓力的台灣社會，作家們為自己的位置、發聲的「正確」而猶疑、而焦慮。在這個層面上，舞鶴與「本土」的關係卻是疏遠的，因為他完全無視「正確」。

9　來自美國的學者白睿文（Michael Berry）意欲將《餘生》翻譯成英文出版，舞鶴也在二〇〇四年四月赴哥倫比亞大學參加了「翻譯與現代性」的會議。而《餘生》法文版已於二〇一一年由法國ACTES SUD出版社出版。

一九九九年，《餘生》被收入麥田「當代小說家」叢書出版，舞鶴走入了台北文壇，主編王德威強調舞鶴的頹廢／報廢美學其實「難入民主進步者的法眼」，有意讚揚舞鶴「不簡化的立場」。這裡透露了姑且以「南北」為界，在台灣文學評論和研究中兩種不同意識下的文學規範與陣地經營。鄉土文學論戰時期「鄉土」與「現代」的對立，如今風水流變，由「鄉土」在政治性上的分裂而出的「本土」。台北與南部文壇也有了微妙的對照，各有報紙、刊物和文學團體。楊照、王德威以「本土現代主義」為舞鶴定位，但舞鶴卻在「本土」與「現代」的夾縫中，成為雙方用各自的理論闡釋、歸類的西方。

一九九〇年代後期，舞鶴的創作愈來愈溢出本土意識。《思索阿邦・卡露斯》出版時，論者尚可按照本土文化論述中將原住民視為台灣本土的端點的方式，將這部小說納入舞鶴「從現代主義到本土」的框架之中，但《鬼兒與阿妖》一出，這框架便捉襟見肘，「鬼兒」和「阿妖」，以讓人目瞪口呆的狂浪將舞鶴拉入了一九九〇年代台灣的「另類」風潮之中。

「本土」與「另類」，實是一九九〇年代以來台灣文化文學領域裡兩個「關鍵字」，兩個既齟齬又應和的能指。保守者排斥以「另類」自居的女性主義文學、情色文學、同志文學、酷兒文學等等，認為是與民生疾苦和迫切的現實問題無關的無病呻吟或奢侈遊戲；但「另類」在台灣也有自己的「正確性」，譬如表現了女性或同性戀者的發聲權利。「本土」在初興之時，也強調「弱勢」、「被壓迫者」的姿態和身分，是伴隨政治力量的強大得到

「正確性」。而「另類」文化與文學通常有某西方理論支撐，而且因應著理論的生產中心（歐美）以及資本主義時代的文化邏輯，亦步亦趨，是為「國際性」。由此，「另類」成了多元時代的「時尚」景觀。如果說「本土」代表了一九九〇年代以來台灣的「意識強勢」，「另類」則是時尚理論的寵兒，兩者都已經歷了從「邊緣」到「中心」的歷程，一個傾向政治化，一個傾向商業化。舞鶴能夠跨越「本土」與「另類」的界限，一方面，他保持他的「文學本土」、疏離「本土」的意識形態色彩；另一方面，他的「另類」位置也是特殊的，對台灣另類之為「風尚」，他有著自己的應對。

對舞鶴來說，走向台北文壇，是走向更具學院背景的文學圈子。《拾骨》出版時已經歷了一次「本土」的包裝，北方文壇的包裝更為現代化。他的隱居經歷，他的私人生活，他的「邊緣」立場與氣質，都可資宣傳，使他成了一個具有「明星」色彩的「另類」作家。如此，從一個寂寞的、邊緣的而又是「異質」的「本土」作家，到一個位於文壇中心的，被「明星化」的「另類」作家，舞鶴當明白，「邊緣」的地位一旦失去，「邊緣」的力量也終將消散，他當如何接受創造力、邪魔性被「軟化」的處境呢？表面看起來，舞鶴如當初被包裝為「本土」時一樣以「默認」低調應和。新世紀以來，他開始較多出入文學圈，接受訪談、演講以及到大學裡客座的邀請，而之前他一直是以「疏離文壇的熱鬧圈子」的形象為人所知。對自己被商品化，舞鶴沒有排斥，對「明星化」，他也無意不配合。是不是舞鶴就此成了一個「正常人」，被時勢造就也可能被時勢毀掉呢？這裡不如來看作品，《鬼兒與阿妖》寫於這個浮華來臨的時期，他取材當下最時髦也號稱最另類的「同志」與「酷兒」，但一步步寫來，「同志」的身影淡去，「酷兒」以不可一世又俗不可耐的姿態出現，汲汲於「運動」、「發言」、「談判」，發動男同志、女同志的大聯盟，甚至要將「鬼兒」收編，儼然另類運動的新領袖。與對「酷兒」的嘲諷相對應的，是對舞鶴自己命名的「鬼兒」的疼惜。「鬼兒」是不思不想，不言不語，更不會「運動」，完全活在肉體中的年輕男孩們，他們說不上是男同性戀，也不是男妓，他們只是為一群不固定的女子（阿妖和妖兒們，以及一個神祕的宛若「肉體導師」的中年女子「曼姊姊」。阿妖與妖兒區別在於：阿妖類似女同性戀和女權主義者的結合，是熱衷運動的強勢女人；妖兒則類似鬼兒，只是性別為女。共同點在於：她們都疼惜鬼兒）照顧，生活在都市中某個祕密的「鬼兒窩」中，這個「鬼兒窩」最精彩的演出，一是男女雜交狂歡的性派對，一是每逢月圓之夜曼姊姊的「肉體課堂」，前者以花樣迭出的縱欲狂歡隱喻人們對性的極樂世界的嚮往，後者則以曼姊姊與眾多鬼兒的交歡來宣揚「肉體自主」，儼然是一場場活色生香的「肉體教學」。如此，「鬼兒窩」還是這個城市中黯然而困惑的女人們尋求性的安慰、教導乃至開發的課堂，這教學最生動的成果，是曼姊姊和眾鬼兒對一個為「教養」妨害了性之自由的優雅貴婦「紫阿」的「肉體開發」。「肉體有其獨立完整的生命」，而勘破了這種獨立完整，擺脫情的牽絆，個人才能打破執迷，得到從肉體到精神的真正的自由——這是舞鶴試圖建構的肉欲烏托邦的要義之一，也是舞鶴嘲諷同志、酷兒以及「學院人士」的一個根本依據：他們並不真正懂得身體，談何解放身體，以運動爭取「自由」？

如此來看，舞鶴對「另類」有著自己的認識：從「同志」一躍而至「酷兒」的運動人士，已經背離了「酷兒」本來的精神：個人性的、孤獨的、不可歸類的，也不可能大肆言說的「另類」精神。如論者所說，在女性主義、同性戀成了一種新流行之後，「原來的另類因素也隨之轉化成迎合風氣的作秀材料」[10]，在此，舞鶴的「鬼兒」便體現了對台灣「主流與反主流的互動現狀」的質疑。將這種認識放到舞鶴身上，對於自己在商品化時代成為一種「流行」的命運，他所採取的，毋寧是鬼兒「放棄而又不放棄」的姿態，鬼兒不刻意追求什麼，也不努力迴避什麼，鬼兒不動無言，接受外界加諸於他的想像，但並不為之束縛——他是「自由」的。換句話說，舞鶴之所以坦然面對外在世界的「接近」和煩擾，因為他內在生命追尋的只有兩樣，一為肉體的自由，一為書寫的自由，兩者相輔相成。也正是如此，讓他在「放棄不放棄」之間，成就了「另類的另類」的自我。

從「異質的本土」到「另類的另類」，舞鶴與台灣文壇、文化思潮的關係始終是一種似

10　參見陳思和〈讀兩本台灣小說〉，《談虎談兔》，廣西師範大學出版社，二〇〇一。

近實遠、既親又疏的狀態。當本土論者的意識形態與他的非政治認同的立場衝突時，他轉身而出；當位處文壇中心時，他一方面接受公眾的活動，一方面又煢煢獨行於台灣島上的角落，重歸「邊緣」。在台灣當代文學的脈絡中，他上承七等生、王文興等現代主義與鄉土情境融合的一脈，下又連接了駱以軍等關於「惡漢」與「私小說」的新生代寫作。與他同時代的作家相比，他似乎是輕鬆的，因為他早已破除了各種壓迫性觀念的執迷，從不糾纏於「政治是否正確」的問題；與年輕世代的作家相比，他又毋寧沉重，他會對筆下人事，甚至寫作本身，露出頑童戲耍的模樣，後現代的「後設」手法也會被他戲謔式的模仿，但他從不寫「遊戲」之作，不接受解構一切為目的。因為邪魔也好，頑童也罷，他有「所有寫作者都是知識分子」的認識——不是對他人的判斷，卻是對自我的期許。他的創作從整體而言，不脫對社會與歷史的關懷。極為個體化的人生經驗中，有個人與歷史在幽微角落裡的對話，刻著現代台灣的精神印跡。他孜孜不倦地尋找一種最恰切的、精準的，充滿勃勃生命力的，浸潤了他的時代能量的文學形式。某種意義上，他又是以一種來自前現代的思考與美學，現代主義的文本實驗與批判精神，遊走於後現代的社會經驗與氛圍之中。由此所記錄（或狂草）的當代台灣及其所背負的或遠或近的記憶，往往給人面目怪異卻又似曾相識的驚悚。它戲弄了我們的閱讀慣性，又挑戰著我們的思維惰性，然而當我們埋首於文字的刺叢、孜孜以求其真義的時候，卻又發現，戲弄也好，挑戰也罷，原來並非刻意。眾聲喧譁、全球互聯的時代中，舞鶴不過是一個「擇荒謬而固執」的書寫者，以「田野」的雙腳感知島嶼上的未知土地，以手工書寫人心對自由的嚮往，以無羈的聲音，追問歷史、社會、人性、欲望及其之於個體生存的意義。如此，秉持「邪魔」的巨大能量，對身處其間又游離其外的台灣社會發出孤獨的、或許並不悅耳的聲音——這是舞鶴生命存在的形式，也是他的文學的隱喻。

後記

這本小書在我的博士論文《舞鶴創作與現代台灣》（二〇〇四）的基礎上修改而成。附上當年論文「後記」，及畢業後第一次赴台灣參加學術會議時，為《文訊》雜誌之約寫的一篇小文。當年的大話仍是今日的警示：不要讓它們成為「嘲諷的紀念」罷。

1．

舞鶴是我追蹤的文學者，是風景，也是「導覽」，這個旅行告一段落時，我心懷忐忑。「詩人有翅膀，能飛翔，能突然消失在幽暗中，這是詩人與眾不同的地方，這是好的，這是應該的。可是詩人必須再現。他走了，他必須回來。」[1]一個以研究為名的文學的旅行者也

1 卡爾維諾《給下一輪太平盛世的備忘錄》，台北：時報出版，一九九六。

必須「再現」，詩人再現他的飛翔、他所消失於其中的「幽暗」，而研究者再現詩人的再現——我忐忑的是我做的不夠好。

但這過程使我產生對未來的嚮往。論文「完成」了，且不說它實際並未完成，充滿缺漏和遺憾，我的安慰是：這只是一個開端。

有朋友說，看博士論文時，最喜歡翻「後記」。飯桌上剛剛送審論文的人們各懷鬼胎地笑了。一種生活形態的即將結束，苦樂自知，或許不足為外人道。而我心裡最先湧起的，是慚愧。當我發憤圖強時，竟然被朋友們說：「奇怪！從前你……現在你……」所以，我更要深深感謝我的恩師陳思和老師。包容這個他以為「只會貪玩」的學生，給她激勵，等她反省。當她有點進步時，他是如此高興——老師是一座寶山，懵懂的入山者終不成材，卻也一點一點被薰染。我始終記得第一次聽老師講「把文本分析出燦爛的花朵」時的震動。

感謝我的碩士導師喬以鋼老師，至今仍不時對我揚起「小鞭子」。感謝賈植芳先生，他常常順手拈來，以頑童般的慧黠出之的笑話和掌故，卻啟蒙了我的歷史感。謝謝復旦三年求學中給我許多幫助的楊明、郜元寶、謝天振、王光東、張新穎等各位老師。感謝黎湘萍、劉俊、劉登翰等台灣文學研究的前輩老師，讓我領會我與研究領域的因緣。

謝謝潤華、建軍、師弟師妹，寫論文期間，相濡以沫，在任何不可能的時段來召喚喝酒暢談的我的同窗兄弟姊妹們（也感謝那個在任何不可能的時段都熱情相迎的川菜館）。

最後，還要對台灣的師友們遙致特別謝意。謝謝梅家玲、林瑞明、黃錦樹，王德威、孫大川、游勝冠、呂正惠等老師，無論在課堂上還是遊走台灣的路上，給我意外多的幫助和啟發。感謝《印刻》雜誌的陳文芬小姐、麥田出版的林秀梅小姐以及《聯合報》的張耀仁先生，提供我許多線索資料。感謝那些陪我東遊西走的可愛小朋友們：靜嫻、佳嫻、義明、子霈、政怡、啟綸、東晟、罡茂和敏如。感謝舞鶴，這個「擅權」的小說家，自顧自地在他的天空飛翔。卻讓我明白了研究的寫作更要老老實實的。每當我面臨妄下定論的危險，都會感覺到他的有點譏嘲而溫和地笑：你了解了？

謝謝你們讓我意識到：我和台灣文學的關係，是活生生的，未完成的——而未完成，是幸福的。

二〇〇四年五月八日

2.

作為一個「研究台灣文學的」人，我對自己所屬的學科「邊緣」地位一度很懵懂，說不清它在大陸學科體系中的位置，只知道，它仍算「新興」，早期研究者多是現當代學科的人「順帶做做」或轉行而來，且有額外多的非學術因素的影響，遂有了一個似乎不為稱道的地位。

但時至今日，越來越多大陸知識者意識到「台灣文學研究」的意義與內在活力。在兩岸關係亟待更深入、更貼近社會肌理的時代，建構於特定政治時期的大陸的「台灣」影像，正在被重新探訪和理解，文學可謂一個更體貼的橋樑；在東亞歷史與現實問題的相關性日益凸顯之時，台灣作為曾經的殖民地，其文學內涵複雜的歷史、文化密碼，也正待開掘。對文學史的重寫而言，「台灣文學」不是一塊補丁，而是一個被重新打開的視界，刺激、豐富著人們對諸多近代中國文學、歷史問題的思考。

二〇〇五年八月底，在北京召開了「東亞現代文學中的戰爭與歷史記憶」國際研討會，這個以「東亞現代文學」為對象、匯聚大陸、台灣、日本、韓國多方學者的研討會，期求著地區界限、學科界限的跨越。台灣作為東亞諸多議題的交集地，在在證明了：台灣文學研究並非封閉一隅，而是一個可連結各方時空的、有充沛活力的地帶。

在這樣一個時期踏入台灣文學研究領域，或許是我對「邊緣」沒有特別感觸的原因？幸運還在於，一些前輩學者以令人尊敬的反省精神回顧草創時期的得失經驗，並為後來者打開新的視野和空間。

舞鶴的小說〈悲傷〉，是我個人走入台灣文學研究的契機。在語言、文體的晦澀難懂之外，作者迂曲的精神空間，以及由我仍陌生的島嶼的歷史、現實情境氤氳而出的「悲傷」——種種「障礙」，招引穿透的欲望。這樣的體驗，也形成我「寫」舞鶴的思路與方式。即，以文本細讀為基礎，同時將舞鶴創作予以歷史化。

在中國社科院這個治學的「烤箱」，被一些師友反覆問：為什麼研究台灣文學？既然選擇了學術為生活形式，你的對象與你有著什麼樣的生命關聯？相似的問題，在台灣也被多次問及，只是潛在含義不同：為什麼研究台灣文學？畢竟這樣一種生命經驗是你所不曾有的，你怎能比身在其中的人有更深的認知？

我想，關於動機，卻往往是一個後知後覺的問題，在過程中慢慢體悟、躬身自問。舞鶴的晦澀激發我的好奇好勝之心，但後來的幾年，往返台灣，在或許不過是蜻蜓點水式的上山下海或「田野調查」之後，似乎感受到了，在喧騰的生活場景背後，靜默無言、等待探觸的東西。那或許是一個個生命累積的歷史創痛，流衍成現實的焦慮。它是這個島嶼的精神密碼，相關著現實不同族群、不同地域（對我而言，尤其是兩岸）的往來生息。

當我試圖理解楊逵、王昶雄、呂赫若這些日據時期知識分子的理想衝突、猶豫彷徨，當我透過郭松棻、李渝、劉大任那精緻而「燙手」的文字，觸摸他們曾經的「理想旺盛的歲月」，當我聆聽「不信青史盡成灰」的「青春之歌」，當我在只有老人的高山部落裡讀一本不無稚拙的以漢語書寫的有關族群生命禮儀的記錄，當我為昆曲青春版《牡丹亭》的唯美沉迷，看到這背後白先勇和他的藝術夥伴們的甘苦與「悲願」……這些不同時代的理想主義者，讓我心動。我也以此理解舞鶴，無論出之以怎樣怪異的文字，那背後有一個相當傳統的知識分子意識，有著或許狂妄或許造作卻不少理想熱忱的人間關懷。

可能至此才稍稍明白，我以台灣文學為名貿然闖入的「學術之路」於我的意義。「生命經驗的欠缺」已不是問題，問題是這樣的立志（假如可以這樣大言不慚）後，是否能不懈怠的努力。

一位朋友曾寫給我一段話：

> 吾儕所學關天意。天聽自我民聽，天視自我民視。天意即民意。民意是什麼？過好生活，過好的生活，好好過生活之謂也。然而學者終究與其他生活形式中的人民有別。從孔夫子到蘇格拉底，無非要做理智的人，觀察自身和一切生活形式，努力不為任何既定

的成見所囿……

做一個這樣的學者，「台灣文學」便不是一個劃定的、自我限制的專業學術領域，它是一個求道之路，也是一個極有可能將自我與世界、理想與實踐相結合的「崗位」。做一個這樣的學者，至少是我的嚮往。將來若不幸食言，就讓這篇文章，作為一個嘲諷的紀念罷。

二〇〇五年十二月

附錄1　舞鶴創作年表

一九七四年

小說〈蝕〉發表於六月四日的《成大新聞》。

小說〈牡丹秋〉發表於《成大青年》第二十八期，獲成功大學鳳凰樹文學獎。

其餘高中、大學時期發表的多篇詩歌、散文、小說，都已散失。

一九七五年

小說〈牡丹秋〉發表於《中外文學》元月號。

一九七八年

小說〈微細的一線香〉發表於《前衛叢刊》第一輯，同時入選《六十七年度小說選》（李昂編選）、《一九七八年台灣小說選》（葉石濤、彭瑞金編選）。

一九七九年

小說〈十年紀事〉發表於《前衛叢刊》第三輯，後改題〈往事〉收入《十七歲之海》。

一九八一—一九九〇年

閉居淡水，閱讀之外，也寫作實驗，但都沒有發表。小說〈逃兵二哥〉寫於一九八五年，〈一位同性戀者的祕密手記〉寫於一九八六年。

一九九一年

九月，離開淡水。

十二月，小說〈逃兵二哥〉發表於《文學台灣》創刊號。

一九九二年

〈逃兵二哥〉獲吳濁流文學獎。

三月，小說〈調查：敘述〉發表於《文學台灣》第二期，入選《八十一年度小說選》（雷驤編選）。

一九九三年

四月，小說〈拾骨〉發表於《文學台灣》第七期，入選《一九九三年台灣文學選》（鄭清文編選）。

一九九四年

一月，小說〈悲傷〉發表於《文學台灣》第十期，入選《一九九四年台灣文學選》（彭瑞金編選）。

一九九五年

小說〈思索阿邦．卡露斯〉發表於《文學台灣》第十四期。

小說〈一個政治藝術家的死〉發表於《文學台灣》第十六期。

小說集《拾骨》出版（春暉出版社，包括〈悲傷〉、〈拾骨〉、〈調查：敘述〉、〈逃兵二哥〉、〈微細的一線香〉、〈牡丹秋〉、〈思索阿邦．卡露斯〉、〈後記〉）。

小說集《詩小說》出版（整理部分八〇年代的實驗之作）。

《拾骨》、《詩小說》獲賴和文學獎。

一九九六年

續寫〈思索阿邦．卡露斯〉另外三章，陸續發表於《文學台灣》。

小說〈一位同性戀者的祕密手記〉發表於《中外文學》小說專輯。

一九九七年

長篇小說《思索阿邦．卡露斯》出版（元尊文化），獲中國時報文學獎推薦獎。

小說集《十七歲之海》出版（元尊文化）。

一九九九年

小說〈漂女〉發表於《文學台灣》第三十二期。

二〇〇〇年

一月，長篇小說《餘生》出版（麥田）。《餘生》獲台北文學獎、中國時報開卷十大好書獎、聯合報讀書人最佳書獎等。

八月，長篇小說《鬼兒與阿妖》出版（麥田）。

二〇〇一年

四月，《餘生》精裝珍藏紀念版出版（麥田，比二〇〇〇年版多出自序〈餘生在川中之島〉）。

七月，小說集《悲傷》出版（麥田，包括王德威序〈原鄉人裡的異鄉人——重讀舞鶴的《悲傷》〉、〈悲傷〉、〈拾骨〉、〈調查：敘述〉、〈逃兵二哥〉、〈微細的一線香〉、〈牡丹秋〉、〈後記〉、〈舞鶴創作年表〉）。

二〇〇二年

一月，長篇小說《舞鶴淡水》出版（麥田）。

二月，長篇小說《思索阿邦．卡露斯》在麥田重出新版（比一九九七年元尊版增加內頁照片注釋、金恆鑣〈驚喜的報償——《思索阿邦・卡露斯》讀後〉、奧威尼・卡露斯〈我所認識的舞鶴〉）。
八月，小說集《十七歲之海》在麥田重出新版（比一九九七年元尊版增加〈姊妹〉、〈午休〉、〈漂女〉三篇）。

二〇〇四年

長篇小說《亂迷》中的三章發表於《印刻文學生活誌》創刊七號。

二〇〇七年

長篇小說《亂迷》出版（麥田）。

附錄2 莫那的疑問與感言[1]

Mona Pawan（張進昌）

舞鶴說，寫《餘生》時，他兩度在「霧社事件」遺族被遷居之地「川中島」——如今的南投縣仁愛鄉清流部落，租屋生活。然而莫那，這莫那魯道的曾長孫，住在部落一隅美麗而失修的木屋內，用他一貫謙和又驕矜的風格，遲疑地說：我從沒見過這位作家在清流——我的父母和朋友也沒提起過——我不知道，他真的來過嗎。

莫那誠然可以疑問。戰後至今，清流沒有斷了來尋訪「霧社事件」的人，日本的，台灣的，大陸的；學者，學生，記者，作家；歷史學的，人類學的，政治學的，文學的……不但「事件」是歷史，對這歷史的敘述已然又成一部史。或許他不平的是，又有多少人意識到，

---

1 我的好友Mona（張進昌），是霧社事件中的賽德克領袖莫那魯道的曾孫，在我為《餘生》的研究走進清流時，莫那以前現代的方式，帶我在部落中率性地來去拜訪。他曾多次表達對舞鶴和《餘生》的疑問。讀了我為《餘生》大陸版寫的序後，他寫了一封感言。我想這是可貴的來自部落、我們的「研究物件」的聲音。徵得他的同意，收入本書。感謝莫那。

一九三〇年那場讓賽德克六社幾至滅族的事件，是他們至今未癒合的傷？

莫那的祖母馬紅，是莫那魯道家族中唯一活下來卻從此活在淚水和死的執念中的烈性女兒。舞鶴在《餘生》中不但念及馬紅，還無中生有出一個被她拋下懸崖九死而生的兒子「達雅」，輾轉流浪於拉丁美洲，到底魂兮歸來，要在清流掀起一翻回歸祖靈之地馬赫坡的「革命」……哪裡有一絲影兒呢？莫那誠然可以疑問。

但是莫那，放心。並不為舞鶴那出了名的怪脾氣，更不為「文學」具有什麼豁免權或（胡亂）想像的「自由」。而是，他不是一個嗜血的歷史愛好者，在霧社櫻台那高大的官方「紀念碑」之外，他看到了部落那方小小的、謙卑的「餘生」紀念碑，他體會「餘生」的傷痛和不安，並用這傷痛和不安而非「輝顯和榮耀」去回望歷史，檢討當下。於是他看到了非但沒有結疤，且在文化政治、商業利益刺激下一再撕裂的族群之間的傷口，看到了那迄今飛旋在原住民頭上「以番制番」的法寶，看到了人內心的火焰、亙古的暴力和貪婪……而這些，不也是你，莫那，承受著家族的榮光也承受著榮光的壓抑，每每在酒醉中更清醒知覺的隱痛嗎。

莫那的感言

以前有爬山及潛水運動的習慣，登高觀天下或潛深覽龍宮，總是會因不同的季節、時間、潮汐或氣候而有不同的景象，讓人捉摸不定。美醜虛實善惡真偽通常是個人主觀的認定，但是為了公、私各種利益的爭奪，許多既得利益或有共同利益需求者，大多時候必須齊一口子出聲，聲音夠大，利益才有傾向這口子游移的可能和機會；而聲音要大，背後的權力基礎夠厚實，則同一鼻孔出氣者自然眾多矣。

原住民族議題在台灣屢遭各層面所消費，其背景因素無非亦如上述。八十年前迄今，霧社事件及莫那魯道（Mona Rudo）即為鮮明的例子，且現在仍在進行中。大家似乎想從其中得到普遍的認定和評價，所以努力地發表自己主觀的闡述，即連已過去已成為歷史的，和還在也將成為歷史的，都不堪其擾、不得安寧地須被迫出來為已過去的和屬於自己的來捍衛，試圖大聲呼喊，卻始終因被刻意忽略而僅能發出極其微弱近乎聽不到的聲音說：「我們曾受過的名利在哪裡？誰曾支付過任何好處給我們？」迫遷後今日之發展，我們所能憑藉的，只是Seediq Bale（賽德克・巴萊）之傲氣啊。

以前台灣有一部電影《兒子的大玩偶》，而台灣這塊土地（台灣原住民族的母親）就曾有過許多外來的兒子。台灣原住民族的歷史事件及人物中，如霧社事件、莫那魯道等材料……就猶如兒子手中的大玩偶一般，為滿足欲求而任其在手中把玩。至今，雷同的電影或歌舞劇的續集不仍一幕幕地在上演中？

在殖民統治中，因為強權要侵佔所以我們要被殲滅，其後續者因前車之鑑改手段為籠絡，所以我們要被融入及同化。在失去反覆操作我們的Gaya的場域和機會後，我們的文化產生斷層，我們的主體性逐漸被削弱，我們的獵人失去獵場，我們的勇士失去出草馘首的戰場，我們的婦女失去了編織衣物以為溫暖家人身軀的織布機，也錯過了刺織他們臉上美麗花紋的機遇，最後終至在族人意識到將尋不著回游的路，忘卻了祖靈所居的彩虹橋彼端，那賽德克．巴萊回歸祖靈懷抱唯一的路，所以先人選擇了「認同自己」。原來「認同」是個痛苦的抉擇。

我們的母體被侵入、族群被要求融入、傳統主體被削弱之後，自然地、或強迫的，命運又給了我們許多文明的、野蠻的、利益算計的……等等許多價值觀念的灌輸，終使我們退下原始的面貌而進化到會使用機械去製造電腦設計的紋面貼紙，終至最後，我們也只能在蒼白及殘破的記憶中又試圖吶喊回到過去。

許多少數民族的文化背景本已不同，歷經時代的變遷和文明的洗禮，各族群在國家論述上的立場也不盡相同，所以對未來所憧憬追求的方式和理想都難同心齊口，甚至有些族群或個人，其對危機的自我警覺能力已漸趨麻木遲緩，對獨立、自治、融合、和而不同……等說詞的判讀能力更是闕如，所以當原體拆解成碎片後，若能隨波逐流以求保全己身或已是明哲之識見。設想，霧社賽德克族若有如此的念頭想法，其他十三支台灣高山族又會是如何？我們自己若這般自視，統治者將又該如何看待我們？

台灣過去受過不同的政體所統治，統治的延續或紛亂，其原因不只在統治者如何待我，更在各族群內省後對統治者的認同，而現在這個統治者歷經不同黨派的執政，此名之為「中華民國」的這個國家我們是否應該認同它。然儘管如此，時間從不曾停歇，人的思維觀念亦常變動不羈，中華民國之後我們會面對的又將是什麼？賽德克主體被忽略、模糊、分化後，我們失根飄泊在洪流中能抓住以苟延殘喘所憑藉的是什麼？是，沒錯，國家認同（或說對統治者的認同）是我們當前所必須面對的。因為要生存我們必須存在其中，我們存在其中就仍有希望追求公民社會理想境界的實現，這不就是賽德克族原始傳統部落生活的景象嗎？

當然，我們所認同的這個國家，現階段名之為——中華民國，未來呢又將叫什麼稱呼？風在吹，雲在飄，空氣在流動，光陰的腳步未曾停歇，人的思維意識也一直在腦海中翻湧不定。它要我們融入它，但融入了之後，我們也可以改變它，我們幾乎是這麼認定。

現在是過去的延續，過去殘留的根基是我們現在藉以往前行走的著力點，這一點點的根基正在時間的洪流中不停地遭受各種現實、壓力及文明產物的衝擊逐漸瓦解。在回不到過去又看不到未來的處境中，我們必須要更勇敢的往前走才知道下個腳步踩在哪裡，是踏實或虛無，總要自己去感受確認。失去了對過去的認同，為了未來，我們認同現在，抓住當下會不會是一條比較寬廣且順暢的路？對於未來，我似乎也在洪流中迷失了方向。

或者，人類社會從不曾逃出這枷鎖或定律，「弱肉強食」的社會達爾文。

而所謂的「和解」？和解應出於仇恨之後，但仇恨該如何去消解？和解儀式只是個外在的形式，但心中的瘡疤真能癒合嗎？這時候「愛」在哪裡？它該怎麼作用？真正的和解是否會消失在時間的推移中，是否再度成為歷史的內容？然後再度成為後人爭論的題材。仇恨需要消解，表面的和解儀式並未能真正弭平大家心口的傷痛，所以需要足夠的時間來融合，由融合來重建大家所認同的Gaya來產生愛，來開啟新的未來。要重建Gaya就必須要有認同，而我們的過去，就是因為對Gaya的認同而導致了霧社抗日的發生，換來的卻是殘酷的文化斷層和強迫融入。「餘生」為了繼續呼吸只能屈從融入，而這也是現今所有台灣原住民族所必須共同咀嚼品嘗的命運，弱勢族群一次又一次的往強勢者融入，現實幾乎讓我認定這是定律。

一九三一年五月六日，「二次霧社事件」遺族由日警戒護強制從霧社地區原居地迫遷至川中島（今之清流），莫那魯道家族倖存的女兒馬紅．莫那（Mahung Mona）一行二百九十餘人，形容枯槁的在滂沱大雨中跨過臨時搭建的簡陋竹橋，越過暴漲的北港溪，踏入了成為川中島餘生的第一步。

霧社事件發生前，莫那魯道早已了然這是舉族回歸彩虹彼端祖靈之邦的抉擇，在那一刻真正來臨時，他要他的家人了斷自己的後事。馬紅為讓男人無後顧之憂，她讓兩個孩子先走，自己也投環緊隨在後，但就在那最後一口氣將凝結時，她被族人鬆綁硬是讓她與幼子及全家族天人永隔，開始了她那日日以淚洗面，行屍走肉般的餘生，默默地承受了家族所有的愛恨情仇。

餘生來到川中島也僅剩些鰥寡孤獨廢疾者，每個人來自不同的家庭，各自哼著不同調卻是同樣悲哀的歌。來到川中島，日本人對餘生並未就此甘休，他讓餘生互相舉發密告，終於，有個媽媽連自己的兒子也出賣了，一批人又被抓到埔里遊街然後活埋；當然，日本人是主宰餘生命運之神，他也編織著餘生的未來，他讓男女們「相遇」，讓餘生重組家庭，所以，馬赫坡社（Mehebu）頭目之女馬紅・莫那與坡亞倫社（Bowarung，現今廬山部落）頭目之子Temu Pidu（張信介）相遇了。

他們二人雖然因此相遇，卻未因此再添子嗣，所以他們領養了馬紅姊妹淘Bakan Walis剛出生的女兒以繼承香火，取名為Lubi（張呈妹）。後來，招婿與Pawan Neyung（劉忠仁）結婚，共生五名子女，長子即由馬紅指名為Mona，以追思懷念其父親。

馬紅對其先人的懷念從沒間斷過，甚至於到了精神錯亂的境界。她終日揹著繈褓中的Mona，到友人家串門子，並試圖在踉蹌中藉酒澆愁，但歲月未能抹平她餘生的哀愁而愁更愁，因為她始終沒找到她終生懸念的父親莫那魯道的遺骸，這也成為女兒及女婿畢生的責任與壓力。

一九六七年秋，馬紅第一次也是最後一次回到故居馬赫坡，長外孫Mona一同隨行，到時天色向晚，山坳內一眼望去滿山秋色，故居僅剩土覆地基壘和垂頭的粟穗，晚風中，飄著女人的抽泣聲；男聲：「去找他。」女聲：「找不到他的；岩窟，我們走不到。」是夜，投宿碧華莊，夜裡傳來兩個女人激烈的談話聲。

一九七三年三月，馬紅最後終因癌症纏身而辭世，未能在世時找到父親的遺骸成了她此生最大的憾事，卻也成了女兒及女婿最大的壓力，因為馬紅幾乎是每天指著他們耳提面命，而他們也從來不曾或忘，只是自己能力有限而感歎餘生存在的渺小。

所幸，同年七月，家父Pawan Neyung在客家籍台大法律系學生協助下，尋得馬紅在世時，日日夜夜所懸念的先父的遺骸，並於十月二十五日，由雙親及家人迎靈移回霧社，二十六日家父再親赴埔里購回棺柩後於隔日下葬今址。此後每年的十月二十七日就由官方主導辦理公祭，年復一年，漸漸地，清流遺族的聲影也就被忽略了，餘生甚至錯解了弔念先人原來的意義。

「餘生」們，因為出生的部落、家庭人口結構、年紀、性別、教育程度、職業的不一，對感受自己文化和歷史的方法和角度也不一，所以認知的視野和深度自然有深淺的差異。對於族人若有用「利益分配所得」的概念去詮釋或販賣自己的過去、現在和未來，這是我所深感遺憾的，雖然這種價值觀也是「餘生」在時間推進下的產物。

值得一提的是，一九三一年，族人遷至川中島後，日警又於十月十五日逮捕二十三名曾參加抗日之族人，這讓歷盡蒼桑的族人長年活在恐懼之心理狀態中，即便是光復之後，族老們對往事都噤若寒蟬，深怕再有類似情事發生，而實際也在心靈上烙下難以撫平的傷痕並反應在現實生活中。

台灣光復後，餘生對於「統治者」依然心有餘悸，這反映在支配者與被支配者的相對態度上，及至今日，許許多多的原住民餘生不禁還是會自問，我是這個國家的國民嗎？這個國家有善待我如國民嗎？這個問題是進行式，變動不羈是這個問題的主軸，端賴支配者讓被支配的餘生如何配合互動。

中華民國建國百年的這一年，三月二十九日這一天在台北忠烈祠，舉辦了向開國及抗日暨對國家有功而入祀忠烈祠諸先賢先烈，感恩致敬的春祭活動，筆者亦因莫那魯道遺族身分受邀致辭，幾經思考，我也深知它背後的意涵，最後還是決定答應出席，原因無他，就如同我附上的講稿一樣，回不到過去，就只能繼續往前走。

對於《餘生》一書，在你長期的觀察、對史料文獻廣泛的搜羅、閱讀及深入的研究分析和實地參訪的對照，復由你客觀敏銳的反思判斷和犀利筆鋒的鋪陳闡述，立論觀點，讓我深為感動。對於作者，才華之外，經由你的序也讓我感受到，其寓意隱伏在文後的人文關懷的胸襟和溫暖，著實令人敬佩。尤其是對身歷其境或靈魂仍游移在馬赫坡和川中島之間的人來說，感受應更為深刻。謝謝。

主要參考書目

（一）舞鶴作品

《拾骨》，高雄：春暉出版社，一九九五。
《詩小說》，台南市立文化中心，一九九五。
《思索阿邦．卡露斯》，台北：元尊文化，一九九七。
《十七歲之海》，台北：元尊文化，一九九七。
《餘生》，台北：麥田出版，二〇〇〇。
《鬼兒與阿妖》，台北：麥田出版，二〇〇〇。
《餘生》精裝珍藏紀念版，台北：麥田出版，二〇〇一。
《悲傷》，台北：麥田出版，二〇〇一。

《舞鶴淡水》，台北：麥田出版，二〇〇二。

（二）

蜜雪兒·福柯著，劉北成、楊遠嬰譯《瘋癲與文明》，三聯書店，二〇〇三。
蜜雪兒·福柯著，杜小真編選《福柯集》，上海遠東出版社，二〇〇三。
蜜雪兒·福柯著，劉北成、楊遠嬰譯《規訓與懲罰》，三聯書店，二〇〇三。
巴赫金《哲學美學》，河北教育出版社，一九九八。
托多洛夫《巴赫金、對話理論及其他》，百花文藝出版社，二〇〇一。
傑姆遜《後現代主義與文化理論》，北京大學出版社，一九九七。
浦安迪《中國敘事學》，北京大學出版社，一九九八。
柯利弗德·格爾茲著，納日碧力戈譯《文化的解釋》，上海人民出版社，一九九九。
李維史陀著，楊德睿譯《神話與意義》，台北：麥田出版，二〇〇一。
列維—斯特勞斯《野性的思維》，商務印書館，一九八七。
萊維—斯特勞斯《結構人類學》，上海譯文出版社，一九九九。
路易·迪蒙《論個體主義——對現代意識形態的人類學觀點》，上海人民出版社，二〇〇三。
羅蘭．巴特著，屠友祥譯《文之悅》，上海人民出版社，二〇〇二。
讓—弗朗索瓦．利奧塔《非人——時間漫談》，商務印書館，二〇〇一。
愛彌爾．塗爾幹《亂倫禁忌及其起源》，上海人民出版社，二〇〇三。
陳嘉明等著《現代性與後現代性》，人民出版社，二〇〇一。

（三）

薛化元（編著）《台灣開發史》，台北：三民書局，二〇〇一。
周婉窈《日據時代的台灣議會設置請願運動》，台北：自立報系文化出版部，一九八九。
王曉波（編）《台灣的殖民地傷痕》，台北：帕米爾書店，一九八五。
黃俊傑《儒學與現代台灣》，中國社會科學出版社，二〇〇一。
陳德仁《胡適思想與中國教育文化發展》，台北：文景出版，一九九〇。
王育德著，黃國彥譯《台灣——苦悶的歷史》，台北：草根出版，一九九九。
黃丁盛《台灣節慶》，台北：木馬文化，二〇〇三。
呂正惠《文學經典與文化認同》，台北：九歌出版社，一九九五。

尉天驄（編）《鄉土文學討論集》，台北：遠景出版社，一九八〇。
黎湘萍《台灣的憂鬱》，生活．讀書．新知三聯書店，一九九四。
王德威《如何現代，怎樣文學？——十九、二十世紀中文小說新論》，台北：麥田出版，一九九八。
王德威《眾聲喧譁以後——點評當代中文小說》，台北：麥田出版，二〇〇一。
黃錦樹《謊言或真理的技藝——當代中文小說論集》，台北：麥田出版，二〇〇三。
陳義芝（編）《台灣現代小說史綜論》，台北：聯經出版，一九九八。
陳昭瑛《台灣文學與本土化運動》，台北：正中書局，一九九八。
陳昭瑛《台灣與傳統文化》，台北：台灣書店，一九九九。
趙知悌（編）《現代文學的考察》，台北：遠景出版社，一九七六。
夏志清《夏志清文學評論集》，台北：聯合文學，一九八七。
陳芳明《後殖民台灣——文學史論及其周邊》，台北：麥田出版，二〇〇二。
陳芳明《殖民地台灣——左翼政治運動史論》，台北：麥田出版，一九九八。
陳芳明《左翼台灣——殖民地文學運動史論》，台北：麥田出版，一九九八。
何欣《當代台灣作家論》，台北：東大圖書一九八三。
林水福（主編）《林燿德與新世代作家文學論》，行政院文化建設委員會，一九九七。

廖炳惠《回顧現代——後現代與後殖民論文集》，台北：麥田出版，一九九四。
廖炳惠（編著）《關鍵字200》，台北：麥田出版，二〇〇三。
邱貴芬《後殖民及其外》，台北：麥田出版，二〇〇三。
《世界文學專刊：情欲與禁忌》，台北：麥田出版，二〇〇二。
梅家玲《性別論述與台灣小說》，台北：麥田出版，二〇〇〇。
劉紀蕙《他者之域——文化身分與再現策略》，台北：麥田出版，二〇〇一。
盧建榮（主編）《文化與權力——台灣新文化史》，台北：麥田出版，二〇〇一。
趙遐秋、呂正惠主編《台灣新文學思潮史綱》，台北：人間出版社，二〇〇二。
周英雄、劉紀惠（編）《書寫台灣——文學史、後殖民與後現代》，台北：麥田出版，二〇〇〇。
張頌聖《台灣文學場域的變遷》，台北：聯合文學，二〇〇一。
施懿琳等著《台灣文學百年顯影》，台北：玉山社，二〇〇三。
謝肇禎《群慾亂舞——舞鶴小說中的性政治》，台北，麥田出版，二〇〇三。
林文淇、沈曉茵、李振亞（編）《戲戀人生——侯孝賢電影研究》，台北：麥田出版，二〇〇〇。
王雅各《台灣男同志平權運動史》，台北：開心陽光出版社，一九九九。

紀大偉（編）《酷兒啟示錄：台灣當代Queer論述讀本》，台北：元尊文化，一九九七。
曾秀萍《孤臣．孽子．台北人——白先勇同志小說論》，台北：爾雅出版社，二〇〇三。

（四）

鄧相揚《霧社事件》，台北，玉山社，一九九八。
鄧相揚《風中緋櫻——霧社事件真相及花岡初子的故事》，台北：玉山社，二〇〇〇。
黃應貴（編）《台灣土著社會文化研究論文集》，台北：聯經出版，一九八六。
劉其偉《台灣土著文化藝術》，台北：雄獅圖書股份有限公司，一九八三。
陳國強《百越族與台灣原住民》，台北：幼獅文化，一九九九。
高宗熹《客家人——東方的猶太人》，台北：武陵出版社，一九九二。
李亦園《台灣土著民族的社會與文化》，台北：聯經出版，一九八二。
李壬癸《台灣平埔族的歷史與互動》，台北：常民文化，二〇〇〇。
張旭宜《台灣原住民出草慣習與總督府的理番政策》，國立台灣大學歷史學研究所碩士論文，一九九五。
孫大川（編）《台灣原住民族漢語文學選集》（評論上下卷、詩歌上下卷、小說上下卷，散文卷）,台北：印刻出版社，二〇〇三。
孫大川《久久酒一次》，台北：張老師文化，一九九一。
奧威尼·卡露斯《雲豹的傳人》，台中：晨星出版社，一九九六。
奧威尼·卡露斯《野百合之歌》，台中：晨星出版社，二〇〇一。
田雅各《情人與妓女》，台中：晨星出版社，一九九二。
田雅各《最後的獵人》，台中：晨星出版社，一九九八。
莫那能《美麗的稻穗》，台中，晨星出版社，一九八九。
夏曼·藍波安《八代灣的神話——來自飛魚故鄉的神話故事》，台中，晨星出版社，一九九二。
夏本奇伯愛雅《釣到雨鞋的雅美人》，台中：晨星出版社，一九九二。
瓦歷斯·諾幹《番刀出鞘》，台北：稻鄉出版社，一九九二。
林道生（編）《台灣原住民族口傳文學選集》，花蓮：花蓮縣立文化中心，一九九六。
林建成《頭目出巡——台灣原住民采風錄》，台中：晨星出版社，二〇〇〇。
吳錦發（編）《悲情的山林——台灣山地小說選》，台中：晨星出版社，一九八九。
吳錦發（編）《願嫁山地郎——台灣山地散文選》，台中：晨星出版社，一九八九。
古蒙仁《黑色的部落》，台北：時報出版，一九八五。

心岱《矮靈的傳說》，台北：時報出版，一九九五。

（五）

韋名編《台灣的二二八事件》，香港：七十年代雜誌社，一九七五。
風雲出版社編輯委員會（編）《二二八事件真相》，台北：風雲出版社，一九八七。
許俊雅《無語的春天——二二八小說選》，台北：玉山社，二〇〇三。
林雙不（編）《台灣二二八小說選》，台北：自立晚報文化出版部，一九八九。
王曉波編《二二八真相》，台北：海峽學術出版社，二〇〇三。
王曉波編《陳儀與二二八事件》，台北：海峽學術出版社，二〇〇四。

（六）

吳念真、朱天文《悲情城市》，台北：三三書坊，一九八九。
郭松棻《雙月記》，台北：草根出版，二〇〇一。
郭松棻《奔跑的母親》，台北：麥田出版，二〇〇二。

李昂《北港香爐人人插》，台北：麥田出版，一九九七。
宋澤萊《打牛湳村系列》，台北：前衛出版社，一九九四。
呂赫若《呂赫若小說全集》，台北：聯經出版，一九九五。
加繆著，郭宏安譯《局外人》，譯林出版社，一九九八。
米蘭·昆德拉著，余中先譯《被背叛的遺囑》，上海譯文出版社，二〇〇三。

國家圖書館出版品預行編目資料

舞鶴台灣：舞鶴創作與現代台灣 / 李娜作.-- 初版. -- 台北市：
麥田出版：家庭傳媒城邦分公司發行, 2015.02
面； 公分. -- (麥田文學；282)
ISBN 978-986-344-187-8(平裝)

1. 舞鶴 2. 台灣小說 3. 文學評論

863.27 103025603

麥田文學 282

舞鶴台灣：舞鶴創作與現代台灣

作　　者　李　娜
責任編輯　林秀梅

國際版權　吳玲緯
行　　銷　陳麗雯　蘇莞婷
業　　務　李再星　陳玫潾　陳美燕　杻幸君
副總編輯　林秀梅
副總經理　陳瀅如
編輯總監　劉麗真
總 經 理　陳逸瑛
發 行 人　凃玉雲

出　　版　麥田出版
城邦文化事業股份有限公司
104台北市中山區民生東路二段141號5樓
電話：（886）2-2500-7696 傳真：（886）2-2500-1966、2500-1967
E-mail：bwps.service@cite.com.tw
發　　行　英屬蓋曼群島商家庭傳媒股份有限公司城邦分公司
104台北市中山區民生東路二段141號2樓
書虫客服服務專線：(886)2-2500-7718；2500-7719
24小時傳真服務：(886)2-2500-1990；2500-1991
服務時間：週一至週五09:30-12:00；13:30-17:00
郵撥帳號：19863813　戶名：書虫股份有限公司
讀者服務信箱E-mail：service@readingclub.com.tw
歡迎光臨城邦讀書花園　網址：www.cite.com.tw
麥田部落格：http://blog.pixnet.net/ryefield

香港發行所　城邦（香港）出版集團有限公司
香港灣仔駱克道193號東超商業中心1樓
電話：(852)2508-6231　傳真：(852)2578-9337
E-mail：hkcite@biznetvigator.com

馬新發行所　城邦(馬新)出版集團【Cite(M)Sdn. Bhd】
41, Jalan Radin Anum, Bandar Baru Sri Petaling,
57000 Kuala Lumpur, Malaysia.
電話：(603)9057-8822　傳真：(603)9057-6622
E-mail:cite@cite.com.my

設　　計　蔡南昇
電腦排版　宸遠彩藝有限公司
印　　刷　城邦印書館

初版一刷　2015年2月1月

定價／320元

ISBN：978-986-344-187-8